END OF SKY

エンド　オブ　スカイ

雪乃紗衣

講談社

END OF SKY
CONTENTS

幽霊少年《ゴーストボーイ》

AD22××年、深夜01：54……。

——香港《ホンコン》・湾岸区《ベイエリア》。


夜空では星屑《ほしくず》が静かにまたたいていた。

星の影は、夜の海へチラチラと落ち、打ち寄せる波にさらわれては消え……またさらわれては消えてゆく。港湾にゴミのようにたまった廃船も、波止場に流れ着いた無数の機械廃品《ジャンク》も、星の波が洗っていった。

百年以上使われぬままの港の倉庫群、赤錆《あかさ》びたコンテナのどこかで、がらくたのＡＩが受信した電波がときどき、埠頭《ふとう》に誰も聞かない雑音《ノイズ》を流す。死人が不意に生き返ったみたいに、切れ切れのノイズを。

そうして、何度目かの波が埠頭に寄せては返した時……。

星の波間から、ジャンクのゴミでなく、少年が一人、浮かびあがった。泳いで。

水面《みなも》に顔をだし、夜空を仰ぐ双眸《そうぼう》は、星々がそっくり映りこんだようだった。

少年は海の向こうの別の光に気づいて、そちらを向いた。埠頭から遥《はる》か遠く、不夜城のように輝く香港島《ほんこんとう》摩天楼の光だった。いまだ彼はそれを知らなかったが。

少年はやがて港に泳ぎつき、コンクリートに手をかけて、誰もいない埠頭に這《は》い上《あ》がった。

背中には、肩から斜めにかけたさして大きくもないサックが一つ。

左の手首にはアクセサリなのか、小さな青い石のついた組紐《くみひも》が巻きついている。埠頭にあがった少年は服の裾を絞り、海水ではりつく前髪にふれ、鬱陶しげに顔をしかめた。

静かな倉庫群の暗がりから、ざらついたノイズが勝手に流れてきた。

〈……訃報……本日……香港政府議長ティエンラン・ルカード……急死……香港政府の発表……死因はいまだ調査中……〉

波が埠頭に打ち寄せ、百億の白い泡となって海の底に戻っていく。

サックから靴をだして履くそばを、ネズミが数匹走り抜けた。

少年はサックを肩に引っかけ直し、首をめぐらした。彼には見知らぬ世界を。

少年のずぶ濡《ぬ》れの髪から首筋へ、雫《しずく》が無数にすべり落ちていく。

……港には霧がさまよいはじめていた。

夜霧にまぎれて、海からきた少年は、湾岸区《ベイエリア》の暗闇へと消えていった。

1

香港島の北側のへりに沿ってのびる車道を、一台の車が東へと走っていた。

海岸沿い――というより車道はほぼ海上に張り出しており、窓ガラスの真下には泡立ちはじめた暗い色の海が広がる。海の上を飛行しているような車窓の眺めだった。

灰色の空から雨が落ちてきて、フロントガラスをぽつぽつと打ちはじめた。

「降ってきたな」

運転席から男が海を見た。車は自動運転モード。男は文字通り運転席にただ座っているだけである。

いつもは対岸に見える九龍《クーロン》半島が、雨でかすんでいく。男の髪みたいな灰褐色の世界。男の腕時計の針は、ちょうど午後三時をさしたところだった。

右のシートにはもう一人、金髪の男が座っている。左はえんえん海だったが、右の車窓はこの〈ルート4走廊〉に乗るまでの間、様々に風景が変わった。千年変わらぬ山脈《やまなみ》、香港島セントラルの摩天楼や、懐古趣味な看板だらけのマーケット街、ストリートをゆく路面電車《トラム》としばらく並んで走り、広大な自然公園を通り過ぎれば——不意にあたりから人が消える。道沿いにはもはや誰も見るものもない英語と広東語《カントン》と北京語《ペキン》の錆《さ》びた標識、廃線になった地下鉄の駅、あるいは百年前から打ち棄《す》てられたままの民家に、高層ビル群の廃墟《はいきょ》……。残っているのは遠い過去の静けさだけ。この〈ルート4走廊〉も、二十一世紀の遺物の一つ。当時はアスファルトの道路をガソリン車が排気ガスをあげて往来し、道の果てまで渋滞があったというが、今、雨の〈ルート4走廊〉を飛行しているのはこの一台きりだ。〈ルート4走廊〉は封鎖されて久しかった。それに香港《ホンコン》政府の公用車以外、今の香港島ではほとんど車の所有認可が下りない。

　雨で視界が薄暗くなり、車のライトが自動で点灯する。

　右のシートで、金髪の男が人気のない道路と、陰鬱な雨の風景を眺めた。

「幽霊少年《ゴーストボーイ》と遭遇しそうな雰囲気ですね」

「ああ、ネットで噂《うわさ》だよな、ネオ九龍のあちこちでたまに見かけるって」

「この香港島でも、出るみたいですよ。何度か目撃情報があるそうですし」

「香港島で?」

「それも、ネットの噂ですけどね」

「幽霊少年ね。香港警察が何年もさがしてるって、耳にしちゃいたが」

　灰褐色の髪の男は、スーツの胸ポケットから赤銅色のライターをとりだした。

「何年か前から香港で目撃情報があるのに、監視衛星《ゲートキーパー》の位置情報にさっぱりひっかからない。

ゲノム識別番号《コード》もない。電子空間上でつけられた通称が幽霊少年《ゴーストボーイ》……か」

　香港島はネオ九龍より遥かに規制が厳しい。特に島への出入者はゲノム識別番号《コード》で完全管理・制御され、入島資格のない者は生体認証で弾《はじ》かれる。興味本位で入ることはできず、香港島の陸海空どこでも監視衛星《ゲートキーパー》の監視区域内に入ったら最後、警報が鳴る。

「空から降ってきたって見つかるんだぜ。機械廃品《ジャンク》のがらくたが映した昔のホログラム映像が関の山だと思うがな。それか、本物の幽霊だな」

「でも、なぜ香港警察がやっきになってさがしてると思います？」

「なんでだ」

「成長してるらしいんですよ、その幽霊少年《ゴーストボーイ》」

「……成長してる？」

「ええ。数年前の最初の目撃情報と、最新の情報をつきあわせると、格段に少年の背が伸びて、姿が大人びてきているとか。……幽霊が成長します？」

　男は煙草《シガレット》をとりだしながら、空調を排出にかえた。

　ゲノム編集医療によって、多くの先天性異常も、ＤＮＡのコピーミスによる不具合から起きていた癌《がん》も今や撲滅されている。様々な依存症への耐性も劇的に向上した。そのオマケで、古い嗜好《しこう》品もまたのきなみ復活した。酒も煙草もドラッグも、コーヒーやセックスなみの手軽な快楽として日常に戻ってきた。好きなだけ溺れた後でも、心身は異常《グリーン》なし。煙草は昔よりちょっとばかし進化した。灰皿の金属板にでもこすれば、摩擦で火がつくようになった。でも男は今もライターで火をつける。ややあって、紫煙が車内にくゆった。

香港島もネオ九龍も、住民はもとより短期旅行者に至るまで香港政府へのゲノム識別番号《コード》登録が義務づけられている。公的サービスからコーヒーの支払いまでゲノム認証が介在する。普段の生活でそれらを認識することはあまりなかったが。

「ゲノム識別番号の登録なしに、この香港で何年も見つからずに生きていけるわけがないんですが……。だから噂にもなるんですがね」

「あながち噂でもないかもな。香港警察だけでなく、〝青龍〟まで幽霊少年を追っかけてるらしいからな。ゲノム識別番号を香港政府からもらわずに香港で生きていける方法があったら、そりゃ〝青龍〟は喉から手が出るほどほしがる。しっかし香港警察と香港トップマフィアを相手にして、何年もトンズラできるってのも、すげー坊やだな」

運転席の男は片手に煙草、もう片手で車の情報端末を操作した。広々とした運転席と助手席の間の空間に、電子スクリーン立体映像《ホログラム》を呼び出す。

「さて、俺たち公安ＳＰ《セキュリティポリス》がさがす相手は幽霊じゃないが、同じくらい厄介みたいだな」

「……まだ神崎《カンザキ》博士は端末の電源を全部切ってますね。応答なし」

二人の男の間で、警護対象である博士の情報履歴が立体画面にスクロールしていく。

「最後に確認された博士の最新の位置情報は、一時間前。場所はネオ九龍某所で非公開に行われた、遺伝子学会の学術会議。カンザキ博士は最後まで出席していた。そのときの生体情報は……正常《グリーン》だな。それから足取りが途絶える……正確にはＳＰがまかれた」

じろりと、運転席の男は金髪の配下を見た。

「おい、エドワード。まさかカンザキ博士が監視衛星《ゲートキーパー》の生体位置情報を遠隔操作で改竄《かいざん》できるほどのハッカーだとは聞いてないぞ」

「いえ、本人でなく、たぶんダミアンからもらった電子ウイルスを使ったんですよ」

「ダミアン？」

「週末は『ドクターD』の通称で、ネオ九龍の〈カジノ・ギャラクシーΩ《オメガ》〉のハッキング・バトルゲームで遊んでランキング一位とるようなやつですよ。……よけいなものを渡して」

エドワードは舌打ちした。

外では灰色の雨が強まる。三月の終わりだったが、今日はだいぶ寒々しい。

「香港島で生まれ、大学も香港アカデミアのハイクラスプログラムを最高成績で修了……か。エドワード、カンザキ博士は、一人で香港島の外に出たことは一度もないんだったな？」

「ええ。香港島を出たことすら、大学を出て一度だけ……SPには僕がついてました。その時も、ネオ九龍のマーケット街を少し歩いた程度です。博士は学会にもずっとM R《ミックスリアリティ》映像で出席していましたからね。今回の学術会議は、〈最高学府機関《ヴェルトール》〉がどうしても本人の出席を要請したからで……。ネオ九龍がどんなところかさえ――香港島とはまるで違うということをろくに知らずに、あの人は……」

二人のSPが命じられたのは、学会の後で行方をくらました博士の捜索だった。

「何かある前にカンザキ博士を連れ戻せと香港政府からのお達しだ。あれでも香港アカデミア屈指の――いや、世界屈指の遺伝子工学博士だからな」

東アジアのみならず、ユーラシア圏随一の学術研究島として名高く、世界最高峰の頭脳が結集する香港島アカデミア。

その精髄がしたたりおちる香港では、常に最先端技術の恩恵を享受できる。

たとえば最低限のゲノム編集医療は九龍・香港島では公費で全額負担され、心身に不具合を起こすような遺伝子は出産前に無料で書き換えられる。遺伝子ドーピングで好きに筋肉や足の速さも変えられる。容姿や能力も、親が遺伝子バンクからDNAを選び、目や肌や髪の色、背丈、だいたいの顔の造作まで望む通りに遺伝子編集《ゲノムデザイン》できる。香港では、生体での基本的な優劣《ハンデ》はもはやないといってよかった。

そのはずなのだが、傑出した能力を示す者はなぜか現れ、そういった選《え》りすぐりの英才たちが香港大学ハイクラスプログラムを受けられる。

そのエリートの中でも、さらにぬきんでたトップ数人のみ、〈最高位《ヴェルトクラッセ》〉の称号を贈られる。

神崎博士はその一人だった。

「エドワード、お前、ずいぶん長いこと博士の身辺警護を担当してるよな」

灰褐色の髪の男は、煙草《シガレット》を人差し指と中指ではさみ、紫煙をくゆらせた。

「大丈夫なのか、あの博士」

エドワードは白面をフロントガラスに向けたまま、頬杖《ほおづえ》をついて答えた。

「……まあ、大学時代からのつきあいですが、あんな感じでしたよ。僕は慣れっこですが……。

今日のＳＰが僕なら、あんなところで逃亡させなかったですよ」

「大学時代から、あんなか」

「『正常《グリーン》でないのではないか』ですか」

「幽霊少年なんてのよりずっと前から、噂だろ。カンザキ博士付きのＳＰの間じゃ」男は煙草を吸った。「いつもどこか不安定なところがあるってさ」

「……まあ、そうですね」

「生体情報はちゃんと緑《グリーン》だけどな。なのに、非公表で何度か『検査』されてる。異常《グリーン》なしで、毎度戻ってきちゃいるが……」

　ゆらゆらとした紫煙の向こうで、エドワードがひどく苛《いら》ついた顔をしていた。珍しいな、と男は目を細めた。エドワードが感情を露《あら》わにするのは。

「カンザキ博士は香港政府の下で重要な研究をしているらしいが、この一ヵ月というもの、ああして研究をちょくちょく放り出してふらつくってのは、異常なしとはいえんな」

　つい一週間ほど前も、博士は「逃亡」した。

　博士はいつものように香港大学行きの地下鉄《ＭＴＲ》にのったが、香港大学のステーションに着く前に下車して、逆方向の電車に乗り換えて終着駅まで行き、そこから廃線になった線路の上をたどって、この封鎖された〈ルート４走廊〉へ入りこみ、ほっつき歩いていたのだった。博士は途中で香港大学に休む旨を連絡したので、問題はない、といえばない。降ったりやんだりの小《こ》雨《さめ》の中、半日も博士の気まぐれに付き合わされたＳＰが、いい加減にしてくれと公安の上司に配置換えを申し出たことをのぞけば。

男の左側は相変わらず海がつづいている。男は煙草の灰を灰皿に落としながら、先日挨拶《あいさつ》した博士の印象を思った。博士を見ていると、この波が騒ぐ暗い海を見ているのと同じ気分になる。こっちの不安をわけもなくかきたてるところがあった。

「外見年齢は二十七、八か。博士、容姿も一度も修整してないよな。外見があちこち不完全で、アンバランスに見えて、妙に目をひくのは生来のままのせいか。美容デザインでいじって、好きに変えりゃいいのに。微調整だけでも、わりといけそうだけどな」

「僕も生まれてこのかた無修整ですが」

「お前の容姿は修整する必要がないだけだろうがよ」

香港では親が好みのDNAを選べるとはいえ、最高のDNAアクセサリ——たとえば〈最高位〉の遺伝子を我が子に望むような時は莫大《ばくだい》な費用がかかる。能力ではそういった富裕層か否かでの不公平さは残っていても、外見ならばいくらでも美容デザインで好きにいじくれる。よって九龍や香港島のアートストリートはかなり個性的な人間が歩き回ってる。

男は情報端末で、神崎博士の画像を呼び出した。一週間前、雨降りの〈ルート4走廊〉を一人でほっつき歩いていた時に監視衛星《ゲートキーパー》がとらえた画《え》。

人っ子一人いない海べりの道を、道なりにぽつりと歩くコートのうしろ姿。

あらゆる角度から博士を映した衛星画像が点滅する。博士は足を止め、海に小さな花束をほとりと投げる。灰色の空から雨が降りだしてきても、意に介さない。

無修整の博士の容姿は、なんとなく今の世界になじめず、ともすると花と海に消えてしまいそうだった。そういった不安感を与える人間は、香港島では見たことがない。

「……『普通《グリーン》じゃない』と、噂になるのもわかる。不安定なところがある、というよりは、逆だな……。苛ついたら、俺は煙草やセックスでまぎらわす。薬でトリップ中ならわかる。でも博士は普通にしてても、こうだ。博士の普通はずっと不安定な波の中にいるみたいで、それを消す術《すべ》もとらない。いつどんな言動をとるのかわからない」

「ええ。カウンセリングを受ければすむものを」

「博士はネオ九龍や、不法居留人街の人間じゃない。外界と隔絶された安全《クリーン》な香港アカデミア生まれ、生粋の香港島人で、ゲノム編集で異常遺伝子は全部正常に書き換えられてる。心身に不具合を起こす遺伝子は一つもなく、脳機能も全部正常《グリーン》……のはずなのに、コレだ」

神崎博士の専攻は、まさに遺伝子工学。至って「正常」なはず……なのだが。

SPがまかれたのも責められない。こんな風に感情のままに行動し、携帯端末を切って連絡を絶ち、ネオ九龍のダウンタウンで失踪するなんて、まず香港島の人間ではありえない。香港島人の狂乱は、計算された壊れない熱狂なのだ。いかなる時も。だが博士は……本当に不安定に映る。その不安定さをコントロールしようとしない。どんな理由でか。

「よりにもよってお前みたいな難しい奴《やつ》が、よく辛抱して十年以上も博士のSPをやったな。お前を護衛に指名する女富豪やらどこぞの令嬢やらは引きも切らんのに」

「引き受けるSPがいなかっただけです。配置換えですか。失態をした覚えはありませんが」

「いや。が、お前の担当時間は減るよ。ときどき俺がお前のかわりに入る」

「……あなたがですか？」

「そう。この俺が、配置換えを希望したロス・リーの後任だ。どうやら博士は今、香港政府で相当の重要人物になってるようだな。いったいどんな研究を任されてんのやら」

公安警察の彼らが政府から一研究者のSPを長く命ぜられているのも、香港シティにとって神崎博士の存在がいかに大事かを示している。わけても各国要人や香港政府首脳部といったトップの身辺警護を担当してきたのが、運転席にいる男だった。

男は吸い終えた煙草を灰皿に放った。

「で、お前は美しきミリアム政務次官の警護時間が増えるってわけだ。よかったな」

「……政務次官に追い払われるような何をしでかしたんです、キリアン？」

「昼はSP、夜は愛人になってちょうだい、って可愛《かわい》いお願いを、俺が袖にしたからかな？」

キリアンは片手で端末スクリーンをオフにしながら、もう片手で車の手動運転《マニュアルドライブ》キーを解除した。AIが網膜パターンとゲノム認証をし、音声で完全手動《マニュアル》モード接続を告げる。

格納されていたハンドル、アクセル・ブレーキ、マニュアルギアがフルセット。男は軽くハンドルに左手を添えた。右手でなめらかにギアチェンジし、一気に加速させた。時速一八〇キロで海上ジャンクションに入って〈ルート4走廊〉から降りる。――方角は海。

〈ルート4走廊〉からは九龍半島へ至る海底トンネルが三本のびている。二百年前は普通に車が往来していたが、現在は三本とも香港政府の厳重な管理下に置かれ、一般車輛《しゃりょう》の通行が一切禁止されている。二本は完全封鎖され、唯一中央海底トンネルだけ、香港政府の暗号コードのある特別車輌のみＡＩがゲートをひらく。

「このぶんじゃ、警護てか、ほっつき歩く博士の確保と監禁が俺の仕事になりそうだな……」

隣でエドワードが小さく息を吸いこむのが見えた。のみこんだのは苛つきかもしれない。

『暗号コード認証、トンネルゲートロック解除されました』ＡＩ音声が知らせてくる。

灰色の雨も、中央海底トンネルまでは届かない。キリアンはこのトンネルがお気に入りだ。

百年前に透明な特殊セラミックで作り直され、まるで水族館の底を走ってる気分になれる。

時速は二四〇にあがる。車を追いかけるように海底トンネルに灯火が点《とも》っていく。

「ったく、ネオ九龍を端末オフにして一人でうろつくなんて、九龍の住人すら怖くてやんねーぞ、ヒナコ・神崎博士。下手なとこ迷いこめば、内臓全部バラされて、今晩にゃあナイトマーケットの悪徳漢方屋台でゲノム情報まで量り売りされてるかもしんねーってのに」

キリアンの腕時計の表示は午後三時半。

今日の香港の天気は、明け方まで雨ふり。

ジャケットの胸ポケットからサングラスをだしてかけると、さらにアクセルを踏んだ。

†

人混みの中、ヒナは足を止めて、午後の空を見上げた。一週間前、花を抱えて〈ルート４走廊〉を一人で歩いた時も、彼女の気分はこの曇り空みたいな色をしていた。

――ヒナ、あなたはどこもおかしくない。あなたは正常《グリーン》。

母は今のヒナを見ても、そういってくれるだろうか。

――あなたは普通の女の子よ。元気だしなさい。今のあなたを愛してるわ。私はもうすぐ死ぬけど、それからがあなたの人生の始まり。一人になっても、立って歩いていけるようになった時からが、本当の始まり。誰だってそうなのよ。


彼女だけを取り残すように、雑踏が知らぬ顔をして交錯していく。ヒナは薄茶色の瞳を細めると、また九龍ストリートを歩きだした。春物のコートのポケットに手を入れて。

頭にぶつかりそうな無数の看板に、流れる大音量の複合現実《ミックスリアリティ》――MR――広告映像の光が、通りすぎる人々を一瞬ずつ別の七色に染めあげる。

クラクションに鳴り止《や》まない香港警察のサイレン……ネオ九龍のあまりのやかましさにヒナも学術会議前は絶句したが、不思議なもので始終きいていたら、気にならなくなった。

(……一人で香港アカデミアの外を出歩くの、初めてだけど……面白いわ)

香港島が研究者のための島――香港島アカデミアとして高度研究学術都市に特化してから、香港政府は厳しい入島規制を敷いた。優れた研究者を多く招聘《しょうへい》する一方、研究機関の者以外では香港政府が定める居留条件をクリアしなければ入島も許されず、昔は貿易と観光で栄華を極めた香港が、以来旅行者や短期滞在者すら一切受け入れなくなった。

ひきかえ、研究者たちには犯罪が一件も起こらないクリーンで安全な街、高度経済都市での何不自由ない暮らし、多大な公的援助、数々の医療優遇措置が約束された。

同時に香港島は、やや特異な性質をもつことになった。

二十三世紀の現在、世界の多くの大学、学会、シンクタンク、研究所等は、研究の公正中立を旨とした一つのアカデミア・ユニオンに所属している。正式名称〈最高学府機関《ヴェルトール》〉。

二十一世紀に研究者たちによって設立された独立機関であり、あらゆる地域《エリア》・国家体制・政府の支配を受けつけず、いかなる相手にも研究が恣意的に利用されぬよう、研究者の安全と人権、良心と中立を保障するのを第一とする。機関の審査に通れば、個人研究者であっても潤沢な資金提供を受けられる。他にも現地の利害がからむフィールドワーク・遺跡調査等で、各政府との外交交渉・調整を研究者にかわって〈最高学府機関〉のスタッフが行ったりもする。

香港島は〈最高学府機関〉が世界で五つしか認定しない直轄拠点の一つであり、ユーラシア圏における最高峰のアカデミア都市だった。

当然、彼ら研究者のほとんどが、〈最高学府機関《ヴェルトール》〉に所属する。

彼らが香港政府の方針に沿うことはない――研究者の自由と良心が保障されているからこそ、世界的な学者たちが香港島を訪れるのであったから。

つまりは香港島は自由の気風のもと、香港政府から半分独立しているといってよかった。不思議に香港は、そういった運命がよく似合う島なのかもしれなかった。三百年の昔から。

それらの研究成果はまた、莫大な経済利権を香港にもたらしもした。今の香港の経済の主軸は、もはや土地でも貿易でもなく、研究者たちの頭脳であり、香港島アカデミアだった。

気候変動による災害や人口流動化、環境変化……。利害優先の既存の国家間の争いと、拡散する真実《トゥルース》と偽物《フェイク》。研究者たちの頭脳と、多くの優れた研究開発、新技術、論文らが、崩れかけたこの世界を今も何とか支えてる――ヒナの学生時代、最高学府《アカデミア》プログラムでそう教授が言ったけれども、ヒナは昔も今も、あまり実感はない。

(……香港島から、ほとんど出たことがないから、なのかしら……)

鎖《とざ》された香港島で生きるヒナにとって、アカデミアの外はガラス越しの世界と同じだった。そこに映るものが真実《トゥルース》でも偽物《フェイク》でも、ヒナにさわれないのは同じ。だからだろうか、ヒナはネットニュースの向こうの『外の世界』が真実実在するのか、疑うことがよくあった。『正気《グリーン》じゃない』とまた言われるだけなので、口にすることはないけれど。

日々端末に流れる外国のニュース映像、災害、紛争、国家崩壊、人気のグルメ、終戦条約締結、惑星崩壊がはじまったという「KELT《ケルト》-9b《ナインビー》」、宗教圏での断食月《ラマダン》やミサの祈り――〈最高学府機関《ヴェルトトール》〉遺伝子学部門〈最高位《ヴェルトクラッセ》〉授与者としてヒナコ・神崎の名がバグダッドやマチュピチュのサイエンスネットニュースに流れてもそれすら、現実《リアル》なのか、一枚の端末画面の偽物《フェイク》にすぎないのか、ヒナはいつも曖昧《あいまい》になるのだった。

そんな彼女にとっても、ここネオ九龍だけは多少真実味があった。

昔、一度だけ訪れたことがあったし、香港島の公園のベンチから、対岸に小さく見えるゴチャゴチャした九龍の街並みをよく眺めているので。雨の日は、ブリキのオモチャみたいな街並みが蜃気楼《しんきろう》のように消えてしまうのではないかしら、と心配しながら。

（本物だったわ……）

めくるめく光と音が押し寄せ、ホログラム映像がネオ九龍の街中を乱舞する。

すれ違う人すら、一瞬ごとに入れ替わっていく——年齢も言語も人種も目の色もファッションも全部ごちゃまぜに。空には無人飛行《ドローン》タクシーと宅配ドローンが燕《つばめ》と一緒にのんきに飛行していて、地上のストリートでは自転車とバイクで通りはたいてい渋滞中。

菜館からは飲茶《ヤムチャ》や香辛料の食欲をそそる匂いが流れてきて、屋台ではあらゆる無国籍料理が次々並ぶ。スイーツスタンドの七色アイスクリームとタピオカミルクの売り声。

ヒナは渋滞をすり抜けていくエアバイクを——百年前のカタログから抜けでてきたみたいなやつ——目を丸くして見送った。すごいバイクテクニックと、ドライバーが推定外見年齢百二十歳のおばあちゃんだったから。サングラスはたぶん装着型端末《ウェアラブル》だろうと思うけども、ただのサングラスかもしれない。……もしかしたらエアバイクも、本当に百年前のカタログで彼女に買われたアンティーク・エアバイクかも。

香港警察のサイレンがすぐ近くで止まった。何があったのか、クラクションがいっそうひどくなった。どうやら通行規制が敷かれたらしい。〝青龍〟や〈カジノ・ギャラクシーΩ《オメガ》〉という単語が露天の店主たちから漏れ聞こえてくる。通りを走る運送トラックの箱では広告映像が流れていて、今ユーラシア圏を席巻《せっけん》する仮想《バーチャル》仮面アイドルユニット〝TWINKLE《トゥインクル》〟が、クールなダンスステップを踏んで、午後四時だと告げていた。

うしろを振り返ってみたら、遠く、香港島の方角に灰色の雨雲がかかっていた。

(今日は、エドワードはオフの日だから香港島にいるはず、だけど……)

ヒナはエドワードの怒りを思って、気が重くなった。

エドワードはユーロ圏コーカサス地方とスイス系の遺伝子の掛け合わせがひと目でわかる。しかも美容デザインなしに、生《き》のままで稀《まれ》に見る芸術的な容姿だった。あの青灰色の目も生まれつき。エドワードの冷たい一瞥《いちべつ》と怒りは他の誰より胸にこたえる。大学時代からずっと、未《いま》だにエドワードとうまく話せず、苛立たせてばかりいる。

いや、単にあの麗姿《れいし》に気圧《けお》されているだけかも。

容姿のゲノム編集をされず、生まれて一度も手も加えていないのはヒナも同じだが、自分の方はどう思われているかはわかっている。自分では結構愛着があったけれど、他に気に入ってくれる相手は今まで母しかいなかったので。いや、あと友だちのジーンも、たぶん。

端末をオフにするのはともかく、今回は監視衛星《ゲートキーパー》の個人識別情報《コード》まで改竄した。半日くらいしかごまかせないとダミアンは言っていたけれど、そっちは立派な犯罪行為。「一人になりたかったので」という理由では、納得してもらえそうもない。

実のところ、ヒナは逃亡する気などさっぱりなかった。会議の後、SPと一緒に香港島へ帰るつもりでいた。が、会議が終わって、気づいたら、ふらりとネオ九龍の街なかへまぎれこんでいたのだった。正直どうやって会議場でSPをまいたのかすら、覚えていない。

(……ついでに、地下鉄パスカードをいつすられたのかも、覚えてないわ……コートのポケットに入れていたはずなんだけど……)

バッグはSPに預けていたため、ヒナの所持品といえば身の回りのものと、地下鉄パスと、電源を切ってコートのポケットにつっこんだブレスレット端末くらいだったのだが。

(香港大学に通勤する時にも使ってるパスカードなのに……)

何度か駅で新しい地下鉄パスを買おうとしたが、そのたび見知らぬ人間がなぜか寄ってくるので、なんだか怖くなって逃げ出して、今に至る。

なんとなく人ごみの流れる方へ歩いていたら、金魚を売る通りにでた。

色とりどりの熱帯魚や金魚が屋台に吊《つ》るされ、透明な袋の中で、無数に泳いでいる。

昔、一度ネオ九龍を訪れたときも、この金魚街へ迷い込んだ。

あの日は一人でなく、母も一緒だった。SPをまいて、二人で気の向くままにネオ九龍を散策した。後にも先にもあのときだけ。

肌寒い三月の今日とは違う、ひどく晴れ渡った、夏の日だった。

(……二人してこの金魚街で、じいっと金魚を眺めていたら……追ってきたエドワードにつかまって、こっぴどく怒られたんだわ……。十年前だったかしら?)

小さな袋の中の世界で、今日もつかまった金魚たちが音もなく泳いでる……。

――綺麗《きれい》ねぇ、お母さん。どれもぜんぶ、綺麗ね……。

――ヒナはどの金魚がほしい?

――お母さん、私を幾つだと思ってるの?　いいの。見てるだけで……。

金魚売りの店主が声をかけてきた。昔と同じ売り文句で。

「どうだい小姐《おねえちゃん》、金魚は？　金運のお守りだよ。遺伝子編集されてるから稚魚産まないよ」

「……………ありがと」

ヒナは微笑《ほほえ》んだ。金魚は買わなかった。

（あのあとエドワードがなぜか金魚の棒付き飴《あめ》と、花をくれたのよね……。二人でしょげてたのはエドワードに見つかったからで、金魚買えなかったせいじゃないんだけど……）

遺伝子工学の権威ミヤコ・神崎博士は、国際学術会議で金魚の棒付きキャンディを舐《な》め舐め発表をしたと、各国のサイエンスニュースに流れてしまった。

あのときは母が招聘されたが、今回ネオ九龍コンベンションホールでの国際遺伝子学会に招聘されたのは、自分のほうになった。今回は内容すら非公開……。

（………………）

ヒナは数時間前に終わったばかりの会議を思い返した。

考えにふけっていたら、ぽつりと、雨粒が頬にあたった。

我に返ると、ヒナはどこだかもわからぬ、大通りから外れた暗い路地の十字路にいた。

いつのまにか、辺りは夜になっている。頭上の電子広告板で、午後八時すぎの時刻が点灯しているのを見て、ぎょっとした。——四時間も歩き回っていたのだった。

夜の帷《とばり》のおりたネオ九龍は、昼よりもいっそう赤々としていた。

午睡から覚めたように軒先の赤いランタンに火が入り、街中の明かりがついていた。それでいて九龍の半分はずっと夢から――妖夢《ようむ》の微睡《まどろ》みから醒《さ》めずにいるようでもあった。

夜間飛行船のCMや、大通りからもれくるどぎつい光彩が暗い路地を点滅させ、黒い影めいた奇妙な雑居ビル群を一瞬浮かび上がらせては消していた。

十字路のそこここに薬でトリップ中らしき人間がだらしなくうずくまり、暗がりから煙草や酒や合成ドラッグ、得体の知れない異臭が漂いくる。いい加減に建て増しされた集合住宅の、怪獣の目のように四角い窓の闇々から、無数の視線を感じた。路上の男や女たちの卑猥《ひわい》な呼びかけより、その視線の方がヒナの背筋をうそ寒くさせた。得体の知れない恐怖だった。

香港島に「危険人物」はいない。ゲノム編集医療によって、ちょっとやそっとじゃ壊れなくなったので。心身が危険水域に入りかければ、装着型端末《ウェアラブル》が感知し、医療機関と香港警察に自動で通知がいく。『検査送り』で脳の異常が確認されれば、矯正され、『まともな人格』として帰ってくるというが――ヒナは帰ってきた人間を知らない。そういった『正常でない』人間がどうなるのかも公表されていない。確かなのは、香港島では百年間、凶悪犯罪は起きていないということだった。ただの一件も。

けれどネオ九龍では日常茶飯事だということを、急に実感した。

メインストリートに戻ろうとしたら、五、六人ほどの男たちが道をふさいで、ヒナを見て囁き合っていた。

麻薬の煙と、ひたひた近づく足音から、逃げるようにヒナはその場を離れた。

……どこの路地をどう抜けたのかも、どのくらいの時間が経《た》ったかもわからない。

方角も知らず、人気のない方へ闇雲に逃れていたら、突然まったく街が途切れた。

無人の廃墟地帯《ゴースト・タウン》だった。コートのポケットからだした携帯ライトで、そうとわかった。

傾いて半ば崩れた廃墟の建物群、六車線ある道路は陥没し、信号は消えている。暗い沼の底めいた街をゆくと、道路の向こうで一つだけ切れかけの街灯が光っていた。

街灯の下に、海浜公園の案内板があった。案内板の地図では、ネオ九龍市街から西にある海沿いだった。『立入禁止区画』という警告板がそばのベンチの脚に鎖でひっかかっており、そこには八十年も前のAD年代がかすれて記されていた。香港島にもこんな風に放棄された昔の廃墟区画が多くある。たぶん、世界中に。

夜空を見渡しても、夜間飛行するCM飛行船の光は一つも見つからない。

廃墟《ゴースト・タウン》の街には人っ子一人おらず、奇妙に動物の気配すらない。

誰もいない廃墟の街と、ヒナに、雨が落ちる。降ったりやんだりの雨が。

さっきの、ネオ九龍の光の中に戻る気にはなれなかった。

ヒナはもう一度案内板を見たあと、ライトを頼りに車道を歩いた。ライトの光の届かぬ暗闇に何があるかは、よくわからない。転がる信号機の骸《むくろ》をまたぎ、車道を塞ぐ奇怪な影へライトを向けたら漁船の残骸だったことも一度あった。

車道からアーケードの歩道に逸《そ》れる。くねくね曲がるアーケードの道は、深い深い暗闇に誘いこむようでもあった。でもそんなことはなく、終点は地図通り昔のショッピングモールのエントランスだった。噴水は、からっぽ。

エントランスの案内板には百二十階まで表示があったが、九龍の西海岸地区にそんな高層建築など残っていないはずだった。ライトで辺りを照らせば、瓦礫《がれき》が散乱していた。その中に「二十二階」という表示付きの瓦礫があった。バベルの塔さながら高層階は崩落したらしかった。そこにいた百階ぶんの人は、どこへいったのだろう……。

小雨だった雨脚は、強まっていた。

ライトを照らしながら巨大なエントランスホールを見て回ると、強化ガラス壁の隅に、かろうじてくぐれそうな穴を見つけた。そばには壊れたシャンデリア。どんなわけかこれがぶつかって、強化ガラスに穴をあけたものらしい。ヒナは穴に身体《からだ》をねじこんだ。

真っ暗で、埃《ほこり》っぽいにおい。屋根を打つ雨音が、遠い世界のように小さくなる。

ヒナはもうそれ以上、探索する気力がなかった。

よろめくように何メートルか進んで、膝が折れた。携帯ライトをコートのポケットにしまった。暗闇が戻ってきた瞬間、ヒナの電源まで切れたようだった。フロアの床にへたりこんだ。めまいを覚えて、きつく目をつぶった。足もとから寒さが這《は》い上《のぼ》ってくる。

（……何時……なのかしら……もう「明日」になったのかしら……）

やっと……ヒナは安堵《あんど》した。

寒くて、疲れ果てていた。でも、ネオ九龍よりも、……香港島に帰るよりも、誰もいないここのほうが、ヒナにはずっと気が休まった。

足を折り曲げて座り直すと、ストッキングが埃や砂でざらついた。コートを脱いで雨粒を落とし、スカートのひだをなでつける。髪は濡《ぬ》れそぼち、スーツのブラウスの下で雨の雫《しずく》がすべり落ちていった。下着もブラウスも撥水《はっすい》仕様で、多機能性もある。けど「隙がない服は色気なし」「オシャレは我慢」がモットーのデザイナーが現香港モード界の帝王なせいか、襟ぐりやボタンの間から雨が滲《し》みるのを改良する気はないらしい。

ハンカチをさがそうとして――足が悲鳴を上げた。疲れていることをようやく体が思いだしたみたいだった。重たい疲労が骨身に滲みだし、雨でかじかんだ手足が震えた。

ヒナはパンプスを脱ごうと手をやった。

その時、どこかで瓦礫がくずれ落ちた。

ヒナは手を止めた。暗闇の奥に、もう一人、誰かいるような気がした。

「……だれ？」


あたたかな風がふっとヒナの身体に吹き寄せてきた――と思った。

そのあとは、何が起こったかわからなかった。

コートにしまった携帯ライトが飛びだしたものか、フロアに光の乱舞を振りまいた。

自分が何か――誰か――につき倒され、仰向けで組み敷かれたことに、しばらく気づかなかった。頭と背をしたたかに打ちつけたことと、その痛みだけを感じた。

携帯ライトがあちこち跳ね返る音がして、光がフロアを移動する。やがて、それもやんだ。ライトの光量が何かのはずみで最大になったか、真昼のような明るさだった。

片膝をついてヒナの身体を押さえこみ、見下ろしていたのは、一人の少年だった。

ヒナの両手は少年の手にとらえられ、蝶《ちょう》のように床にはりつけられていた。外見年齢は十七、八ほど。長袖のTシャツに、ジーンズ。やはり雨に降られたのか、少年の黒い髪もしめってい て、雫が数滴ヒナに落ちてきた。その手は火の手錠のようだった。ヒナが小さく息を吸いこんだのは、雫の冷たさゆえではなかった。燃えるようなその熱と、投げかけられた少年の眼差《まなざ》しに揺らめくものが、音もなくヒナの産毛を逆立てたので。

斜めうしろで止まったライトがまぶしいように、少年が眉をひそめた。それか、あんまりヒナが無抵抗だったからか。

ヒナの震えを怯《おび》えととったのかもしれない——確かにちょっと怖かった——少年の警戒がやや薄れ、手の拘束がゆるんだ。そうしたら、寒さと、本物の怯えが押っつけやってきた。

少年はヒナの両手を左手だけでつかまえ直した。さっきよりはやんわりと。

右手で、少年はヒナの服越しに身体の輪郭へふれていった。ネオ九龍の路地裏で感じたほど怖くはなかったが、胸のふくらみにさわられたときはさすがに身を固くした。でも手はすぐに離れた。ボディチェックらしいと気づくまで、少しかかった。手つきには多少のためらいと、好奇心と、あの火の枷《かせ》の……熱さ。光が届かず半分暗闇に沈むヒナの身体の線をなぞって腰のくびれへあたたかな指がすべりおりたときは、闇から少年の掌《てのひら》へ切りとられてどこかへ持ち去られる思いがした。

ヒナの赤みがかった金髪に手がさしこまれ、耳のへりに指が触れた。ヒナの顔に少年の視線がそそがれる。吸いこまれそうな漆黒の瞳だった。

同じぶんだけヒナも彼を観察できたはずだった。なのに、彼の手首に、綺麗な青い石がついた紐《ひも》が巻かれていることくらいしか、思い出せそうにない。

襲われた衝撃や恐怖とは違う、何か――別の理由によって。

濡れてはりついたブラウスの下で、ヒナの胸はずっと、あやしくさわいでいた。

(ま、まだ……かしら……何もなかったと思うけど……)

奇妙な動悸《どうき》をごくっとのみくだすと、ヒナの首筋や髪の先をさまよいはじめていた指先が、我に返ったように止まった。

急に、自由になった。

少年が、携帯ライトの光の届かない暗闇へまぎれこむ。

「あ、あの――あなた、待って」

やっと――やっと声がでた。自分で聞いてもひどく小声で、かすれていた。

慌てて身を起こした。一気に現実が戻ってくる。ぶつけた後頭部が痛いとか、パンプスが片方どっかにいったとか――どこにすっ飛んでいったのやら見当もつかない。もう片方も爪先にひっかかっていただけだったので、脱いだ。髪留めも外れて、髪がほどけていた。ぶつけた頭以外、怪我《けが》はなかった。ストッキングは転んだくらいじゃ破れるどころか足に擦り傷もつくらせない生体保護仕様で、災害時は靴なしでも歩けるが売り（タグの説明文によれば）。

なんとか携帯ライトを拾えたころには、辺りは再び静まり返っていた。

ホッとしなかったといえば嘘《うそ》になる。けれどどうしてかヒナは、無性にあの見知らぬ少年が気になった。何か——勘といったものが——知らせていた。

あの男の子は——違う。……でも、何が？

ありふれた恰好《かっこう》なのに、九龍や香港ストリートの誰とも違う空気をその身にまとっているようだった。眼差しの奥や、表情、指先の熱にもそれはあった。かといって少年の何が、遥かな異国の旅人のようにヒナに思わせるのか、少しもわからないのだった。

明かりを照らしながら一階のショッピングフロアを見て回った。止まったエスカレーターや、壁からむきだしになった鉄骨、ひっくり返った棚とマネキン、配線の切れた電子掲示板に、センサー……。人の気配は感じず、少年がいたことさえ、次第に自信がなくなった。

正常《グリーン》じゃない、感情に波が多すぎると、よく言われる彼女だったから……。

寒々しさと、とぼとぼとした気分がまた戻ってきた。ずっしりとした疲労も。

火の烙印《らくいん》のように焼きついた手首の熱も、薄れていった。少年は幻のように遠ざかった。

（……私、今日は本当に変なんだわ。そもそも、一人になりたかったはずで……。とりあえずストッキングの売り文句は正しかったわ……ガラスも踏めるストッキングってやつ……）

元の入り口へ戻ろうと引き返したら、横のエスカレーターからおかしな音がした。

もう一回、聞こえた。どことなく可愛らしい。大学の講義などで聞いたような、と首をひねり、それが何か思い当たった時――ヒナは今度こそ衝撃を覚えた。――くしゃみ！

ライトを向けると、さっきは無人だったエスカレーターの半ばほどに、少年が立っていた。

まぶしげに眉をひそめて、鼻を押さえている。階段をのぼりながら、ウィンドブレーカーの片袖にちょうど手をつっこみかけた恰好で。

ウイルスによる病は、出生前の胚《はい》へのゲノム編集医療であらかた耐性がついている。少なくとも香港では花粉症も風邪も駆逐され、新型ウイルス以外はほぼ感染しなくなった。なのでくしゃみをするのは鼻に異物が入った時くらいだが、クリーンな香港島ではそれすら滅多にない。服も高機能性で体温調節は完璧だ。正常遺伝子しかもたない香港島生まれのヒナは、つまりは、くしゃみを授業中の参考映像や映画でしか聞いたことがない……。

ライトの中で、少年は三回目の、本物の「くしゃみ」をした。

（ふいっくしょん、っていった……か、可愛い……）

もう片方の袖にも腕を通して、少年はエスカレーターをあがっていった。

一瞬だけ、ヒナを見下ろした気がした。気のせいだったかもしれない。

ヒナはエスカレーターで通せんぼする通行止めの古い鎖をくぐって、後を追った。

†

少年は五階フロアで降りた。

一階は暗闇だったが、二階から上は天井や足もとで時折小さな光が緩慢に明滅する。深海生物やヒカリゴケなどの発光作用をもとにした過去の非常灯が、わずかばかり生きているのだった。非常灯というよりプラネタリウムのよう。ヒナにはライトがなければ文字通り深海の底と変わりない。少年がドアをあける仕草をし、暗闇から雨音と風が吹き込んでこなければ、天井までガラス張りの壁があると気づかず激突していただろう。

ドアの外は屋外で、叩《たた》きつけるような雨だった。真夜中をとうにすぎているようだった。真っ暗な中、風がヒナの髪を巻き上げる。天蓋で雨は遮られていたが、斜めに降りこんでくる。もとはカフェテリアを兼ねた憩いの場らしく、ヒナは倒れたテーブルや壊れた椅子《いす》を避けながら（少年は全部またぎ越していた）、周囲をライトで照らした。テラスはかなり広かった。端に巨木が一本だけ茂っている。他の植木は枯れるか折れるかして、干からびていた。

少年はカフェテリアのカウンターのそばで足を止めた。

ヒナがあたりを見回している間にどこからかバケツが出てきて、中で魚が三匹ビチビチ跳ねていたのは、「海で釣ってきたのかしら……」と胸騒ぎを覚える程度ですんだ。お次は、炭らしき燃料と、網と、七輪が出てきた。今度は見ていた。出所《でどころ》は調理場の業務用冷蔵庫だった（電気は切れている）。……どうやって火を熾《おこ》すのか見当もつかなかったヒナを尻目に、少年は火打ち石で火をつけた。

（火打ち石!!　災害用ですら見たことないわ！）

おとぎ話で兵隊さんが、もっていた気がする。

少年は三匹の魚を殺害して小枝を刺し（一本だけ茂ってるあの木の枝のように思う）、網に並べて、七輪で焼き始めた。ヒナはためらいをかなぐり捨てて走り寄った。そんなの食べたら死んでしまうと、心を尽くして説得した。水質を正常値に戻してみせた海域もあるが、香港近海の評価はいまだ「深刻《シリアス》」。二十一、二世紀に垂れ流された有害物質やマイクロプラスチック、放射能汚染で魚もカニも有毒なのだ。ネオ九龍だろうが上海《シャンハイ》だろうがシンガポールだろうが、食卓にのる魚介類といえば、遺伝子書き換え処理をされた養殖ものだけで……。

懸命にヒナが話しているうちに、網で魚が一匹コンガリ焼き上がった。

彼がその毒の魚をぺろりと平らげるのを見た時ほど、その日のヒナがショックを受けたことはなかった。ヒナは悲しくて泣いた。

すると少年は困った顔をし――網に並ぶ二匹の焼き魚のうち一匹を、ヒナにくれた。ヒナは手の中で串刺しになって死んでる魚の目を見て、途方に暮れた。

少年は口をきけず、言葉がわからないらしかった。

知る限りの言語で話しかけてみたが、どれも少年に通じた様子はなかった。

なのでヒナがしくしく泣いたことも、どうも彼には――。

（……『私にも一匹お魚をわけてくれ』って泣いたと思われたのだわ……）

香港では身体的ハンデはとうにない。どんな言語も情報端末で通じ合え、語学を学ぶ必要性さえ消え去った。香港の外には今も昔ながらの生き方、テクノロジーと無縁の暮らしを選ぶ街や小国圏《エリア》があることはヒナも知っている。それでも普通は医療技術や言語に関して例外を設ける。厳格な戒律のもとで生きる宗教圏でもない限りは。

花のない花壇の煉瓦《れんが》に浅く腰かける仕草は、すごく香港ストリートの少年ぽい。でも――。

彼は……？　エキゾチックな瞳に見返され、ヒナはどきっとした。

ヒナの言葉がわからず、なのに……おなかが減ってると思って、お魚をわけてくれたのだと思うと、なんだかヒナは悲しいながら、慰められる気持ちになった。

食べたら、ヒナは死ぬであろう。毒を致死量摂取したら生物は死ぬのである。

全遺伝子を正常に書き換えてようが、毒キノコを食べれば死ぬんである。

けど、ヒナがこの死骸を食べれば、少年は毒の魚を一匹食べずにすむ……。

ヒナは焼き魚と見つめ合った。毒の摂取量が減れば、何か幸運があって、少年は生き延びるかもしれない。ヒナはあまりに感傷的になりすぎ、毒の魚をモールの外へ投げ捨てて二人とも救うという考えは、なぜかちっとも浮かばなかった。

ヒナは七輪のそばに座って、ライトを置いた。

むろんヒナとて焼き魚は食べる（さっきまで木の枝だった串に刺さってるようなものではないが）。でも人参《にんじん》と、毒人参を食べるのとではわけが違う。ヒナは毒人参の杯にのぞむ哲学者ソクラテスであった。

少年の見よう見まねで、生から形態変化を起こした魚を、おなかから食べる。焦げた皮ごと。思った以上に熱々だ。海水のしょっぱさがいい塩味になっていた。

（……間違いなく、そこの海で釣ってきた毒のお魚だわ……）

味はおいしい、ような気がする。ワタは、すごく苦い。最後の晩餐《ばんさん》ね……。さっさと二匹目を食べ終えた少年は、カップで水を飲んでいる。非常用飲料水とラベルにあるボトルから注いでいたので、ホッとする。

（……あのカップ……計量カップだわ……二〇〇ccのやつ……）

花壇に寄りかかる少年は、ライトの投げかける陰影でいっそう印象的だった。

背は一七五センチあるかないか。しなやかな身体つきで、ちょっぴり低い鼻（香港基準）が可愛い。象牙色の肌とアーモンド形の黒い瞳、今は文字通り烏《からす》の濡《ぬ》れ羽色《ばいろ》の黒髪。東洋系だろうと思うけれど、確証がもてない。たいていすぐ掛け合わせが想像できるのに、彼は……わからなかった。顔立ちはエドワードのように非の打ち所がなく整ってはいない。木々や花の閑雅《かんが》さに似て、無作為のあやなすような不思議な……アンバランスな魅力だった。

言葉を話さぬ口もとや、魚を差しだした手つき、ヒナにそそぐ眼差しの中に、香港の誰ももたない、無造作なやさしい優雅さが揺らめいていた。見知らぬヒナがそばにいても少しも不愉快そうにも、迷惑げにもしない。モールにもぐりこんだ時はくたくたで、誰ともいたくなかったはずなのに、今のヒナは……そんな気持ちも消《き》え失《う》せていた。

小骨をのけながら神妙に魚を食べていたら、視線を感じた。少年が花壇で片足を抱いて、魚を食べるヒナを見下ろしていた。くすっと笑った。

あんまり素敵な微笑みだったので。

（もう一度、笑ってくれないかしら）

じっと待っていたら、少年は別の凪にとったようで、ヒナの手から魚の串を抜きとり、残っていた身を綺麗に平らげてしまった。

ヒナは彼の手や、Tシャツからのぞく鎖骨に、ごく小さな古い傷痕を見てとった。

「………」

少年は炭火を始末して七輪を片付け、五階フロアの中へ引き返した。

ヒナは少し留まった。一本きりの木がざわざわと鳴り、外の世界は一寸先も見えない。雨風の合間から、サイレンの音が遠く聞こえた。ネオ九龍の警察サイレン。

あの極彩色の光と音の氾濫も、ランタンの灯火も、金魚街も、今は遠い。

廃墟《ゴースト・タウン》の街の南は取り壊されているのか、遥か遠くに光の帯が滲《にじ》んでいた。香港島摩天楼の、今頃はとっくに帰ってるはずだったヒナの街の灯だった。

コートの端末はずっとオフ。SPはヒナをさがしているだろう。香港島に帰らず、連絡一つ入れず、廃墟のショッピングモールに見知らぬ男の子といるなんて、正気《グリーン》じゃない。

(……ダミアンのウイルスから復旧して、端末が遠隔操作されるのは、最速で明日の朝……)

ガラスの箱で守られたように安全で、不自由のない香港島。

ヒナ自身、香港島の外に出たいと思ったことはあまりなかったのだ。凪でひるがえるコートのポケットに両手を入れた。世界は暗くて、ヒナを隠してくれるよう。今だけでも。

(外の、世界)

ガラスの外の本物《リアル》。ずっと香港島の公園から眺めていた場所。香港島よりうまく息ができる気がするのは、ここが一時の逃亡先だからだと、ちゃんとヒナは知っていた。……でも、少しだけ避難場所がほしい時もある。

ヒナはブレスレット端末にふれず、サイレンの音に背を向けた。

何かに鼻をぶつけた。フロアに去ったはずの男の子が引き返してきて、その胸にぶつかったのだとわかるまで、数拍。「忘れ物?」と訊いたら、男の子はヒナの腕をとった。返事のかわりみたいに。


そこの入り口をヒナがライトで照らすと、店名とラグジュアリースパという文字。

中にはケア用らしき大きな椅子が一脚と、マットレスが一つ。ガラス張りの壁面を、雨だれが流れ落ちていく。真下の暗闇は九龍海らしい。ホテルのスイートさながらの贅沢《ぜいたく》なプライベートトリートメントルームだった。

闇の中、火打ち石が鳴った。窓辺に寄せたマットレスにくつろいで座る少年が蠟燭《ろうそく》の炎にうかび、彼の影がのびてヒナの足首をつかまえた。本物のハーブの匂い。スパで使われていたものか、ガラスに入ったハーブの蠟燭は掌ほども太さがある。

もの慣れた仕草や、マットレスに置かれたクッションや毛布を見れば、ここが彼の寝《やす》む場所だとすぐ知れた。彼の特等席。

昔はスパのお客が絶景を眺めてケアを受けていたのだろうが、今は一人の少年が満天の星を眺めながら眠ってる。きっと、晴れた日には……。

少年から少し離れた椅子に、ヒナは腰を下ろした。横になった彼は、ヒナがそばにいてもやはり素知らぬ風。ヒナは今日初めて心の底から気が緩んだ。

携帯ライトを消し、今の今までもっていた片方だけのパンプスを床に置いた。

外の雨音は少しも聞こえず、ハーブの香《か》が静かにたゆたう。蠟燭の火影が眠たげに揺れる。ヒナは疲れてはいたが、眠りは訪れなかった。ここ一ヵ月ばかりと同様に。

金魚街の風景が蘇ってくる。千の袋で泳いでいた、色とりどりの千の金魚……。

くしゃみが聞こえた。寒いのか、男の子がぶるっと震えた。ヒナは椅子から降りて、そばに行ってみた。暗くて見えづらい。首筋に触れると熱っぽく、微かに汗ばんでいる。

（毒の魚を食べたせいで熱が上がってる……んじゃなくて、「風邪」みたい。昔は誰でもひいたっていう――）

ひと目見た時から感じていた『何か』が、再びヒナの中で頭をもたげた。

端末に医療《メディカル》アプリがあったが、使うことはしなかった。オンにしてSPにヒナの位置情報がばれるくらいなんでもない。でもヒナのいくつかの観察と、直感が正しければ、この男の子は――香港で見つかったら、ただではすまない。

国際医療団から要請があれば僻地《へきち》医療を行える知識とスキルは一応学生時代に叩きこまれてる――が、「風邪」という古典項目ではたいした対処はでてこなかった。全然。

男の子の服は濡れたままだった。ヒナの服はとっくにかわいている。身体がかなり冷たい。なんの機能性もない、ただの布らしかった。

ヒナは少年からウィンドブレーカーとＴシャツをひっぺがした。ジャケットをタオルがわりにして、男の子の髪と上半身をぬぐう。男の子は面食らったようだったが、夢だとでも思っているのか、眠たげにまばたいたくらいだった。今時「熱に浮かされてる」なんて恋愛小説の中だけで、真実そうなってるのは初めて見た。でもヒナが濡れたジーンズの件について考えたときは、なぜ察したのか、断固としてヒナの手を押しやった。

彼に多機能コートをかけて、素肌の上からじかにくるみこんだ。

「ごめんね。体を乾かすくらいしかできないの。でもこのコートは優秀なのよ。災害時にはこれ一枚で布団代わりになるの。あったかいし、体温調節もしてくれる。……ん？　なに？」

濡れた長袖とウィンドブレーカーを片づけようとしたら、手をとられた。

蠟燭の火と同じヒナの赤みがかった金髪が、あたたかく見えたのかもしれない、と思った。もう片手で、彼女の頭にふれたので。

男の子の腕の中に抱き寄せられた。

窓ガラスに蠟燭の火が反射して、自分が映っていた。微笑みかけたつもりでいたのに、悲しい顔をしていた。男の子はそんなヒナの頭を心配そうに抱いている。

……ヒナははらはらと泣いた。

男の子はヒナが泣きだしても、変なものを見る目つきはしなかった。香港島や九龍の人々のようには。手でヒナの涙をぬぐってくれた。

「あの、ご、ご、ごめん、ね……いきなり、泣きだして」

一ヵ月前、母が死んで、ヒナは一人になった。

研究が手につかないくらい心が沈んだ。

ヒナはその気持ちをもっていたかった。

そんなのは全然正常《グリーン》じゃない。大学を休み、研究をほったらかして〈ルート4走廊〉をふらついたり、葬儀から一ヵ月も経つのに急に涙がでて一時間も泣くような——もうしばらくそんな自分でいさせてほしいなんて、馬鹿げていた。

感情のバランスをとるためのあらゆる良《い》い方法が香港島にはある。安全で、決して壊れず、気晴らしをする手段ならネオ九龍以上に事欠かないし、新型安定剤やドラッグはよく効く。端末をつけてリラックスモードにすればバイオリズムを整えて深く眠らせてくれる。それこそ脳内ニューロン信号を少しコントロールすれば、感情は落ち着く。

ヒナはどれもやらなかった。

一ヵ月も塞ぎこんでいるヒナに、周りは眉をひそめた。

わけても母から託された研究が重要性を増している今、ヒナがどれほど周囲へ迷惑をかけていることか。

わかっていたから、学術会議を終えた後も、ちゃんと香港島に帰るつもりだった。

「でも……い、一日だけ、って、思って、しまって」

一日でいい。ガラスの外の世界なら、『神崎博士』でなくても許されるだろうか。

——ヒナは、どの金魚が欲しい？

あなたは普通の女の子よと、いってくれた母は、もういない。

母と一緒に香港島の外にでた、一度きりの記憶。地下鉄、金魚街、九龍ストリート……。

もう一度見たかった。今度いつ香港島の外に出られるか、わからなかったから。

しゃくりあげるヒナを、男の子が卵みたいに抱っこして、ずっとなでてくれた。

暗い窓に、音もなく雨が流れ続ける。

蠟燭の火影がちらちらと揺れる。彼はこの蠟燭の火みたいだった。寂しいヒナをあたためてくれる。凝《こご》っていた冷たい塊、悲しみと喪失感が、孤独が、とけだしていく。

泣いているうちに、ヒナの頭は曖昧になっていった。彼は海からきたのかもしれない、とぼんやり思った。男の子の胸からは海鳴りが聞こえた。輝くような生命の音が。

いつぶりか、ヒナは安心しきって、少年にもたれたまま瞼《まぶた》を落とした。

思考は、深い疲労と、耳にじかに響いてくる海の鼓動と、ハーブの匂いと、夢うつつの狭間《はざま》に、まざりこんでいった。

少年が食べた魚のことだけ、心配になった。

(毒の魚をさっき二人でわけあったから)

ヒナはすすり泣いた。朝には二人で冷たくなっているんだわ。

たとえそうなっても、不幸だとはなんだか少しも思わなかった。

ヒナはその晩、夢を見ながら眠った。

2

……薄明るい光に、ヒナは目を覚ました。

窓ガラスに顔を向けると、朝の九龍《クーロン》海が広がっていた。

雨は上がり、世界はほのぼのと白みはじめていた。もうすぐ夜明けが歩いてやってくる。

そばには誰もいなかった。

ヒナはマットレスに横たわっており、身体《からだ》には彼女のコートがかけられていた。蠟燭《ろうそく》の火は燃え尽きて、ハーブの残り香が床を這《は》っている。……残っていたのは、それだけ。

ヒナは泣いて腫れぼったい両目や、ひりつく頬に、手でふれた。

それから、身を起こした。スカートやブラウスの皺《しわ》をなでつけ、髪留めで髪をまとめる。ジャケットを羽織り、携帯ライトと、片方だけのパンプスも拾う。

ストッキングのまま廊下へ出て、停止したエスカレーターに向かい、誰もいない五階フロアを歩み去った。なるべく急ぎ足で。

一階までエスカレーターを下り、エントランスの割れ穴から這い出たら、あたり一面冠水していた。昨日の雨で海の水位があがったようだった。空っぽだった噴水には濁った水がたまり、裂け目からザーッとあふれている。シャンデリアの残骸は濡《ぬ》れ、今出てきたモールの一階も天井から水が滴っていた。つまりは昨夜ここら一帯は完全に水没し、これでもだいぶ水が引いたらしい。……こうなるから立入禁止区画にされ、昨夜は人っ子一人見かけなかったのだ。

三月の朝の空気は、冷えこんでいた。

世界が明るむ。でも廃墟《ゴースト・タウン》の街は白黒で、がらんどうで、そんな自らに青ざめて見えた。

水は膝の上まであった。構わず『ガラスも踏めるストッキング』でじゃぶじゃぶ泥水をかきわけた。別に予知能力があるからマーメイドスカートのスーツを選んだわけじゃない。廃線道路上の漁船は、今朝はちゃんと水に浮かんで見えた。途中でパイプが流れてきたので、拾って、杖《つえ》代わりに足場を確かめ確かめ、廃墟《はいきょ》の街並みの中、水位の低い方へ進む。じぐざぐに建物や通りを抜けていった。水の引きはかなり早く、すぐ足首までの水量になり、地面が現れた。それからはパイプを捨てて、また急ぎ足で歩いた。

廃ビル街の古びた路地に入った時、スカートのポケット部分が鳴動した。

昨日からオフにしていた端末に、ひとりでに電源が入ったのだった。

(遠隔操作)

ヒナはしばらくして、端末をスカートのポケットからだした。

華奢《きゃしゃ》な金のブレスレットタイプの端末は、そのままアクセサリにも使える。小さな宝石飾りに見える部分の、緑の電源ランプが点灯していた。ショッピングモールはもう遠い。充分すぎるくらい離れられたかどうかはわからない。でも、電源が入ったからには、ここまでだった。

廃ビルの谷間の出口に、長身の影がさした。

……エドワードだった。

エドワードが路地をやってくる。ヒナのそばで足を止めた一瞬、彼のローションが香った。

エドワードはヒナの手をとり、ブレスレットを彼女の手首にはめた。黙って。

〈ヒナコ・カンザキ……ゲノム識別番号《コード》合致……〉

腕輪が本人と認証すると、MR《ミックスリアリティ》が起動し、メニュー画面が浮かび上がる。

時刻表示は、AM05：07。

この二十四時間にたまっていた未開封のメール、不在着信の件数……。それと今朝の香港最新ニュースを端末AIが伝えてきた。電波が悪いのか、途切れ途切れだった。

〈……昨日遅く、ヴァリアント財閥総帥レナ・ヴァリアント氏が死去……いまだこの『霧の病《ダーク・フォグ》』の原因遺伝子は特定されておらず……ゲノム編集による治療もできないと香港大学が見解を……遺伝子工学の権威だったミヤコ・カンザキ博士も先月この病によって死去……香港政府は新型ウイルスの流行を否定しており……〉

　ぽーん……と端末から通知音が鳴った。

〈――ヒナ様。わたくし〈執事《バトラー》〉AIウィリアムからお知らせがございます。三分後をもちまして、香港政府により、わたくしウィリアムは執事機能の大半を強制停止されます。今後ヒナ様の端末アクセス権限は、大幅に制限されることになります。ヒナ様の端末はすべて公安SPの端末に同期され、最上位アクセス権限もSPに移ります。また端末のオンオフ機能及び、端末を外すキーコードも以後ロックされます……〉

たった今からこのブレスレット端末は、監視手錠になったらしかった。

「香港島《ほんこんとう》ならまだしも、ネオ九龍の……それもこんなセキュリティゼロの廃墟区画まで」

エドワードは吐き捨てた。

「監視衛星《ゲートキーパー》への侵入罪は、君の研究と引きかえに、香港政府も今回だけ目をつぶるそうだ」

「そうですか」

「……靴はどうした？」

「途中で転んで片方脱げて、見失ったの」

「呆《あき》れたな。コートは。着ていったはずだろう」

「コートをさがしにきたなら、どうぞお好きに」

びしょぬれのスカートから雫《しずく》が落ちるまま、エドワードの隣を通り過ぎる。でも、一つだけは謝った。やっと……エドワードの立場を思いやれるまで、気分が落ち着いていた。

「……エドワード、迷惑をかけました。謝ります」

少しの沈黙。

「……ヒナ、一晩、一人でいたのか」

「ええ」

「──本当に？」と聞き返したのは、別の男だった。

路地の出口に、ブルーの公安車があった。

運転席のドアが開いていて、男がもう一人いた。サングラスを外し、流れるような身のこなしでヒナのほうへやってくる。どこかで挨拶《あいさつ》をしたような気もする、と思った寸時のまに、男はヒナの目の前にいた。

男が女を抱き上げるというより、逃げる野良猫をそうするようにヒナをとらえ、右腕で抱えあげた。濡れそぼつヒナにも頓着しない。靴のない自分が急にひどく弱々しく思えた。男は愉快そうにヒナを観察している。男の左腕はどこにあるか見えない。ヒナがショッピングモールの方角を振り返ったら、左手の銃で、何層もの廃墟すら撃ち抜いて五階フロアの少年を消すのではないかと思えた。

「雨の夜だったのに、コートを脱ぎたい気分になったのかい、博士？」

同期された腕輪端末がヒナのバイオリズム変化を逐一この二人に伝えているはずだった。

「正常《グリーン》でないですか」

脈拍に呼吸、体温の変化や……。ヒナはモールの方角を振り返ったりはしなかった。

「そうでもない。好みの相手を見つければ、俺でも脱ぎたい気分になる」

「……SPの報告書にあると思いますが、ウィットに富んだ会話は不得手です」

「あはは。──こんなさみしいところで、幽霊に出会わなかったかい、博士」

「さみしかったので、幽霊に会っていたら、きっと慰められたと思うのですが」

男は初めてなんと返したらいいかわからないといった顔をした。

「……博士、今度さみしくなったら、俺を呼んだらいい。慰めてやるから。エドワードならストッキングで〈洪水地帯〉をかきわけてきた女をそのまま追い立てても、俺ならSPサービスの一環としてこうして抱いて車まで運んでやるし」

「キリアン、なんですか、そのサービスは」

「今、俺が決めた特典。……ってイヤイヤするなよ、博士。エドワード以上にご指名が多い唯一の政府系SPが俺だってのに」

ヒナの顔がこわばった。男はニヤッとした。

「そう。俺が香港公安で唯一のランクS〈黒《キリアン》〉だ。研究成果があがるまで、あんたをつかまえておけってね。とにかく今回みたいなことをして、香港政府を神経質にさせるとろくなことないぞ、博士。端末制限ならまだしも、次は『精密検査対象』になる。……帰るぞ」

「……はい」

「やけに素直なお返事だな、博士。何かあったかな」

「何もありません」

「ふうん？　博士――ほら。大学の通勤に使ってるんだろ？」

ヒナは目を丸くした。男が左手にもっていたのは銃でなく、ヒナの地下鉄パスだった。

「ありがとう」

「素直なんだか、意地っ張りなんだか」

男はヒナを抱いて車へ引き返していく。

通りへ出て、ヒナは面食らった。廃線道路から崩落した雑居ビルの路地裏まで、残らず道をふさぐように黒塗りの高級車が何台も見え隠れしていたので。香港警察の車輌《しゃりょう》もある。

「ったく、財布もなし、バッグもなし、地下鉄パスすら掏《す》られて、しょげて香港警察に行くか端末の電源をいれるかと思いきや……。エドワードが手を焼くわけだ。いいか、あんたが昨夜、裏ナイトマーケットの漢方薬として殺《ばら》されずに、無事にネオ九龍を歩けたのは、有能なＳＰが差配したからなんだぞ。おかげで〝青龍〟への貸しが一つ減った」

「心外ですね、キリアン。そんなに幾つも借りてはいません」

ブルーの公安車のうしろに、もう一台、白い高級車が停《と》まっていた。後部座席のドアに、一人の男が寄りかかっていた。外見は二十代後半ほど。アジア系というより華僑《かきょう》系の容姿をし、くるぶしまである銀の袍《ほう》の刺繍《ししゅう》は、本物の手縫いのように見える。

「でも今回は確かにこちらの落ち度です。神崎博士が無事に見つかって、よかった。香港シティは上海《シャンハイ》やシンガポールと違って、アカデミアあってこその享楽都市。香港島の研究者にだけは手を出してはならない——がネオ九龍の鉄の掟《おきて》ですからね。わけても神崎博士は……」

銀色の袍の男は困った顔をした。

「……ネオ九龍で悪い遊びをして帰る研究者は多いんですがね、神崎博士は香港島から出ないし、公に姿を見せないかただから、下の者は顔を知らず……。それにたいてい研究者は……」

「容姿デザインやってて、超美女か超美男子だからな」

「……たいてい、公安SPなしで夜のネオ九龍を歩く度胸はない、と言いたかったんですよ。〈最高位《ヴェルトクラッセ》〉たる神崎博士の身に……ネオ九龍で何かあったらと思うとゾッとします。博士、地下鉄パスの件も、申し訳ない。手癖の悪い者が失礼を。博士のパスと気づいてすぐ返そうとしたんですが、近寄ると逃げられると、スゴスゴ帰ってきまして……」

ヒナは地下鉄構内で何度か遭遇した男たちを思いだした。

「そりゃ、手下じゃ逃げるだろ。博士が自ら寄ってきそうな品の良い《い》色男を送りこめ」

「ですから私がきたわけで」

銀色の袍の男はにっこりした。

「……まさか〈洪水地帯〉に迷いこんでおいでになるとはね。九龍を虱潰《しらみつぶ》しにさがしても見つからないわけだ。陥没や亀裂に落ちなくて、幸いでした。これで〝青龍〟が博士を拐《かどわ》かしてはいない証《あかし》も立ちましたね。うしろのSPと撃ち合いになるところでしたよ。……それと、神崎博士、ミヤコ博士のこと、お悔やみを申し上げます。残念でした」

ヒナは少し驚いた。香港島でも母への悔やみの言葉をもらうことは、あまりなかったので。

ヒナが礼をいうと、銀色の袍の男は切れ長の瞳を和ませた。

「博士、今度からはどこでも安全にネオ九龍を歩けることをお約束します。またいつでも、金魚街を見においでください。……それでは、私はこれで」

男が白い車の後部座席に乗りこむ。いつのまにか、ストリートをふさいでいた黒塗りの高級車が一台もなくなっていた。そうして白い車も去った。

エドワードが一台の警察車輛へ向かっていく。ヒナには一瞥《いちべつ》もくれず。

キリアンは公安車の後部ドアをあけた。

「この俺が博士一人つかまえるのに、まさか半日かかるとはな。規制線張って地下鉄も道路も全面封鎖したのに、一向に見つからねーし。公安の情報課でもダミアン君のウイルスを撃退すんのにマジで半日かかるっつーし。九龍ストリートで目撃情報があがってきたと思えば、よりによって雨の晩に〈洪水地帯〉方面。おかげで水がひく今まで足止めだ。あのな、ここらは雨上がりに溺死体が浮かぶ名所なんだぞ。今朝、洪水の中を博士がズボズボ歩いてる衛星画像がきて、ホッとしたぜ。画像がくるまでエドワードのやつ、一睡もせずに起きてたよ」

「…………」

キリアンは後部座席にヒナを抱き下ろした。ドアがしまる。

ヒナはウィンドウに指先でふれた。ガラス越しの、灰色の廃墟の街《ゴースト・タウン》は、もういつもの、ヒナにはさわれない街だった。

隣にのりこんだキリアンに、髪留めを抜かれた。髪をさぐられ、再生治療パッドを後頭部に貼っつけられた。昨夜、少年と会った時、頭を床にぶつけたことなどすっかり忘れていた。

「やれやれ。ほったらかしにするとどこぞで頭にたんこぶつくってくる警護対象は俺も初めてだ。再生パッド貼って五分てとこか。どの傷も、車の治療キットですみそうだな。泣きはらしたお目々と、真っ赤な鼻とほっぺはともかく、なんで雨の晩に、手に火傷《やけど》なんぞできるんですかねぇ。はい、手にもぺたりと。生体スキャンだと口の中にも火傷」

ヒナはぎくりとした。昨日の熱々の魚のバーベキュー……。

「本当に昨夜は、一人でいたのかい、博士？」

ヒナは治療キットから再生治療パッドを一枚とると、キリアンの口に貼って黙らせた。

キリアンは呆気《あっけ》にとられた顔をした。

エドワードが前のシートに乗りこむ。外は朝の光があふれはじめていた。

SPの仕事中に人前でヒナと呼んだことに気づかないほど怒っていようとも、職務は完璧に遂行するのがエドワード。

「ヒナ。ネオ九龍のホテルに部屋をとってある。着替えと食事を。靴も手配させる。疲れてるなら、香港島に帰る前に部屋で眠っても構わない」

「……いえ、結構です。まっすぐ香港島に戻ってください」

服からしたたる水滴で、足もとは小さな水たまり。よけいエドワードの癇《かん》に障るのはわかっていたが、仕方がなかった。「エドワード、用意してくださって、ありがとう」

「別に、車の中で脱いでもいいんだぜ、博士」

キリアンは外した再生治療パッドを、また口に貼り直された。

車が飛行し、ウィンドウの景色が流れていく。

〈洪水地帯〉から――ネオ九龍から遠ざかる。

――またいつでも金魚街を見に……。

そうはなるまい。ヒナが香港島を出るのを許されたのは、今まで二度だけ。

ヒナの生きる現実《リアル》は香港島アカデミア。
一日だけの自由は、終わったのだ。
ヒナは一度も後ろを振り返らなかった。

3

四月下旬の香港島《ほんこんとう》は、結構蒸し暑い。

午後八時になり、やっと気温が二十度を下回った。

夜風がヒナのくるぶしあたりを抜けていく。ヒナは足を止め、高層ビル群の谷間から、夜空を仰いだ。あんまり空が遠いので、本当に深い谷の底に落ちたように思う。宝石の谷の底。

オペラホールに劇場にショー、カジノやプールバー、仮想現実《バーチャル・プレイ》ルーム、ドラッグパーティにゴーゴーバー、花街……。ナイトクラブから、いかがわしい地下《アンダーグラウンド》の盛り場まで。

夜になると、香港島心臓部セントラルは、宝石箱の蓋を開けるように次々輝きはじめる。

歓楽街はむろんのこと、ビジネス街だろうが、官公庁街だろうが、各種シンクタンク・研究施設エリアだろうが、宇宙開発・ベンチャー街だろうが、国際政治金融街だろうが、香港島は眠らない。摩天楼の足もとでは、ドレスのスパンコールみたいにナイトマーケットが夜中明かりを点《とも》しつづける。

谷間に、大観覧車の影が浮かぶ。ヒナはその風景が気に入っていた。

ヒナは官公庁街を抜けていった。白衣姿で。夕方、香港政庁に呼びだされたとき香港大学の研究室にいたからだが、道行く人は気にも留めない――なぜなら白衣姿の研究者がそこら中にいすぎるから。白衣にビーチサンダル、ティアドロップサングラスにピアス姿のダミアンですら、誰も振り返らないくらい。

香港島の屋台も夜中オープンしてる。眠らない香港人のために午前三時でも飲茶《ヤムチャ》を売るのか、はたまた午前三時でも食べ物屋が全然しまらないから研究者たちが家に帰らないのか。

(地下鉄と路面電車《トラム》が二十四時間運行なのもダメ研究者を増産してる気がするわ……)

いつでも家に帰れると思ってる研究者ほど、不思議なくらい家に帰らないのである。

カタンコトンと隣を追い越していく二階建ての赤い路面電車を、ヒナは見送った。

ネオ九龍《クーロン》を渋滞させていた車だけは一台もない。クラクションも鳴らない。香港島は「普通に過ごさせてほしい」という願いをSPもきいてくれるほど、安全で……。

一ヵ月前の金魚街や、洪水の一夜は、ヒナにはもう夢であった。


夜の向こうからベルが鳴り、次の路面電車が明かりをつけてやってくる。色とりどりに輝くアーティスティックな高層ビルを背景にして。

ヒナはセントラルの目抜き通りまで出た。通りには一流ブランドのロゴが連なり、高級百貨店や清朝様式の広東《カントン》レストラン、人魚マークのコーヒーショップが現れては消えていく。

大通りを見下ろす複合ビルの大型画面で、夜のニュースが流れていた。締めくくりはサイエンスニュース。今しがたヒナが香港政庁で受けてきたインタビュー映像が映っていたが、ヒナは頭上の自分に全然気づかず、青信号に変わった交差点をぼうっと横切る。

〈……以上、ヒナコ・神崎博士にお話をお聞きいたしました〉

インタビュアーとヒナの映像が消え、画面は最新ダンスミュージックにきりかわる。

ヒナはへたくそに人の波をぬい、おぼつかない足取りで地下鉄の駅へ向かった。

不意にヒナは、雑踏の中で、黒髪に象牙の肌の少年を見かけたように思った。

ハッとした時、路面電車が視界を遮った。

電車が——やけにのろくさ——通り過ぎた後も、ヒナはしばらくそこに立っていた。

人混みに少年の姿はなく、遠くの夜景に大観覧車だけが静かに光っている。

……ヒナは地下鉄で帰るのをやめ、道草をした。

夜の公園にはヒナの他に人の姿はなく、潮騒《しおさい》だけが梢《こずえ》を通り抜けていく。

ヒナは海辺をのぞむ木のベンチに腰を下ろしていた。ブレスレット端末表示は、ＰＭ09：52。

たとえ今が午前二時でも、身の危険は感じなかったろう。

あの原始的な恐怖、何が起こるかわからないような不安を覚えることは、香港島ではない。

いかにみだらで、危険で、狂った遊びに興じようとも、やはり香港島の殺人件数はゼロなのだ。

もしかしたら香港島の研究者がネオ九龍で遊ぶのは、安心に飽き飽きして、香港島では味わえない本物の混沌《こんとん》と不安を舐《な》めに行っているのかもしれない……。

海の向こうに、ネオ九龍の明かりがのぞめた。

あのとき持ち帰ったパンプスは、なんとなく捨てられずに、部屋に置いてある。もう片方は、今もあのショッピングモールの一階フロアに転がってるはず。

ヒナは九龍の灯を見ながら、何度目かの溜息《ためいき》をついた。

(……置いてきたコートに、気づいてくれたかしら)

防寒や雨よけに使ってくれてるといいんだけど。風邪は治ったのかしら。もう何匹毒の魚を食べてしまったのかしら。致死量に達して一人で冷たくなってたりしたら……。

この一ヵ月、ずっと気になっている。

——幽霊少年《ゴーストボーイ》。

三月に〈洪水地帯〉で会った少年は、巷《ちまた》でそう呼ばれていた。

ネットでは画像が数枚上がっており、間違いなくあの男の子だった。色々と噂《うわさ》があった。

ゲノム識別番号《コード》がないらしいこと、身元不明で、香港警察が何年も追っていること……。

彼と、洪水地帯を結びつける情報は、まだネット上にはない。ヒナの端末の位置情報がオンになる前に急いでモールを離れたのも、そうそう無駄ではなかった……と思いたい。

キリアンや、長いつきあいのエドワードは何か疑っているふしがあったけれど、香港警察とは別系統の公安警察だからか、ヒナがおとなしくしている限りは香港警察に情報を流す気はないようだった。あの一夜きりなら見逃す、と。

（……ネオ九龍行きの切符を申請すれば……また出られるかしら）

別にアカデミアの研究者は香港島に監禁されているわけではない。同僚のジーンやダミアンは毎週ネオ九龍のカジノや船上パーティで遊んでいる。香港島と九龍を直結する海底地下鉄《MTR》が一本だけ通っていて、香港政府に申請すれば通行パスがおりる。なぜ香港島から出ないのかとジーンに何度も変な顔をされたが、そのたびヒナは曖昧《あいまい》な返事をしてきた。

正規の研究者なら簡単におりるはずのパスが、……ヒナにはなぜかおりないのだった。

私が正常《グリーン》とはいえないからかもしれないと、ヒナはやがて申請をしなくなった。

（……三月に九龍で逃亡しちゃったから、いよいよもって通行パスがおりそうにないわ……）

ヒナは九龍の街の灯をこのベンチから眺《なが》めるのが好きだった。香港島アカデミアから出ることのないヒナにとって、唯一自分の目で見える外の世界。……たとえば香港の外がとうに滅び去っていて、電子空間上で形成された偽《フェイク》の世界を香港システムＡＩ〈隠者《ハーミット》〉が端末に送ってきているだけだとある日知ったとしても、たぶんヒナはたいして驚かない。

七つの海の彼方《かなた》が真実どうなっているのかは、惑星「ＫＥＬＴ《ケルト》－９ｂ《ナインビー》」の崩壊開始のニュースと同じ。満天の星を仰いで、想像することしかできないもの。

……でも、あの九龍の少年は現実《リアル》だと、知ったせいだろうか。

（香港島の外にでたいと、今まであまり思わなかったんだけど……）

初夏が近いからか、公園の緑の匂いが濃かった。

目の前で寄せては返す海のざわめきが、あの晩聞いた彼の鼓動のようだった。

……ネットの噂で、当たっていることはある。あの少年は間違いなくゲノム識別番号がない。他の登録情報も一切ない。香港シティだけでなく、世界連合の加盟各国、国際警察機構のどこにもだ。端末すら所持していない。あれば監視衛星《ゲートキーパー》が電波を受信したはずで、エドワードが「一人でいたのか」なんてわざわざ確認はしない。ネットに写真が数枚あがってるにもかかわらず、衛星の顔認識システムが作動しないという謎《なぞ》も、幽霊少年と呼ばれるゆえんだろう。

でも、そんなことではない。

ヒナの推測が正しければ──彼は、ネットの噂以上の少年だった。

（もし、あの男の子が香港警察につかまって、調べられたら、どんな扱いを受けるか──）

……気にかかる理由は、それだけ？　ヒナは頰をかいた。

見ず知らずの自分に、見返りもなしに優しくしてくれた男の子……。

（全然突破口が見えない病理解析からの現実逃避もあるけど……。そろそろロズベルグ所長と香港政府から三ヵ月ごとの進捗《しんちょく》報告をせっつかれる時期だわ……）

まさにその時ブレスレットが振動したので、ぎくっとした。

おそるおそる端末を確認すれば、香港政府からでなく、〈執事《バトラー》〉ウィリアムからのニュースメール通知だった。ヒナがチェックリストにのせている情報の何かが更新されたらしい。ホッとしながら、メールを開いてみた。

〈──幽霊少年、ついに確保。香港島の西花苑《せいかえん》地区にて発見、現在香港警察が身柄を──〉

警察のサイレンが遠くで鳴っていた。

†

「ナニ博士だって？」

「遺伝子工学の先生だそうです。すごい勢いで警察署にすっ飛んできまして。例の幽霊少年を引き取りたいと言い張って、帰らなくって……」

「つまみだせ」

「それが、〈隠者《ハーミット》〉に端末照会したら公安ＳＰがついてんですよ。香港政府で要人登録までされてまして、それで警察内のＡＩがさっぱり動きません」

「公安ＳＰつきの研究者？　……まさか一ヵ月前、ネオ九龍でトンズラした神崎博士か」

「そうです。そういやあのとき国際ナントカ学術会議の警備担当、係長でしたっけ」

「そうだよ。会議の警備不首尾で俺の減俸三ヵ月の原因が、ヒナコ・神崎博士だよ。いかれ野郎どもの坩堝《るつぼ》のネオ九龍で全面封鎖の規制線はらせやがったあげく、〝青龍〟の代貸《だいかし》がやっと目の前に出てきたのに、指くわえて見てるはめになった。その神崎博士が——なんつった？　幽霊少年をひきとりたいだと？」

　署内の廊下をずかずか歩いていた第一課係長ドミニクは、部下に向き直った。

　香港島の主管警察署はセントラルでなく、副都心アドミラルにある。

　凶悪犯罪は一件もなくても、警察の仕事がゼロなわけではない。むしろゲノム編集医療で箇単に壊れない香港島アカデミアの研究者どもの際限ない狂気具合といったら、ネオ九龍のダウンタウンのやつらの想像をこえてる。非合法ドラッグパーティや地下《アンダーグラウンド》ギャンブル、違法風俗、MR《ミックスリアリティ》で犯罪すれすれのゲームにのめりこんでは、頭のネジを飛ばしまくる。毎晩下世話きわまりない騒動が管内ところ構わず勃発《ぼっぱつ》し、手に負えなくなったら店のオーナーや通行人が香港警察コール999を鳴らすんである。〝青龍〟のゴロツキは可愛《かわい》いもんだった。

　翌朝、拘置所からけろっと出勤するのを見るたび、ネオ九龍から出向してる第一課係長ドミニクの脳機能の方がおかしくなりそうに――つまりぶん殴りたくなるんである。今しがたもドミニクは「二十世紀不良風チキンゲーム」とやらでエアバイクで次々海へつっこんでいった「チーム・ヤンチャな数学者」（自称）どもの集団を海から引き上げて、香港大学病院に叩《たた》きこんできたばかりである。ドミニクがネオ九龍から出向してきたのは幽霊少年の捕獲のためで、アホな研究者どもを海から引き上げるためじゃない。

「バカも休み休みいえ。もう何年も、ゲノム識別番号のない奴《やつ》を香港で野放しにしたあげく、やっと確保できたんだ。九龍だけでなく、入島規制された香港島までたまに奴がうろついていたことは、ずっと極秘にしてきた。『ネットの噂』の範囲で抑えこんでたってのに、今度でそれもばれちまった。〝青龍〟に先を越されなかっただけ、ましだがな。

　どうやって香港島に入ったのか、監視衛星《ゲートキーパー》が動かないのはなぜか、あいつは誰なのか、他にも同じ方法で不法入国者が香港に入りこんでるんじゃねーのかってのも含めて、全部これから調べるんだ。一研究者に渡すわけがあるか。だいたい〈最高位《ヴェルトクラッセ》〉と、浮浪者みたいなあいつが、どこでどうやって知り合うってんだ」

「いやでも、ずっとふらふらつかまらなかったでしょ、幽霊少年。香港島の山中にも砲台跡にも公園にも湖や瀑布《ばくふ》にも海洋研究所跡にも村落にも目撃情報だけはあったけど」

「無能な警察で悪かったな」

「係長、今日、西花苑地区での通報ですよ、『夜のニュースホログラムを立ち止まってじっと見てる少年が、幽霊少年と似てる』ってやつ。調べたら、その時間帯のサイエンスニュースに神崎博士がでてまして。博士の映像を見てたんじゃないんですかね。それに簡易スキャンをかけたら、微量ですが、博士のDNAが手首のアクセサリから検出されました。接触があったのは、本当のようです。SPつきで、どうやって知り合ったのかは不明ですが」

ドミニクのスーツの襟につけた警察バッジが振動した。呼びだしだった。バッジは警察端末を兼ねている。呼びだし相手は香港警察署署長だった。

ドミニクは署長のもとへ向かう前に、部下に一つ命じておいた。

「──香港警察のホスト・コンピュータにもヒナコ・神崎を登録しとけ。要人登録じゃない。こっちは黄色《キイロ》──要注意人物登録だ。警察AIが起動するように、別のパスコードをつけろ。あの博士、調べたら今まで何度も精密検査対象になりかけてる。……正常《グリーン》じゃない人間は、この香港島にいることはできないからな」

会議室の顔ぶれは、ごく少人数だった。

生身でその場にいたのは、香港警察署署長シェリィ・ユエ、第一課係長ドミニク、ヒナとキリアンの四人。残る二人はＭ　Ｒ《ミックスリアリティ》映像通信で呼び出されている香港政府の政務次官ミリアム・Ｃと、ヒナが所属する香港大学の遺伝子研究所所長ロズベルグ。

六人のうち、椅子《いす》についているのは署長とミリアム政務次官、ロズベルグの三人。ヒナはユエ署長に一度椅子を勧められたが、首を横に振った。

会議室は機能的というより無機質だった。観葉植物が一鉢あっても、人の方がインテリアみたいだった。窓はない。右手の壁では、アナログの大きな世界時計がそれぞれのエリアの現在日時を示し、無音で秒針を回していた。

複合現実ＭＲでの映像通信は本物と見分けがつかず、政務次官ミリアムとロズベルグの二人は本当に会議室にいるように見える。ミリアム政務次官がデスクの下で組んでいるすらりとした足と、腰かけた椅子が床から一センチ浮いていなければ。

ミリアム政務次官の濃い艶《あで》やかな肌とプラチナブロンドに、クリーム色のスーツがこの上なくよく似合っている。ヒナが生まれる前から香港政府で要職についているというが、外見は三十そこそこにしか見えない。ミリアム政務次官はじっとヒナを見返した。

「……カンザキ博士、目下あなたの研究にその少年が必要なため、ゲノム識別番号がないのを承知で、引き取りたいとのことですが」

「ええ、お願いします」

「そんな報告は、僕は今まで、きいたこともなかったけどね」

ロズベルグ所長の皮肉っぽい顔つきも、やはり本物めいて映る。所長もまた外見年齢は若く二十代前半にコントロールしているが、香港に登録された体年齢は七十九歳になる。

「すみません。今度の報告書で、あげようと思っておりました」

「なぜその不法入国者が君の研究に必要なのか教えてくれないか。だいたい、ミヤコ・神崎博士が霧の病《ダーク・フォグ》で死んでからというもの、君の言動は理解しがたい。ゲノムの病理部位の特定も遅々として進んでいないようだし――」

「ロズベルグ所長」ミリアム政務次官はヒナに視線をそそいだまま、遮った。「香港政府にとって大事なのは、彼女の研究の進捗です。あなたにとっても、そうではありませんか。霧の病《ダーク・フォグ》が人を選ばない病なのは確かなようですから」

「遺伝子系の不具合が原因とはまだわかりません。罹患《りかん》者の生前の生体《バイオ》データはどれも発症寸前まで『異常なし』。香港大学の全脳アーキテクチャ型ＡＩでも、ゲノム情報の異常は検出されておりません。万が一遺伝子の不具合が原因でも、ゲノムの組み合わせは途方もない数です。ＡＩも判別不能な原因因子を見つけだすなど馬鹿げた話ですよ。よしんば病理部位の特定ができても、どう配列を書き換えれば発病をおさえられるのかはまた別の――」

「だとするなら、なおさら遺伝子系の病理解明でもっとも可能性があるのは、ヒナコ・神崎博士です。全脳アーキテクチャ型ＡＩが『異常なし』と解析した遺体は、どう見ても異常な骸《むくろ》です。ＡＩが見つけられない『異常』を、見つけないとなりません。それも早急に」

キリアンは壁にもたれて、政務次官と所長の会話を聞きながらヒナを盗み見た。珍しく博士からキリアンの端末にコールしてきたと思えば、香港警察に大至急連れてってほしいときた。

博士は黙っていて、政務次官らと向かい合い、所在なげに立っている。落ち着き払ってもいた。三月にコートをなくしてから、かわりにひっかけてる白衣の見た目ばかりでもない――キリアンの視界には、耳につけたイヤー型端末から網膜を通して、博士の生体情報が転送されてきている。脈拍その他、すべて正常値。もう百万回も、似たような会話の中で、こんな風に一人で立ってきたというようだった。〈洪水地帯〉での彼女のほうが頼りなげで、よっぽどかわいげがあった。あるいは、彼女のすぐうしろのベンチでコールをとったキリアンを、ぽかんと振り返った時のほうが。そういった意味では確かに彼女はひどく不安定だ。どれが真実の神崎博士なのか、毎日そばにいるSPでも、あやふやになる。

もともと香港島の人間は「正常」の上限値が高いぶん、異常遺伝子が残るネオ九龍の不法居留民より感情の波が激しいきらいがある。だが香港島人にとって感情は単なる人生のスパイスにすぎない。愛も嫉妬も憎悪も、スリルやゲームを楽しみ、浸り、甘さと苦さを味わうものであり、人生を不安定にするものではない。自分や他人、我が子を滅ぼすほどの制御できない感情の持ち主は犯罪者であり、脳回路に異常があると判断され、『検査送り』になる。

（……それでいうと、博士はかなりきわどいとこにいるよな……）

キリアンは面白いと思っているが、大半は、向かいの壁にいる刑事課のドミニクと同じ目つきをするだろう。ためしにイヤー端末で警察機構にアクセスしてみたら、案の定、すでにヒナコ・神崎は黄色《キイロ》認定されていた。香港政府にしても博士を保護するのは、その頭脳の活用のためでしかない。当人もそれを知っている。おそらくは。

キリアンは〈洪水地帯〉で素直に寂しさを吐露した博士を、思い起こした。

その間も、ミリアム政務次官とユエ署長の間ではやりとりが続いていた。ゲノム識別番号のない少年についての。その少年の謎や、異常性や、危険性といったものだ。

「……わかってます、ユエ署長。その少年は取り調べる必要があります。ネオ九龍のみならず、この香港島で確保されたからには。いったいどうやって監視衛星と香港のシステムAI〈隠者《ハーミット》〉の網目をかいくぐって侵入できたのか……。ただ、少年の目撃情報が出始めてから今まで五年間、九龍・香港島の治安にさして影響がなかったのも事実です。少なくとも〝青龍〟との抗争ほどには」ミリアム政務次官は何かいいかけた刑事ドミニクを手で制した。「……また、捕まった以上、今からは少年に『首輪』をつけて、AI〈隠者《ハーミット》〉に登録し、管理することができます。それらを踏まえて、香港政府の決定を伝えます」

ミリアム政務次官はヒナとユエ署長それぞれに視線を投げかけた。

「カンザキ博士、香港島の治安維持は最優先事項ではありますが、霧の病《ダーク・フォグ》の病理解析に必要ということであれば、香港政府は一年間、あなたがその少年をひきとるのを認めます。その間はカンザキ博士の保護下にその少年を置いて構いません。ただし、一年経《た》っても霧の病《ダーク・フォグ》の解析にさほどの進展が見られない場合、彼を香港警察に引き渡すように」

「一年ですか」

ヒナは聞き返した。ロズベルグは意地悪くにやついた。

「一年です。こういった状況でなければ、ゲノム識別番号もない、身元不明の人間が香港島に入島できている、ということは非常事態なのです。特例措置と思ってください」

「わかりました」

「香港警察が行うはずだった少年の精密検査は、どのみちカンザキ博士もなさるでしょう。検査結果は政府と警察にも送信してください。一年のち、その少年は不法入国者として、国際警察機構に登録した上で香港から国外退去処分になります。香港政府が彼にそれ以上の在留資格を与えることはないと、心得ておいてください。香港島へ無断で入ったことは重罪です」政務次官は付け加えた。「それに、その少年には、障害があるとのことですからね」

ヒナは黙っていた。

「また、一年経たずとも、途中で退去処分相当と判断される事案が起こったときには、速やかにその措置をとります」

話は終わり、ホログラム映像の二人は会議室からかき消えた。

壁面の大時計は、深夜一時を回っていた。


ドミニクという刑事は苦々しい顔をしたが、ヒナはむりに、拘置所区画までついていった。

鉄格子の向こうは薄暗く、青白い電灯が廊下に光を落とすのみ。監視窓つきのドアが狭い間隔で並んでいる。病棟以上に静かで、無数の監視ＡＩが目を光らせていた。

ヒナが格子の先に行くことは許されず、かわりにそこへキリアンが入っていった。

ヒナは今までも同僚の研究者をひきとりに警察署へきたことがある。ホテルのラウンジみたいなソファで身元引受人のサインをしたことはあっても、量子暗号ロックで鎖《とざ》された檻《おり》の前でサインしたのは初めてだった。同僚は実際やらかしすぎて放りこまれたのだが、……つかまった男の子が、いったい何をしたというのだろう。

やがて、キリアンが一人の少年を負ぶって、青白い廊下を戻ってきた。

ヒナはキリアンに歩み寄った。キリアンの背で少年は両目を閉じ、意識を喪失していた。何度も脱走しようとしたため、薬を打ったとドミニク刑事が説明した。少年の左手首には青い石のアクセサリと、電子手錠の痕がついていた。

象牙の肌に、やわらかそうな黒髪。アンバランスな顔立ち。

ヒナは少年の前髪を指で払った。眠っていても、あの無造作な木々や花の閑雅さは、男の子の瞼《まぶた》や口もとにたゆたっていた。

……〈洪水地帯〉のショッピングモールで会った、男の子だった。

†

キリアンは運転席でパネルを操作しながら、バックミラーに目をやった。

後部シートに座る博士は、少年を膝に寝かせて、心配そうにしている。ホッとしているようにも、悲しげにも見える。ＳＰ相手にも逃げ腰な博士が（大学にも地下鉄で通勤するくらいだ）、繊細なその感情を表に出すことはあまりない。

自動運転モード、ルート確認のＡＩ音声、空調は排出。警察署から車がすべりでる。キリアンはライターで煙草《シガレット》に火をつけた。ウィンドウに真夜中の副都心が流れすぎる。

（ストッキングで水たまりを歩いてまで女がかばう男は、どんなやつだと思ってたが）

子供に見える。本当に年相応の、まだ十七、八年しか生きてないような。

なんのはずみでか、バックミラーの中で一度、少年が目を開けた。朦朧《もうろう》と。

博士に気がつくと、彼女の手に触れた。キリアンにはそれだけに見えた。

ヒナにも本当のところはわからない。一ヵ月前は英語で話しかけても無反応だったので、取り違えていそうな気もする。

……あのとき、ついにひと言も話さなかった男の子。

ヒナの掌《てのひら》に、指で文字を書く仕草に、何とも言えない切なさがこみあげた。

掌になぞられた形から、ヒナは幽霊少年にＨＡＬ《ハル》と名をつけた。

4

少年――HAL《ハル》――のゲノム解析は、その気になれば一ヵ月前にはできた。ヒナの服に付着した皮膚片や分泌物を調べればすんだけれど、ヒナはやらなかった。人権侵害等の問題というよりも……あの幻みたいな一夜が、別の形に歪《ゆが》むように思えたので。

それに調べずとも、ヒナは何となく予期していたことがあった。

二十世紀末にヒトの全ゲノム解析がすむと、次いでゲノム編集医療の研究が加速した。その技術は、生殖医療や臓器移植・再生医療分野で期待されていたES細胞やiPS細胞による新治療の有効性を吹き飛ばす衝撃をもたらした。

万能細胞を使って治療に必要な部位へ分化させ、移植するという手法をとらずとも、機能不具合を起こしている部位の異常塩基配列をじかに正常な配列へ書き換えてしまえば、治療ができるようになったのだ。

一方でゲノム編集技術は高度な科学知識がなくとも扱えたため、問題も噴出した。

国際規則《ルール》のないまま『DNA改変キット』がネットで安く大量に出回り、遺伝子改変の危険性や、書き換えた生物の厳密な取り扱い方を知らない大量のアマチュア科学者たちが動植物の遺伝子を面白半分に変えるバイオ・ハッキングが世界中で起こった。ゲノム改変した受精卵でクローン動物が生みだされもした。それが研究者たちによる〈最高学府機関《ヴェルトール》〉創設の一つの契機ともなった。

そんな中、二十一世紀半ばには、人体でのゲノム編集医療が本格始動した。

まず遺伝子異常による先天性の難病が次々なくなった。

遺伝子異常はDNAについた傷で起きる。原因遺伝子を特定できれば、出生前、受精卵のうちに傷のある遺伝子の塩基配列を正常に書き換え、修復できる。同じく遺伝子異常による先天性の身体障害も次々書き換えられた。精神疾患の原因となる脳の機能不全も、不具合を書き換えることで取り除かれた。エイズや癌《がん》、ウイルスにかかりにくくする耐性編集技術も向上した。

出生前の容姿デザインなどは、そのオマケみたいなもの。

同時代に全脳アーキテクチャ型AIが開発され、自己学習《ディープラーニング》プログラムが深化したことで、出生前診断もまた、AIで簡単かつ安価にすむようになった。

生まれる前に病気予防をしておけば、国家財政を圧迫する医療費問題も減る。出生前にゲノム書き換えを義務づける国がではじめたのは当然といえばいえた。

ゲノム編集医療にも危険性《リスク》はあり、医療事故も起きた。

特に「ゲノム書き換えに失敗」したことに気づかず、受精卵を子宮に戻し、胚《はい》の細胞分裂がはじまれば、もはや取り返しがつかなかった。

何より、一度書き換えた遺伝子は、そのまま次の世代に受け継がれる。

書き換え前の自分のオリジナルの染色体情報は、ハサミで切り落とすようにそこで途絶えることに、なんとはなしに——倫理などで——不安を覚えた者も多かったが、病《やまい》や障害を前に、そういった憂慮もやがて波のように押し流されていった。

かつてと遺伝子が書き換わっている現在の人間は、果たして生命進化の系統樹においてホモサピエンスの地続きといえるのか——といった論争も、ヒナは同じ香港《ホンコン》大学の生物学博士からよく聞く。ついでに彼女の意見は「二百年前の人類と今とじゃ、いわばネアンデルタール人とホモサピエンスみたいなもんだと思うね」だった。

「……つまり？　脳の容積量くらいの違いってこと？」

「ゲノムゲノムと落語みたいに唱えてるから、そんなバカなことをいうんだ！　いいかい、私が君以外の博士連中が嫌いで、君だけは例外にしてるのは、君が生物学的に私の好みだからだ。それも、意味がわからんのだろうね」

難解であった。彼女——ジーン博士自身も難解で、彼女は気分によって「彼」になるし、選ぶ恋人も、男や女、両性、他、まちまち。著名なるアカデミア生物学部門〈最高位《ヴェルトクラッセ》〉ジーン・クーリック博士ののたまう「君が生物学的に私の好み」が「君は私の恋人にしたいタイプ」ではないことくらいしかヒナにはわからない。

（……ネオ九龍《クーロン》で彼と会ったのがジーンだったら、何を思ったかしら）

ベッドで眠る少年を見下ろして、ヒナは吐息をもらした。

そばの端末スクリーンでは走査《スキャン》中の彼の生体情報が流れ、深夜の暗い部屋に赤や青や緑の電子の光をチカチカと落としている。ヒナが白衣姿なのは単純に着替え損《そこ》ねただけ。香港警察署から帰宅し、彼をベッドに寝かせ、検査機器を起動させたりしていたので。

健康診断の他、ゲノム解析もかけているけれど、結果は薄々わかっていた。

不思議なくらい確信があった。〈洪水地帯〉でひと目会ったあの時から……。

ゲノム識別番号《コード》がないなど、それに比べればどうでもいいことだった。

遺伝子工学が専門のヒナの、彼への感想は、『信じがたい奇跡』だ。

彼は、私たちとは、違う。

(たぶん彼は――遺伝子が一つも書き換えられていない)

両親、祖父母世代を遡《さかのぼ》っても、ただの一人も遺伝子編集をされていないということだ。

あらゆる遺伝子を原形のまま祖先から受け継いだ、完全なるオリジナル。系統樹を遡れば、何万年も前に生きたホモサピエンスにぴったり行き着く。

そんなことがあるだろうか？　ゲノム編集医療も三世代目に入った今……。

ヒナは彼の輪郭にふれた。指先が震える。

遺伝子が自然に重なった末の、本物のエキゾチック。どれも天然で、アンバランスで……。

ミリアム政務次官の言葉が蘇《よみがえ》った。

『障害があるとのことですからね』

一度もしゃべらないことや、言語理解が難しそうなこと……。

「………」

ヒナは宙に浮かぶ何枚かの立体映像《ホログラム》スクリーンに目を向けた。

ヒナのコンピュータはネット接続機能を落としている。外部からのハッキングは不可能。起動には量子暗号ロック解除がいる。

ピッピッという電子音の中、画面に簡単な検査データが流れていく。検査データ画面は、イヤーをつけたヒナにしか見えない。

(薬が香港人よりずっと深く効くのね……。平熱――呼吸、心肺音、脈拍の数――生体リズムは現在平静……風邪、治った……? はっ、虫歯!? どうしよう虫歯が二本もある! 心臓の弁の向きを調べないと。逆向きだと歯から細菌が体内に侵入して重篤に――)

雨に降られて風邪をひいたことからしても、彼は簡単に多くの病にかかってしまう。

ヒナはものすごく心配になった。

(遺伝子を完璧にいじくりたい)

と、ぐらついた。

少年の身体《からだ》には古い火傷《やけど》や怪我《けが》の痕がいくつもついていた。

傷痕がそのまま残っていることから、彼は再生医療とも無縁できたらしい。

香港島のガラスの外――九龍より遥《はる》か広い世界が本当に在ることを、ヒナは初めて実感した。

遠い異国の旅人のような少年が、やってきた世界――。

とりあえず、毒の魚を食べても、ぴんしゃんしているのは……不思議。

（……あれから香港近海の魚データをとりよせてみたけど、十匹も食べれば致死量になる有害物質の残存量で……。一晩で三匹食べたら生死の境をさまよいそうな数値だったけど……いつも食べてるみたいだったし……。どうして何ともないのかしら）

ヒナは、一匹の半分でおなかをこわしたのに。

画面にスキャンの結果が一つでた。外見年齢と体年齢が合致、とあった。

信じがたいことに、この少年は本物の十八歳の少年なのだった。十八歳に見える、でなく、本当にまだほんの十八年しか生きていない――。

それはヒナを少々動揺させた。ヒナはロズベルグ所長みたいに美容デザインなどしてないが、受け継いだ書き換え遺伝子のどれかが老化を遅くしているようで、見た目は二十代後半でも、生まれてから四十三年たっている。エドワードも二十代の外見だが、確かヒナと一歳違いで四十四年目。キリアンは不明、外見年齢は三十二、三歳ほど。

（…………二十五歳も年下の男の子にめそめそ泣きついたのは、いけなかったわ……）

検査データの老化速度だと、彼の寿命は七十歳前後。外見も老人になる。

母ミヤコは九十二歳で今年死んだが、それでも香港の平均寿命より三十年は早い死だった。

そのときでも、母の外見と脳機能年齢は四十歳とドック判定がでていた。

ヒナは少年に毛布をかけ、両腕だけ外に出した。そばに椅子《いす》をひいて、座った。

（……色々、しなくてはいけないんだけど……）

ヒナは眠りつづける少年の枕元《まくらもと》に、自分も頭を寝かせた。シーツの端に、そっと。

ピッピッと、微《かす》かな電子音。スクリーンの点滅で、少年に着せたパジャマの、黒地に白の格子縞《こうしじま》が文字通り目と鼻の先で浮かんでは消える。四月の夜の蒸し暑さは、空調で室内からしめだされている。大きな窓ガラスからは、晴れた日は海と山がのぞめる。夜の今は、宝石のような香港の夜景がきらめく。窓辺のデスクには、片方だけのパンプス。

八ヵ月前、母が体に異変を感じてから、香港政府がこの高層マンションにヒナを住まわせた。SPの待機室もあり、研究も可能なよう機器をそろえ、三十六階と三十七階をフロアごと貸し与えたのだった。でもこの八ヵ月、ヒナがここを自分の住まいだと感じたのは、パンプスの片方を机に置いた時くらい。今も空調は快適だったけれど、ヒナは雨の三月に、寒々しい五階フロアで男の子があたためてくれた時のほうが、ずっと安心できた。

香港警察でミリアム政務次官とかわした言葉が思いだされた。

——霧の病《ダーク・フォグ》。

発見者は、ミヤコ・神崎。

最初の発症が母ミヤコによって確認されたのは、四十年以上前になる。

以後、母ミヤコは病の解析にとりくんできたが、ついに原因を特定できなかった。

その間も、世界各地で政府要人、民間人問わず、突如発症して死亡する事例がつづき——近年、急速にその発病者数が増えているのだった。

霧の病は発症してから死に至るまで、急性心不全のごとく早い。十五分から三十分。

環境因子や新型ウイルス感染も疑われているが、まだウイルスは発見されていない。

(発症前は全員、量子コンピュータ検診でも、全塩基配列が『正常《グリーン》』——)

が、病死後の遺体では、遺伝子の不具合《エラー》が随所で起きている。それらに、今のところなんの一貫性もなかった。死因となった部位も、異常をきたしてる塩基配列情報も、その箇所も、死者それぞれで違う。そもそも検診で問題のなかったDNAになぜこんな不具合が起きるのか、原因がまるでわからない。発症者の年齢・性別・人種・生活圏も共通するものはない。

唯一確かなのは、霧《ダーク・フォグ》の病の遺体には遺伝子の異常が起きている、ということ。

にもかかわらず、その検死結果すら、AIは『異常なし』と判断する……。

(特に、なぜか香港での発症者が多い……)

母ミヤコが四十年かけても解明できなかった病。この一年で、「結果」をださないとならない。でなくば、この男の子を香港警察に引き渡すことになる。

ヒナは暗い気持ちで、拘置所で見た彼の電子手錠の痕を思った。

サイドボードの救急キットをひっぱりよせる。男の子の手首には、手錠の痕がまだ赤く残っていた。ヒナは傷を撫《な》でたあと、再生治療パッド片手に悩んだ。

(再生パッドじゃなくて、二百年前みたいに消毒液を配合するべき?)

傷の手当てですら、オロオロする。きっと古代魚シーラカンスが生きたまま発見された時の海洋博士も、こうだったと思うわ。ゲノム改変を一切されずにきたオリジナル遺伝子の男の子なので……そのままに……。

(……再生パッドは傷の細胞修復速度をあげるだけだし……説明書……『本来の治癒能力を促進』……別に遺伝子に影響はないわよね……自分が遺伝子工学の専門家ってことにすら、今、自信がなくなってるわ……え、えい)

ぺた、と手首の傷にパッドをはっつける。本日のSPキリアンの端末では今頃、ヒナの生体リズムは医療《メディカル》警報が鳴るレベルで乱高下してるはず。

いたわりをこめて、彼の手をとり、包みこんだ。常夜灯が仄《ほの》かな光をベッドに投げかける。

ヒナの手の中で、不意に少年の手が、意思をもって動いた。

毛布がずれる。

見れば、薄闇の底に沈んでいた男の子が、身を起こしていた。

電子機器や、薄暗い室内を見渡し、次いでそばのヒナをさっと見下ろした。

点滅する電子の光の中、アーモンド形の瞳にきらめいたのは、警戒と拒絶だった。

ヒナは少年につきとばされ、背もたれのない椅子《いす》から落ちた。サイドテーブルに身体をぶつけ、スキャン中の機器や医療キット、ペンやメモがあたりに散乱する。

「ヒナ!」

非番のはずのエドワードが飛びこんできて、ヒナを左手で抱き起こした。右手で銃を構えるのが映ったので、とっさに腕にとびついて止めた。

「やめて」

男の子がヒナを振り返った。部屋は暗く、表情はわからなかった。

一瞬のち、少年はドアから飛び出していった。

ＡＭ02：57。

副都心の香港警察署を出てから、二時間も経《た》っていなかった。

幽霊少年《ゴーストボーイ》のために用意していた救急箱は、ヒナが使うはめになった。

†

香港警察署から少年をひきとってすぐ、ヒナはマンションのセキュリティを変更して彼の認証設定をしていた。なので、彼を止めるなんのセキュリティも作動しなかった。

キリアンは「俺の仕事は、あの子供の警護じゃないんでね」という理由で追わず、エドワードはそもそも少年を勝手に警察からひきとったことを知り、非番なのに怒って真夜中に飛んできたくらいだったから、いわずもがな。

ドミニク刑事から、彼に装着させるようにと位置情報つきの端末を渡されてはいたが、それもつけず、テーブルに放置していた。『首輪』という言葉が忘れられなかったので。

なので、消えた彼をさがす手段は、ヒナには何一つなかった。

（今日で、五日め……）

ヒナは地下鉄セントラル駅のベンチで溜息《ためいき》をついた。もう小一時間も、そうしている。

この五日、時間が許す限り彼を捜したけれど、収穫はゼロ。

そもそも香港警察ですら何年も捕まえられなかった少年なのである。

幽霊少年《ゴーストボーイ》の位置情報が三日連続で衛星に送信されなかった場合、ヒナを警察署に呼び出すとドミニク刑事から説明されていた。すでに五日が経っている。呼び出しはないが、ドミニク刑事はとっくに何があったか知っていて、あえて連絡をしてこない気もする。

もしかしたら、彼はもう香港島にはおらず、ネオ九龍に渡ったのかもしれない……。

ホームで発車ベルが鳴り、次の電車がセントラル駅を出て行く。

ベンチに座るヒナの前を、乗降客が交錯していく。

さざめきの中にいると、胸の痛みが強くなる。ヒナはスカートの膝にのせたトートバッグを、抱きしめた。もう何度目か、ブレスレット端末に目をやる。

香港島を循環する路線のダイヤは二十四時間運行だが、ネオ九龍駅行きだけは本数が限られている。最終便は夕方——午後四時五十五分。

ホームにはその最終便が、三十分後の発車を待っている。今日は週末。夜のネオ九龍へ泊まりでナイトライフを楽しみに行く客が次々乗車していく。顔見知りの研究者もいたが、たいていヒナに気づいても無視をして通り過ぎていく。

これに関しては、今さら溜息をつくほどのことでもない。

プライドと功績を懸けた熾烈《しれつ》な研究レースは、ゼロか総取りかの世界。勝ち抜かねば何一つ認められない。ヒナコ・神崎は香港島アカデミアで相応の敬意を払われてはいたが、競う相手の嫉妬や敗北感まで消えてなくなるわけもなかった。

それでなくともヒナコ・神崎の「正常《グリーン》でない」という噂《うわさ》は有名だった。メンタルチェックを受けることなく、傑出した論文を何本も出している事実も、研究者らの癇《かん》に障るだけだった。

頭上から影が差し、エドワードのローションが香った。

ベンチの前を通り過ぎる研究者らの、ヒナへの聞こえよがしの皮肉がやんだ。

面《おもて》を上げると、エドワードが睨んでいた。研究者と、ヒナのどちらにも。

「ヒナ、いい加減にしろ。一時間もこんなところに座って。いくらメールを待っていても、パスはおりないぞ。君が申請したネオ九龍行きの切符は、僕がキャンセルしたからな。十年以上申請しなかったものを、今さら……」

ヒナは驚いた。エドワードが今までそんな理不尽なことをした覚えはない。

「……もしかして、昨日と一昨日に申請したパスも？」

エドワードは答えず、冷たい目をヒナに向けた。

「あの子供が、ネオ九龍に帰ったと思ってるのか？」

香港警察を押し切って突然見ず知らずの少年をひきとったことについて、エドワードに何度問い詰められても、ヒナは黙っていた。香港政府はアカデミアの研究者特有のゲームと考えて彼を与えたふしがあった。ネオ九龍に行って男娼《だんしょう》を買うように、ゲノム識別番号のない幽霊少年にヒナが気をそそられたのだと。ユエ署長に暗にそう確認されもした。ヒナは否定しなかった。〈洪水地帯〉の夜のことを話すよりまし。エドワードは信じなかった。

「あの子供は自分から出て行った。君に手当てを受けたのに。放っておけばいい」

「……彼は、霧の病の研究に必要だといったはずです」

よけいエドワードの癇に障ったらしかった。ヒナが本音でない言葉を口にしたことに。

「あきらめるんだな」

「エドワード――」

「帰るぞ」

エドワードがヒナの腕をつかんだとき、三人目が割って入った。

「スマートじゃないな、エド。君はヒナには昔からそうだけどね」

一八二センチの長身、プラス十三センチピンヒール。大ぶりで華奢《きゃしゃ》なリングピアス。黒い巻き毛をシャンパン・ゴールドのミニドレスとくびれた腰にまつわりつかせた八頭身の彼女は、美男美女が当たり前の香港島でも抜群に目を惹《ひ》くアフリカ系美女だった。ピンヒールのぶん、エドワードより九センチ高い。

一五七センチプラス五センチパンプスのヒナはいつものように首が痛くなるくらい仰向いて、「ジーン」と友だちの名前を呼んだ。

「エド、君の端末にずっと呼び出しランプが点《つ》いてる。無視してていい相手かね」

エドワードは腕時計仕様の端末に目をやった。一瞬の苛立《いらだ》ち。「すぐ戻る」

「やれやれ、相変わらずだな、エドは」

ジーン博士はエドワードの背を見送りながら、ヒナが訊《き》く前に返事をした。

「今日は、土曜だからね。論文のためにも息抜きは必要だ」

「あっ、週末。ネオ九龍の、カジノ？　ナントカっていう――豪華客船の？」

「……君は本当に私と同じ〈最高位《ヴェルトクラッセ》〉なのかね？　記憶力って単語を知っているか？」

ヒナは相好を崩した。率直で舌鋒鋭く相手次第では辛辣になるけれども、ジーンがヒナを『正常《グリーン》じゃない』といったためしはない。一度も。今も嫌みはちっとも感じず、ヒナへの思いやりと、ヒナは好きだった。ジーン博士は香港島アカデミア一ひどい気むずかし屋で有名だが、ヒ
会えた喜びであふれてるのが伝わってきて、ヒナを微笑《ほほえ》ませる。ジーンといるだけでヒナの気持ちはほぐれ、楽に息が吸える。

今年二月にヒナが母を喪《うしな》った時、まっさきに悔やみの言葉をくれたのも、ジーンだった。会った最初から二十年変わらずに接してくれる。……それでいえば、エドワードも大学時代から態度が変わらないけども。

「恋人の名前をしょっちゅう間違えるジーンよりは、ましだわ。いくら恋人が大勢いても」

「いいか、生物の世界で大事なのは名前だとでも思ってるのかね？　相手のフェロモン以外、なんでもどうでもいいのだ。それに、人間界で唯一の友だちの名前を間違えたことはない」

性格以外は「完璧」の代名詞みたいな――いや、その性格すら「完璧」のアクセサリになってる――ジーンが、なぜヒナを気に入っているのか不思議ではあった。ジーンはたまにヒナの好意を確認する。素直に好意を伝えると、ジーンはまんざらでもない顔をする。崇拝者たちか

ら特別な愛を捧《ささ》げられているにもかかわらず。ジーンがとっかえひっかえする恋人たちで、こんな風に彼女から微笑まれることは——ジーン博士の「まんざらでもない顔」を見られるのも——滅多にないはずだ。そもそも本人が、自分が微笑んだことに気づいてないようだったし、今も、笑みは一瞬だった。

「君が九龍行きの地下鉄に乗りたがるのは、初めてだね、ヒナ」

ジーンがそばにくる。恋人同士みたいに近いので、ジーンの髪の匂いや、肌のあたたかさまで漂ってくる。ヒナが落ちこんでると思った時の、ジーンの癖。当たり。

ヒナは生返事した。「違うの、香港島の路線のほう」と言い訳しても、ジーンには通じない。たとえエドワードとの会話を聞かれてなくても。

ヒナの腕輪端末が振動した。〈執事《バトラー》〉ウィリアムからのニュースメール通知。

話を逸《そ》らそうとジーンに断って開封すると、今日、ネオ九龍の〈洪水地帯〉の一部が区画整理で取り壊されたというニュースだった。ショッピングモールがあった一帯だった。

『あと五分で発車時刻——今日最終のネオ九龍行き』とアナウンスが響く。

ヒナは列車を振り仰ぎそうになった。

そばでヒナの様子を見ていたジーンは、ドレッシーなバッグをあけて、カード型端末をだした。マニキュアをぬった爪で端末を（ジーンはＡＩ嫌いで、自分で端末を操作する）、もう片手でヒナの腕輪型端末を操作した。

ヒナの端末で完了音が鳴った。ネオ九龍行きの乗車パスコードが、腕輪に登録されていた。

ヒナは目を丸くした。ジーンが申請した今日の最終便の『切符』だろうと思うが、パスコードはジーンのゲノム識別番号《コード》でのみ使えるものだ。貸し借りなどできるものではない。

「ダミアンに、一つ電子ウイルスをつくらせておいたんだ。君のゲノム識別番号《コード》に書き換えられるウイルスをね。といっても発車して、海の上で君のGPSが点滅しはじめりゃ、エドワードにはすぐばれるがな」

「ジーン、どうして」

「三月の学術会議からこっち、君はよく公園から対岸のネオ九龍を眺めていたろう。それにこの五日ときたら、見たこともないほどしょげこんでいたから……。気になっても、君は理由を話そうとしないし。君が元気になるなら、たいしたことじゃない。ばれてもダミアンともども謹慎くらう程度ですむさ」

「何言ってるの」

入島規制のある香港島で、通行パスの改竄《かいざん》は重罪だ。ジーンは確かに香港島アカデミアでも破格の優遇措置を受けられるトップ研究者だ。でも刑務所行きにならないからいいという話じゃない。ヒナにとってジーンは誰より大事な友だちなのだ。

「使えないわ」

「そうか」

ジーンの落ちこんだ表情を目にしたヒナは、急に使う気になった。

それに気づいたのか、ジーンは上機嫌になった。ヒナの背をホームへ押しやった。

「ヒナ、今度は一緒に行こう。ネオ九龍のカジノに、一度君を連れていきたかったんだ」

ジーンはニヤニヤした。

「カジノでぼろ負けしてしょんぼりする君の顔を、ぜひ見たい」

「九龍で悪い遊びをする研究者って……。その時は男性でエスコートしてくれるの？」

ジーンはたじろいで、不安そうにした。「う……ん……。でも君といるときは、あんまり男性型にはなりたくないんだよ。なんでかな……」

男性型のジーンはエドワードに負けないハンサムなので、ヒナはがっかりした。ちょくちょく性別を変えてるというが、ヒナは滅多に男性型にお目にかかれない。

「ジーン。ありがとう」

ヒナはジーンに頬ずりし、発車ベルを鳴らす最終便に飛び乗った。

5

すべりこんだのは最後尾の車輛《しゃりょう》だった。

車輛は空《す》いていた。ヒナはいちばんうしろの座席に座って、トートバッグを脇に下ろした。

海向こうのネオ九龍《クーロン》駅まで一駅。乗車時間はほんの五分のはずだった。

水族館のようだった中央海底道路と違って、鉄道は旧時代のままの真っ暗なトンネルで、赤色灯が窓ガラスを流れすぎていく。ガラスにヒナがうなだれる姿が重なる。

少年からヒナのDNAが検出されたことは香港《ホンコン》警察で聞かされていた。

お尋ね者の幽霊少年《ゴーストボーイ》と、ヒナがいつどこで接触したのか、考えれば察しがつく話だった。

彼がネオ九龍に帰っていたとしても、隠れ家はない。この五日、香港警察から呼びだされなかったのは、とっくに香港警察につかまっていたからかもしれない——。

ヒナはエドワードへメールをしたためた。

〈エドワード、ネオ九龍へ行ってきます。明日、ちゃんと香港島に帰りますから〉

もうすぐネオ九龍駅というその時、ＡＩの車内アナウンスが流れてきた。

『ただいまご乗車のお客様の中に、不正乗車の方がいると通報がございました。お心当たりの方はホームへ降りず、車内でお待ちください。ドアから出ますと、侵入防止用の電磁網《ネット》に弾《はじ》かれます。また即時香港警察にゲノムコードが送信され、犯罪者登録されます』

エドワードにメールを送信しかけていたヒナは凍りついた。

（えぇー⁉　エ、エドワード――素早すぎる！）

電車が緊急停止し、ヒナは鼻を前の座席にぶつけた。

車内のあちこちで端末の緊急アラームが鳴った。ヒナの腕輪にも赤ランプが点灯した。非常時機能が起動し、いつもは声だけのＡＩウィリアムが立体映像で現れる。

緊急アラームはヒナの不正乗車のせい――ではなかった。

〈ただいまネオ九龍駅周辺に警報発令、警報発令。地上で銃撃戦となっています〉

「銃撃戦⁉　前衛劇団による新作ミュージカルの宣伝か何かですか⁉」

〈いえ、マフィアと香港警察の抗争です。ネオ九龍では、三日にいっぺんは起きます。それで列車が停《と》まるのもよくあることでございます、ヒナ様〉

「なに、その、ノワール小説みたいな話！」

ネオ九龍の支配権と香港島アカデミアがもたらす莫大《ばくだい》な経済権益を巡って、香港政府と〝青龍〟が長年争っていることや、香港議会議員の半分が黒社会〝青龍〟のメンバーで構成され、このところ議会内で政府系議員と対立が激化している――などという裏事情は、殺人事件すら起きぬ香港島で平和に新聞を読んでいるヒナには、まるで思案の外であった。

『——ご乗車のお客様、警報がやむまでそのまま車内でお待ちください。列車はすべて軍事装甲用の素材でできております。ご安心ください。なお通常——……』

AIの音声が途切れた。何かが焼き切れたような——落雷に似た音と光が炸裂《さくれつ》し、火花が散った。耳からヒナの視神経までつんざき、真っ暗になったかと思った。

いや——本当にあたりは暗闇になっていた。車内も、駅の構内の明かりも、いっせいに消えていた。ブレスレット端末の電源まで落ちていた。

車内に非常灯がついた。それでも暗い。オレンジ色の灯火の下、緊急自動措置なのか、両側の車輌ドアがすべてあいていた。これは『よくあること』ではなかったのか、それまでのんきにしていた乗客らが悲鳴をあげた。作動しない端末に口々に怒鳴る。一人が前方の車輌へ走りだすやいなや、他の乗客がなだれをうって続いた。

ヒナのそばの後部ドアもあいていた。地下の暗闇と冷気が流れこんでくる。

非常誘導灯のおかげで、薄ボンヤリと視界がきいた。トートバッグをとり、後部ドアに近寄った。パチパチと、静電気の弾けるような音がずっとつづいている。それで、気がついた。

(たぶん、電波妨害用チャフ……と、電磁パルスまで。抗争中にどっちかが使ったんだわ)

そのため、地下鉄や、AIどころか、電気系統がのきなみバカになったのだ。

ヒナは思いついて、おそるおそるあいたドアに手を伸ばした。——電磁網《ネット》も消えている。

(今ならエドワードにつかまらないで、ネオ九龍に行けるかも)

ヒナは急いでドアからよじおりた。何せホームに乗り入れかけたところで緊急停止したので、線路におりるまで結構高さがあったのだ。電車とホームの非常灯を目印に、レールの上をたどった。乗客は全員地上へでていったのか、地下は静まり返っていた。

地下トンネルの風が強く吹いていていて、遠くの靴音を谺《こだま》のように反響して運んできた。複数。

「乗客の中に神崎博士はいなかったんだな？」「ええ。見つかってません。たぶんまだ構内に」「博士が最終便に乗ったのは間違いありません。今なら公安も神崎博士の位置情報は追えない。さがしなさい。公安より先に見つけろとの——のご命令です——」

（……エドワードやキリアンより先に見つけろ……？）

エドワードの他に追われる覚えはない。ヒナは後ずさった。

「——今、音がしましたね。どなたかいるようです。神崎博士ですか」

声が近づいてくる。ヒナは踵《きびす》を返して、走った。

ヒナの靴音を追って、うしろからライトの光が地下を交錯する。

その光が、トンネルの壁際の小さな扉を一瞬照らした。ヒナはとっさにとびつき、バルブを回して扉の中に入った。真っ暗だった。非常灯すらない。幸い空気はあった。ちょうどその時、電磁パルスの影響から復旧したのか、扉にロックがかかる音がした。

扉に遮られ、声や靴音が遠くなる。ヒナはトートバッグを手探りし、携帯ライトをつけた。照らすと、ひびわれたコンクリートの通路で、奥は暗闇へ続いていた。地下鉄車輌にＡＩも自己修復プログラムもなかった昔、点検整備用に使われていた通路なのかもしれない。

足もとにはだいぶ砂がつもっていた。ヒナはハッとした。

砂に、点々と足跡がついていた。

ヒナは足跡を追って、奥へ歩き出した。


地下道は枝分かれしていた。そのたび目印をつけはしたが、足跡がなければずいぶん選択に迷ったろう。腕輪端末は完全に電磁パルスで壊れたらしく、うんともすんともいわなかった。

足跡の終点では、細い光が頭上からさしていた。

光の条《すじ》に、錆《さ》びたハシゴが光にぼんやり浮かぶ。そこをのぼりきって、マンホールか何かの蓋――光の条の源――を力一杯ずらして外へでたとき、まだ夕暮れ時なのを見て、ヒナはしばらく放心した。

（……暗闇だったから？　半日も歩いた気がしてたわ……）

今日の日の入りは確か午後八時。乗ったのは午後五時ネオ九龍到着の電車だったから、地下をたどったのはたかだか二時間ほどだったらしい。

出た場所も、なんだか意外だった。ヒナは芝生にへたりこんだ。汚れるのを気にする必要はなかった。トートバッグも白いシャツブラウスもオレンジのフレアスカートもとっくに汚れてる。「いくら歩いても疲れないチャンキーヒールパンプス」も。

公園のようだった。あたりはまばらな木立で、その向こうに夕日で赤く染まる海があった。

波打ち際が見えないから、切り立っているのだろう。海に面した円形の憩いの場らしき場所と、ベンチが一つ。よくヒナが座っている香港島の海辺の公園のベンチかと見まがうほど。

（でも、夕日の見える向きが違う……香港島と、逆……）

それに夕焼けがまぶしくて最初はよく見えなかったが、芝生はカラカラに枯れていたし、木々も雑草も伸び放題、海辺のベンチも蔦《つた》や草に埋もれているように見える。甘い、初夏の花の匂いが、ひどく濃かった。人の手の入っていない濃密さだった。

海と風の音だけがし、あたりに何の気配もない……。

茜色《あかねいろ》の静けさだった。

そのとき、ヒナは自分以外にも人がいることに気がついた。

木々で姿が遮られていたが、誰かが海を眺めている。そんなに怖そうではない。いや、少年みたいだった。ありふれたTシャツに、ハーフ丈のカーゴパンツ、黒い髪で……。

「…………」

ヒナは立ち上がり、木立から出ていった。

海を見ていた少年が、振り返った。

西日の反射で、手首に青い石のアクセサリをつけた少年がどんな表情をしたのかは、わからない。

ヒナはそれ以上進めなくなった。五日前の彼の拒絶を思いだして。

数分か、もっと立ち尽くしていたのか、ヒナの目の前に半分茜色の少年が立っていた。

少年は右手をのばし、ヒナのこめかみにふれた。五日前、椅子《いす》から落ちてテーブルで打った場所だと思い出すのに少しかかった。傷はとっくに消えていたので。

アーモンド形の瞳は憂鬱そうで、何か言いたげだった。……うしろめたさ。彼の睫毛《まつげ》や、頬にさす夕日の陰りにも、忘れがたい、香港の誰ももたない無造作な優しさがさざめいていた。ヒナにふれる指先からは、あの海の鼓動が伝うようだった。

寄せては返す波の音が、あたりを包む。

酔うような花の香《か》の中、ヒナは笑うことができた。ぎこちなく。

少年が肩の力を抜いた。彼もまた緊張していたのだと、気がついた。男の子はもう一度彼女のこめかみや耳のうしろをさわり、傷痕がないことにか、変てこな顔をした。

男の子はもう、ヒナに腹を立ててはいないようだった。

ヒナが五日前のことを謝ろうとしたとき、少年がヒナの手をとった。

そのまま、彼は海にそって、どこかへ歩きはじめた。

ヒナはひらきかけていた口を閉じた。

日はゆっくり暮れ、次第に薄暗くなる。かわりに四月の花の宵が濃くなっていく。

ふと、少年が眺めていた方角を見たら、島影があった。香港島。島影のふちにある細い筋は、海沿いの〈ルート4走廊〉かもしれない。香港島はセントラルや副都心の摩天楼の他は、大半が自然保護区画になる。その美しい山脈《やまなみ》がのぞめた。

でも少年はもう、香港島のほうを見る気はないようだった。全然。

午後八時をすぎ、完全に日が没すると、さすがにヒナは不安になった。

（ど、どこへ行くのかしら……）

少年はヒナの手をひいて歩きつづける。靴底の感触から一応は小道を歩いているようだが、膝までのびてる雑草からすると、「百年前は小道か遊歩道だった」が正しいかもしれない。

雑木林が途切れると、ちらほら街灯らしき灯が見えたが、それもかなり遠い。微《かす》かな飛行音が聞こえても、車のライトなどは少しも見ない。星明かりで道なりに建物の影を見ることがあっても、明かりはなく、人気もなかった。一応ヒナは携帯ライトをつけていたが、少年は歩きなれているようで、のぼった月の光だけで充分なようだった。小道はずっと海沿い。

対岸にあった香港島の山脈は、香港島の東の山だ。するとここも九龍半島の東側。

（……地下鉄から、東へ歩いてきたんだわ。〈洪水地帯〉で見た海は九龍半島の西側だから……ネオ九龍を挟んで、西の〈洪水地帯〉とは、ちょうど逆方向へきたのね）

さらに夕日を背に小道を歩いたから、今、九龍半島をもっと東へ向かってることになる。

（？　九龍半島の東って……放棄されてるはず。港は封鎖されて、湾岸区も消えたし……）

上海《シャンハイ》と香港を繋《つな》ぐ南シナ海域は、もう百年以上も台湾島琉球《たいわんとうりゅうきゅう》海賊の支配下にある。海上貿易で栄えた香港も今は昔、海運での物流も、貿易船の行き来も、絶えて久しい。

けれど少年が導いたのは、その閉鎖された東湾岸エリアだった。

月の下、船が一隻もこなくなった埠頭《ふとう》が、永遠の波に洗われている。

港の旧倉庫街には、遥《はる》か昔の巨大なクレーンやコンテナがブロック玩具みたいに積み残っている。倉庫やコンテナがそびえる中を進むと、こびとになったみたいだった。足もとで、時折赤や黄色のランプが点灯している。でも香港政府がそうしているとも思えない……。昔の非常用自家発電が勝手に作動して照らしてくれているのではあるまいか。

夜の気配がいっそう濃密になる。

海からは霧が漂いはじめていた。どこかで廃船がきしむのか、ぎぃぎぃと音を立てる。がらくたの山から、時折廃品機械《ジャンク》のノイズが切れ切れに聞こえる。コンテナからコンテナへ、暗闇をぞろりと走り回る、得体の知れない動物の鳴き声もした。

ヒナは思わず身震いした。

——ここは安全な香港島ではない。九龍。

エドワードの怒った顔が浮かんだ。

足をゆるめた少年の背に、鼻をぶつけた。

少年は肩越しにヒナを振り返り、小さく笑《え》んだ、気がした。手が離れた。

月明かりでしらしらと光る倉庫の外階段を、少年があがっていく。ヒナはトートバッグを抱え直して、ついていった。用事は、まだ残っていたので。

非常口のような四階のドアがひらかれると、一瞬、木の香がした。

床も壁も打ちっ放しのコンクリート。天井はちょうどいい高さ。連なる大きな窓からは波音が響き、月が床を照らしていた。

入ってゆくと、檜《ひのき》の板で間仕切りされたリビングがあった。壁に同じ檜の棚がしつらえられており、色々とものが置かれてる。上の棚にはコップや小物、中段に服、いちばん下には靴や工具箱。壁の釘《くぎ》の一つに香港ストリートの男の子がひっかけるようなサックが下がり、別の釘にはウィンドブレーカーがかかってる。

床にはカーペットがわりの竹編みの簾《すだれ》が敷かれ、その上に古木から削りだされたような素敵なローテーブルが据えられている。これまた素敵に古風な柄の座布団が二つ、三つぽんとある。どこで手に入れたのだろうとヒナは不思議に思い——ハッとした。

(確か香港古民家保存地区に、ああいうお洒落《しゃれ》なテーブルやクッションや簾があったわ……)

……失敬してきたのかも。

木のローテーブルの上には、ランタン。ガラスの中は油でなく蠟燭《ろうそく》。月のない夜にこれが灯《とも》されている絵が何とは無しに浮かんだ。

彼が靴を脱ぎ、はだしで竹編みのラグに上がったのには、びっくりした。

一度香港でも靴脱ぎ生活様式が流行《はや》ったことはあるが、今も続けてる知り合いはダミアンくらいだ（でも冬は寒いといって、靴をはく）。

見よう見まねでヒナもパンプスを脱いで、そろっと竹編みのラグを踏んだ。ストッキング越しの、ひんやりした感触が気持ちいい。

男の子は間仕切りの向こうへ消えていく。うしろからのぞくと、そこが彼の寝室だった。

窓の下に、黒っぽいマットレスが敷かれている。そばに見覚えのあるハーブの蠟燭と、毛布と、ヒナが去り際『寝床』に残してきたコートがあった。

それと……。

ヒナは枕元を見て、どきっとした。

ヒナがショッピングモールでなくしたパンプスの片割れが、ちょこんとあった。

少年はパンプスを手にとると、引き返してきて、ヒナに差しだした。

ヒナは。

なんとなく、おかしな想像をした。

ヒナが一人で目を覚ましたと思ったあの朝、彼はこのパンプスを拾いにでかけていたのではないか、と。ブレスレット端末が遠隔操作される前にと、ヒナが急ぎ足でストッキングのままエスカレーターをくだっているとき、彼は一階で見つけた靴を手に、フロアの反対側のエスカレーターをあがっていたのかもしれない。ヒナがエントランスの割れたガラスをくぐるとき、彼は誰もいない五階フロアに戻っていたかもしれない……。

起きて彼が消えていたことを、ヒナの本心はさみしいと思っていたので。

少年の眼差《まなざ》しは夜の海のようだった。ゆらめく黒い瞳に、ヒナは微笑《ほほえ》みかけた。

「ありがとう」

ヒナはパンプスを受けとった。ふと寝室に視線をやったら、コートがない。いや、毛布の下から袖口がのぞいている……。ヒナは笑いを咳払《せきばら》いでごまかした。多機能コートは、よっぽど彼にはあったかい布団らしい。あっちは返したくないと、しらばっくれるくらい。

「あのね……私もあなたに渡すものがあるの」

今度はヒナが少年の手をとり、木のテーブルへ一緒に座った。

ヒナには部屋は暗かったので、携帯ライトを照明モードに設定してテーブルに置いた。ここまで大事にもってきたトートバッグをあける。衣類や、医薬品、携帯食料に衛生用品、電子カードなどをだして、テーブルに広げた。

「あなたに会えたら、渡そうと思って、色々買っておいたの。服はコートみたいに多機能性のものばかりだから、全シーズンで使えるわ。デザインはキリアンの見たて。気に入るといいんだけど……ってピアスまである……。これは電子カード。買い物ができるわ。使っても足跡が残らないカードなの。三千万EMまで使えるようにしてあります。こっちは携帯食料で、これは救急キット。再生治療パッドは怪我《けが》をしたら、貼ってね。こないだ手に貼ったみたいに。でも怪我しないでね。あとね、歯を大事にして。これ、この瓶の粉を水でとかして、口を毎日一回ゆすぐだけでいいの。あの棚のコップで。虫歯菌が徐々に死滅して、虫歯でとけた部分も再生されてくって。それと私の好きな文庫本と……」

ヒナは必要以上にしゃべってしまった。

少年はテーブルのものでなく、ヒナを見つめている。あいた窓から涼風が吹きこみ、ヒナのセミロングの髪をさらうほうが、ずっと気をとられるという風に。

彼はくつろいでいて、ヒナは寄せては返す波音を綺麗《きれい》だと思うまで、自分が話しやめたことに気づかなかった。彼はこの小波《さざなみ》みたいだった。どんな時も消せないヒナの孤独や、所在なさまで、簡単にさらっていく。ずっとこうしていたいほど。

外から、ぼーっという遠い汽笛の音がした。……汽笛？

汽笛をだして海を航行する船舶が、まだ香港にあったろうか。それとも過去の幻聴かしら。

トートバッグには、ドミニク刑事に渡された端末がまだ残っていた。

それは、ださなかった。

香港島の宝石の光は、遥か遠く。

エドワードに言われるまでもない。

手錠のような端末を、何もしてない彼がつける必要などない。ガラスの中の摩天楼。そこはヒナがいる場所であっても、彼のいる世界ではない。ちっとも。

「……五日前は、あなたを監禁しようとしたわけではなかったの。でも、結局は同じことかも。嫌な思いをさせて、ごめんなさい。私はこのまま帰ります」

ミリアム政務次官は「一年経《た》てば、香港から強制退去させる」と言った。

不法入国が本当の理由でないことは明らかだった。彼には「障害がある」から……。

「どうか見つからないで。九龍からも、なるべく早く逃げて。『障害がある』と判断された以上……つかまったら、あなたの秘密を聞き出すために、政府が検査送りにして、脳を『正常に』矯正する可能性がある。そうすれば、今のあなたはきっといなくなってしまう」

言葉もわからず、伝える方法も知らず、なのに見も知らぬヒナにお魚をわけてくれた男の子。

ヒナが泣き出せば、ただ心配そうに慰めてくれた。

まともになったら……彼もエドワードのようにヒナの不安定さに苛立《いらだ》つのだろう。

なんだか胸が詰まって、顔を見られなくなった。慌てて目尻をぬぐった。彼が無事でいたとわかっただけで、充分。

この倉庫や、ショッピングモールの五階みたいに、彼の隠れ家はあちこちにあるのだろう。モールはなくなったけれど、……あの一夜こそヒナには夢のようなものだった。

「パンプスをありがとう。一ヵ月前、落ち込んでいた私に優しくしてくれて、ありがとう。元気でいてね。風邪ひかないでね。さよなら……」

トートバッグを肩にかけて、座布団から立った。

帰ろうとしたら、スカートのフレアをひっぱられた。

「ちょ、ちょ、ちょっと、だめ。これ、ワンピースじゃないんだから——それ以上はだめ——あっ、バッグにはもう何もあなたのものはないの。隠してないから」

男の子は片腕でヒナを引き寄せ、もう片手でヒナのバッグを漁《あさ》った。ハンカチ、地下鉄パス、化粧ポーチ。腕輪。ヒナの腕輪と似ていると思ったようで、彼はそれを見つけると——警察から渡された腕輪型端末を——はめてしまった。

ヒナは両脚をひとまとめに抱かれ、転びかけて彼の肩に手をついたところだった。

「ああーっ。な、な、何して——」

〈ゲノム識別番号照会します——香港に登録なし。監視衛星《ゲートキーパー》より、幽霊少年《ゴーストボーイ》との画像九九パーセント合致、本人と確認しました。端末ロック。位置情報送信開始します。これより一年間の香港特別在留が承認されます。香港政府より以下の臨時識別番号が付与……〉

少年の腕輪をひっぱったが、遅かった。ロックされていた。

ヒナは少年の腕の中で――彼は腕をとかなかったので――へなへなとへたりこんだ。

これからは、彼がどこをほっつき歩いても、香港警察にダダ漏れ。九龍でも香港島でも。

少年は涼しげな顔で、にっこりした。

ヒナは初めて、その笑みが憎らしいと思った。憤然と彼の髪をひっぱった。男の子はムッと眉を寄せた。

……夜霧の漂う香港海域の向こうから、幻のような汽笛が、ぼーっと鳴った。

6

エドワードは幽霊少年《ゴーストボーイ》の位置情報が発信されて十分もたたずに倉庫の前へ車をつけた。香港島《ほんこんとう》に連れ帰る、というより連れ去る勢いだったが、今回はエドワードの怒りに滅入《めい》っている暇はなかった。

いかれたブレスレット端末をエドワードが新品につけかえるまでの間に、ヒナは香港政府と交渉し、自分が九龍《クーロン》半島へ行けるよう正規の通行パスを求めた。

通行許可は一年間、必ずＳＰつき――という制約はあったけれど、香港政府は了承した。幽霊少年を香港島に住まわせるよりいいと思ったのかもしれない。

許可がでたと知ったとき、エドワードは不愉快そうな顔をした。

ヒナは少年の通行パスも要請した。

彼がどうやって香港島から九龍半島へ戻ったのか、今度も不明だった。ヒナは古い地下道についていた足跡を彼のではないかと考えていたが、監視衛星《ゲートキーパー》が彼を見逃す理由はわからずじまい。どのみち幽霊少年がその気になればいつでも行き来できると判明したためか、「首輪」がついたからか、香港政府は彼のパスも許可した。彼の方はフリーパス。制約などつけても、彼には理解できまい、という理由で。なぜ不自由なことがあるだけで、彼が蔑まれねばならないのかという方がヒナには全然理解できなかった。

次にヒナがネオ九龍に渡り、キリアンが少年の位置情報を端末で簡単にだし、その通りに、彼がこの間の廃公園で香港島を眺めているのを見つけたとき、ヒナは自分のせいで彼の秘密を世界に暴いてしまった気持ちになった（実際そうなのだ）。

そんなことなど知らない彼は、ヒナを見留めて、ただただ微笑《ほほえ》んでくれた。

†

ヒナは自分の名と、彼の名を覚えてもらうことからはじめた。

HAL《ハル》。

彼がヒナの掌《てのひら》に書いてくれた（とヒナが思っただけだが）それが、彼の名かはわからなかったけれど。悪戯《いたずら》っぽいところがある彼には似合っていたので。

自分の顔を指さして「ヒナ」と繰り返し、彼の顔を指さして「ハル」と呼んだ。彼の掌にHALと指で百ぺん書きもした。HINA《ヒナ》もしかり。紙のノートをもちこみ、スペルを書きまくり、音読し、棚や窓枠に貼っつけた。

成果はあったのか、二週目には、ハルと呼ぶと顔を向けてくれるようになった。口のきけない彼が、ヒナの名を呼ぶことはなかった。そのかわり、ときどきヒナの掌に「HINA」と指で書いてくれた。倉庫を訪ねてもハルが不在のとき、木のテーブルを借りて仕事などしていると、いつのまにか帰っていた彼に不意に手をとられて、HINAと指でなぞられる。彼は遊んでいるのかもしれなかったが、名を呼ばれているようでヒナはほのぼのするので、勝手にそう思うことにしている。そういうのは「正常《グリーン》じゃない」のかもしれない。でも、ハルといるとそんなことなど気にならなかった。

事情を説明しようもないまま、ヒナはためらいがちにハルの倉庫を訪れ始めた。けれどハルは何も気にしないようだった。三月の晩と同じく。

ときどき自分ばかりしゃべりすぎてしまうことにハッと恥ずかしくなりはしても、ハルと話ができないことをヒナが思い出す時はあまりなかった。

たとえば倉庫の一階には海水の入った大きなバケツが二つ三つある。砂が敷かれ、たいてい魚や、ワカメや、貝やカニが放り込まれている（香港島住民がやる優雅なアクアリウム趣味でなく、ハルの食用である）。ヒナがおみやげのスイカを渡した時（正確にはジーンにもたされた。「ハルと君にプレゼントだ。君らのおかげで三ヵ月ネオ九龍への通行パスが停止になった」）、ハルはバケツを指さした。

バケツの砂浜にカニと、細い渦巻きの貝殻が一つ落ちていたので、ヒナはスイカのお返しにその貝殻をもらった。以来、綺麗《きれい》な貝殻が三、四個、バケツの浜辺に並ぶようになった。ハルが不在の時は、持参した果物や野菜を水に冷やして（こっちは普通の水で）、かわりに貝殻をもらって帰る。いつきても、貝殻は魔法のように補充されてる。……香港島アカデミアにいる時の方がヒナにはずっと通じなくて、もどかしい思いをする。

でも、中に真珠のあるアコヤ貝が置かれていた時は、キリアンと二人で絶句した。

「……博士、もらっちまえ。今時手どり天然真珠なんざねーぞ。すげー値段つくぜ」

ヒナはキリアンの口に再生治療パッドをはっつけ、アコヤ貝はそのままにしておいた。バケツの真珠貝を眺めに行くのがヒナの楽しみである。

それと、口腔《こうこう》洗浄液で口をゆすぐのは絶対にしてもらうよう、頑張った。でもハルはたまに忘れたふりをして、やらない。彼はキリアンの選んだ服が気に入ったらしく、ピアスも一度くっつけてあげたら（皮膚吸着式のエセピアスだった）、そのままましている。よって外見は香港ストリートによくいる生意気そうな少年になり――「歯磨《はみが》きを忘れたふりをする」などという真似《まね》をしたときの小憎らしい感じは、前よりちょっとました。

会ったばかりのヒナがハルのテーブルで勝手に書きものをしていても気にもとめないハルだが、一度、ヒナが釘《くぎ》のサックに近寄った時は、珍しく彼女を引き戻した。サックはそれから、部屋から消えてしまった。

ヒナが彼の住《す》み処《か》で唯一注文をつけたのは、「ホットバス」だった。

「湯船につかると、病気にかかりにくい」という重要なデータをヒナは調べだしたのである。

（香港だって冬は寒いし……雨に降られて風邪ひいてたし、川で水浴びはできるけど、河床で足を切って傷口から感染したり……わかってる。ハルがへらへら何年も香港で無事にいたらしいって。私心配しすぎ？　昔の人は腹をくくってたの？　えーと、検索結果……昔の簡易風呂《ふろ》……五右衛門《ごえもん》風呂って何かしら……他にはドラム缶風呂なるものも……）

ドラム缶は現代では絶滅していたので、ネットショップのキャンプ用品店にあったバスタブに決めた。ハルが足をのばせるサイズで、ヒナでも運べる超軽量。水を入れれば熱反応が起きる仕組み（温度設定可）。魔法の粉《マジックパウダー》も買った。泥水でも海水でもこの粉を投入すると、飲料可能な水に清められるのである（二十一世紀日本人の大発明）。バスタブは地震の時にひっくり返せば避難場所に、水害の時は船にもなるという説明書き。

（ハルの釣り船にもなるのじゃないの？）とヒナはホクホクしたが、ハルは頑として釣り船にはしなかった。意思疎通ができなかったことの一つ。帰りの車でエドワードがボソッと言った。「……かっこ悪いからだろ？　僕がバスタブで海釣りをすると思うか？」「しないの？　絶対沈没しないのよ」「沈没した方がましだな！」言語が通じてもわかり合えないことはある。

倉庫街の水道を復旧できるか、ヒナがポンプと格闘していたら、二週間は眺めていたキリアンが三週目にかわりにやってくれた。「紛争地帯で傭兵《ようへい》もやってたからね」と嘘《うそ》か本当かわからないことをいって、水がポンプからでるようになった。

倉庫街にはいつも、誰の人影もなかった。

ハルの位置情報を見た香港政府が、そう差配しているのかもしれなかった。ゲノム識別番号《コード》のない幽霊少年のことを、わざわざ公表したいわけがない。

他の時間のほとんどを、ヒナは大学の研究室で過ごした。

霧の病《ダーク・フォグ》と見られる死者は各地で確実に増えていた。いまだ原因は不明、遺伝子分野が問題と決まったわけではなく、霧の病と対峙《たいじ》する研究者はヒナ一人でもない。

難題に取り組む学者らは必ずオフをとり、多少なり研究から離れて心身を休息させる。メンタルの状態がよくないと端末が警告《アラート》すればすぐ、医療機関で専門ケアを受ける。

……けれどもヒナにはそれができなかった。束の間《つかま》でも忘れることに罪悪感があったので。死者数を思い、そこにいる人を思い、病理解析の画面の前で眠れぬ夜を幾つも過ごしては、ブレスレットが不調を警告する。それも結果を出していない以上、なんの意味もない。

ロズベルグ所長に「君の研究が進まないのは君自身のせいだ」と吐き捨てられ、同僚から「正常《グリーン》な判断ができない」とささやかれても、自分でも反論できない。

エドワードは昔からそんなヒナを見ているからか、ヒナが倉庫街に行くようになったことを、とがめだてはしなかった。ハルとの時間は、ヒナに休息をくれた。ヒナがそれを自分に許すのは、週に一、二度だったけれど、充分すぎる。

ヒナのマンションにハルを呼ぶこともあった。

健康チェックや、身体スキャンをとるためだったが、得体の知れぬはずのそれらを、今度のハルは受けてくれた。ゲストルームを用意はするけれど、やはりハルには居心地の良い場所ではないのだろう。いつも朝にはいなくなっている。三十七階の窓辺で、暮れなずむ摩天楼を眺めていたり、真夜中にいつのまにかベッドから出て、夜景を見下ろしているハルを見つけるような時、ヒナはわけもなく胸が詰まった。ヒナもまたここになじめていないことを、ハルが知るわけはないのだが。

やはり検査できてもらったとき、ビルの谷間にある大観覧車にハルが足を止めたことがあった。ハルは黄昏《たそがれ》の雑踏に佇んで、日没に観覧車が光り輝きはじめるのを見ていた。ずっと。ヒナもまた。ヒナが溜息《ためいき》をついてふと隣を向くと、ハルは観覧車でなくヒナを見下ろしていた。香港島でも機嫌のよさそうなハルを見る時、少し慰められる。

ハルの腕輪端末が役に立つのは、地下鉄を使う時くらい。腕輪に認証させたパスを、ハルはすぐ使いこなした。他はメールもコールもしない。ヒナはどうしても位置情報を検索する気にならず、ハルに会えるかどうかは幸運に頼るしかない。〈洪水地帯〉や、廃公園の時みたいに。会えそうな場所や時間を考えて出かけても、なかなかうまくいかない。バケツの貝殻の減りでハルは彼女の訪れに気づき、足されているのを見てヒナは彼が倉庫へ寄ったことを知る。

そんな繰り返しの中にやっと会えても、ハルはどうしてかつむじを曲げていることもある。そんなときはヒナも嬉《うれ》しかった気持ちが「正常《グリーン》」じゃなくなったりする。それでいて倉庫の外階段をあがり、錆《さ》びの浮いたドアノブに触れる前に向こうから開くような時は、先週の腹立たしさなど跡形もなく消えてしまう。

前よりもヒナは不安定になっていると、エドワードに一度意見をされた。

（そうね）

降ったりやんだりの〈ルート4走廊〉をずっと歩いているような、夜霧の彼方《かなた》から届く幻の汽笛をずっと聞いているような、夢うつつの不確かな毎日。

雨の〈ルート4走廊〉の向こう、あるいはボーッと汽笛の鳴る霧の海のどこかに、ハルならいるかもしれない。けれどエドワードが見つかることはきっとない。

ヒナはエドワードの冷ややかな眼差《まなざ》しに、ただうなだれた。

どちらが最初に気づいたのだろう。

水曜の午後はハルと港の倉庫で会えることにヒナはある日気づいたけれど、ハルのほうが「水曜日の午後はヒナがくる」と先に気がついたのかもしれない。

そうしてヒナは水曜日の午後を、ハルの倉庫で過ごすようになった。

七月のはじめ。帰りしな、ヒナは引き止められるようにハルに手をひっぱられた。

……エドワードの不愉快そうな顔を見ても、ヒナは前より胸が痛まなくなっていた。

†

一方で、ヒナの量子端末で解析していたハルの全ゲノムデータは、四月の末には解読が終了していた。

ハルのゲノム解析結果は、どこにも転送しなかった。

正確には——本物のゲノム情報は。香港政府と香港警察の求めに応じはしたが、送ったのは大幅に改竄《かいざん》した偽のゲノムデータ。

ハルの本物のゲノム情報は外部アクセスできないコンピュータで保管し、厳重に量子暗号ロックをかけた。

香港政府は期限付きだろうとハルに正規のゲノム識別番号を与える気はないらしく、すでに臨時の識別番号が付与されている。当座の生活にはそれで充分だった。もとよりハルを不法移民としか思っていない彼らが遺伝子情報を調べ直すわけはなく、送った偽のゲノムデータのみで屈指の遺伝子工学研究者たるヒナの改竄を、香港政府や警察に見抜けはしない。

ヒナの勘は正しかった。

塩基配列分析器《シーケンサー》での改変型DNA抽出量——ゼロ。

ハルはすべてがオリジナル遺伝子の少年だった。

父祖に遡《さかのぼ》っても、一人もゲノム編集を受けていない。

その解析結果は、遺伝子工学に携わってきたヒナの想像以上に見なれぬものだった。正直、ここまで今の世代のゲノムが書き換わっていたとは思わなかった。

(もしかして、監視衛星《ゲートキーパー》がハルを認識できないのは……)

現代人のゲノムとでは、重要な情報部分にあまりに差異があるため、ハルを識別対象《ヒト》ととらえていないのかもしれない。

香港島とて渡り鳥はくるし村落の漁師は魚をとる(三月の時は知らなかったが、毒のない天然魚のとれる秘密の漁場があるらしい)。渡り鳥や魚のゲノム情報が香港AI〈隠者《ハーミット》〉に未登録でも、監視衛星AI《ゲートキーパー》は警告音《アラーム》を鳴らさない。人間とほぼ同じ塩基配列のチンパンジーがサーカス興行で香港島にきても鳴らない（初期は人と間違えて鳴らしたらしい）。「高精度の照合」で「細かい差異も峻別する」ゆえに、ハルが網にかからないのかもしれない。今のAIは精密すぎてバカだとダミアンが言ったことがあったが、……ハルの写真がネットにあがっていてもヒトと判別できないとは、確かに間が抜けている。

同時に、それだけハルの塩基配列情報は、今では特異といえた。

はっきりいうと、ヒナの感覚からすればいつ不具合を起こしてもおかしくない危険な塩基配列の遺伝子がずらずら並んでいた。

ウイルス耐性等の書き換えが一切されてないからたやすく風邪をひく。インフルエンザにも、虫歯にもなりやすい。ここのDNAコピーミスが重なれば癌化《がんか》する……。アルツハイマー発症の可能性、視力低下、白血球の異常もでる……。細胞の老化もかなり早い。

ハルが口をきけないのは、おそらくここの「遺伝子の欠損」が原因なのではないかと予想される箇所も、見つけた。九龍・香港島なら、出生前に無料で修復されたはず。

（この遺伝子の傷を修復すれば……彼は……）

彼は……？

「正常《グリーン》になる」って、どういうこと？　今のハルは……「普通じゃない」ってわけ？

障害があると言った政務次官の声が頭に谺《こだま》した。一瞬でもハルの欠損をなくすことを考えた自分が政務次官と同類に思えた。ハルにできないことはある。疵一つない香港人じゃない。感情を揺すぶられて落涙する不完全なヒナを前に嫌な顔をする欠点のない香港人とは違う。そんなハルだからこそ、泣いているヒナを抱きしめてくれた。彼を「正常にする」？

（ハルは、どこも、おかしくない）

……そう思う私が、「正常《グリーン》じゃない」の？

髪を、つんとひっぱられた。

ヒナは我に返った。涼風機の回る音と、水曜日の午後が戻ってくる。七月の暑さも。

さっきまで竹の簾《すだれ》のラグで寝転がっていたハルが、いつのまにやら身を起こしていた。額には汗が浮き、しかめた顔には暑い、と書いてある。ヒナだけ暑気を忘れて考えごとをするのを不公平だと思って髪をひいたようで、計略通りヒナを炎暑に引き戻してご満悦だ。

ハルはシャツの袖を肘までまくり、ボタンは上から三つも外していた。シャツは涼しい麻の素材で、体感調節機能つき。それでも今日は追っつかない。天気予報によると台風が近づいているということだった。

ついでにシャツはヒナが買ったものである。なぜ夏に長袖なのかというと、ジーンが「夏でもハルとやらには半袖を着せるな」と厳命したから。高名なる生物学博士ゆえ、何か生物学的な理由があるのだとヒナは従った。虫さされ対策とか。しかし先週答えを知った。「理由？いかなる理由があろうと、私は男の半袖と、女のウェストゴムは撲滅すべきだと思ってるからだ」絶対ステージに姿を見せないという香港モード界の帝王はジーンじゃあるまいかと疑った。

「男の天然麻のダブルの袖口が真価を発揮するのは夏だ。男は涼しげな顔を全力で装って品の良いシャツの袖をまくれ。クーラーで極寒でもだ。一人の時はやらんでいい。服は着るためにあると思ってる愚者は去れ。脱ぐ時のためにあるんだ」（ハルに即刻涼風機を買うべく）去りかけたヒナに「君もすぐわかるであろう」と意味不明な予言をした。

涼風機の前で、シャツをひっぱって風を入れてるハルを、ヒナはしげしげ見返した。

袖をたくしあげた濃紺の麻のシャツと、ジーンズ。足ははだし。

（………。香港島じゃ、快適すぎて夏でも袖をまくる必要ないから気づかなかったけど……確かに半袖よりかっこよく見えるわ……なんでかしら……）

そういえばエドワードの半袖姿も覚えがない。エドワードはもてる努力をする必要など皆無なので、オシャレでやってたわけはないだろうけども。

ハルの膝には、ヒナの文庫本。ハルは本をめくるが、字を覚えるということはない。HINAと彼女の掌をなぞる以外、言葉を書いたことはない。HALと書いたのも、最初の一度きり。音と文字が頭の中で繋《つな》がらないらしい。ハルには言葉が音楽のように響くらしかった。夏の風がテーブルのノートをめくっていく、心地いい音色と同じに。

木のローテーブルには、ヒナの電子端末、ノートと筆記具、ガラスに入った蠟燭《ろうそく》、それとヒナがネオ九龍の人魚印のコーヒースタンドで買ってきた、シナモンとキャンディコートナッツ入りコーヒーフラペチーノの空ボトルが二つ。でもヒナは一口しかすすった覚えはない……。端末の前でくよくよしている間に、ハルに横取りされていたらしい。

ヒナはハルに向き直った。

「キャンディコートナッツを二人ぶん食べられるし、舌だって動くもの。トレーニングすれば……違う、今のままのハルが好きなんだけど……わからない……。あっ、ハル、指、噛《か》まないで。意地悪したんじゃないの。ごめん、ちょっと舌の具合を見ようと――」

人差し指を噛まれても、全然痛くない。ハルの軽い反撃らしい。

……それと、しょげているヒナを心配して、からかっているのだった。

異常だらけの遺伝子で、いつ何をするかわからないハルは、普通じゃないのだろうか。

感情制御の下手なヒナに少しも苛立《いらだ》たず（いや、なんだかわからないけど怒ってるときはハルにもあるものの、そんならジーンはどうなるの）、落ち込んでいればこんな風に心配し、慰めてくれる彼の、どこが……。

『ゲノム編集医療が確立される前は、身体及び精神にいつ異常をきたすかしれなかった。不完全で感情的で、自己を正常と勘違いした輩が、大都市を闊歩《かっぽ》する異様な社会だった』

それが学生時代に受けたロズベルグ教授の、講義での見解だった。


麻のシャツの下に、再生治療パッドが貼られているのに気づいた。……今日は肩。

（また……）

ハルに関して、気になっていることが幾つかあった。その一つが、毎週救急キットの中身が綺麗になくなっていること。確かにバケツの沢ガニを見るまでもなく、気ままに出歩いていそうなハルの生活ではしょっちゅう傷だらけになりそうではあったが。

ハルが普段どこで、どう過ごしているのか、ヒナは何も知らない。

ハルの位置情報も、照会時点の場所はわかるが、履歴は個人情報保護からロックされるし、ヒナと違って腕輪からバイオリズム——第一級プライベート情報——まで第三者に筒抜けになってもいない。香港警察すらそれらを見ることはできない。香港のシステムAI〈隠者《ハーミット》〉は香港警察の開示申請を却下した。ヒナのように法を犯してもいないのに、そこまでの個人情報の収集は公的機関であっても認められない、と。

検査をした時、ハルの身体には幾つもの古い傷痕があった。再生パッドがある今は、怪我《けが》をしても、傷痕すら消えて何もわからなくなる……。

ヒナはハルのシャツに片手を這《は》わせた。ハルが身をかがめるようにして、ヒナを腕の中に入れた。ハルの脇腹に、もう一枚パッドらしき感触があった。

急にハルは、甘噛みしていたヒナの指を離した。ヒナを抱き寄せるのもやめ、ふいっと窓の下に行ってしまった。再生パッドについてはふれられたくない風だった。

ヒナはハルの体温とパッドの感触が残る指で、テーブルのガラスの蠟燭にふれた。

今日も古銭が数枚入っている。どこで見つけるのか、貨幣時代の様々な国の古銭が放りこまれている。集めているわけではないようで、くるたび古銭は増えたり減ったりする。いつも同じものはない。海水バケツの中身、あるいはハルのこの部屋みたいに。

ヒナは端末をオフにして、筆記具を片付けた。

それから、今日のお土産のグレープフルーツを一つ、テーブルに出した。

ちょうどナイフで二つに切りわけたとき、靴音が聞こえた。外階段を軽やかにあがってくる。午後五時にもなってない。今日は早い。

「サリカがきたみたい」

†

ヒナが初めてサリカと会ったのは、五月の半ばだった。

ヒナは帰り際で、外階段を下りているところだった。少々悲しい気持ちで。

ハルが倉庫に戻ってきた時、ヒナは帰らねばならない時間だった。まだ水曜日の午後に会えるとわからなかった時分。少しでも顔を見られて嬉しかったのに、ヒナが帰ると伝えたら、何か気に障ったらしかった。ハルは不機嫌になり、そのまま別れることになった。

そんな時、誰もこないはずの倉庫街に、一台の無人飛行タクシー《ドローン》がすべりこんできた。

ドアから飛び降りてきたのは、一人の少女だった。「ハル」と彼女は花の咲くような笑顔で、外階段を仰いだ。次いでヒナの姿に、面食らった顔をした。

外見年齢は十七、八歳。肩口で切りそろえた黒髪に、深紅の生花を一輪ついと飾ってる。等身大のドール人形のような細い手足、華奢《きゃしゃ》な首、愛くるしい卵形の輪郭。柳の腰にさらさらまとうのはチャイナ服やアオザイでなく、白と水色の涼やかな漢服。顔も身体も美容デザインをいっぱいしてあるから、とサリカはいうけれど、何より気まぐれな猫を思わせる挙措《きょそ》こそがサリカの一番の魅力だった。秘密を舌で転がしていそうな媚笑《びしょう》と、指先からこぼれおちるようなコケティッシュな仕草、肌は潤んで光り、誘いかけるような瞳をしてる。

屈託なく、気ままで、仕事と踊りが好きだといい、実際に後日、車外で一服していたキリアンに寄っていって、「営業」をかけるところにヒナは遭遇した。

「お兄さん。今度お店に遊びにこない？　コールガール・サリカって指名してね。ショー&デートクラブ〈故宮《こきゅう》〉っていえば、ネオ九龍じゃちょっと有名よ。そりゃ、〈カジノ・ギャラクシーΩ《オメガ》〉の花妓《ファジー》には負けるけど、サービスは絶対負けてないから。どんなご要望にもお応えします。満足してくれたら、お花代はずんでね。ショーの時間帯に踊ってる私も、ぜひ見にきてほしいわ。もちろん女の子でも男の子でも、全部正常遺伝子に書き換え済みです。〈故宮〉は全コールガール・コールボーイが香港島のお客様対応できます～」

サリカはキリアンがしていた深緑のタイに指を這わせた。なまめかしい手つきでタイの結び目を弄《いら》い、思わせぶりにするりと半分ほどくと、どうやったのかほどいたぶんだけキリアンのシャツのボタンも外れていた。「今日は暑いから」タイに素敵なキスマークと、ウインクをサービスして返した。今日のSPがエドワードでなくてよかったと、ヒナは思った。帰り道どんな顔をしていいかわからなかったもの。

ついでにキリアンはそのあと帰りの地下鉄で、空調がきいているのに「暑いな～博士」と五分の乗車で三回くらいうそぶいた。何のサービスもないとわかると残念がった。

サリカは四、五年前、仕事から帰る道すがら、倒れてるハルを見つけたのだといった。靄《もや》のかかる明け方のことで、路地裏の片隅にずぶ濡《ぬ》れで気を失っていたという。幽霊少年の噂《うわさ》が出始めるずっと前のこと。

「それで、あたしの部屋まで抱えて帰ったの。ご飯食べさせて、怪我の手当てをして……。けど、ある日仕事から帰ったら、部屋からいなくなってて。

次に見かけたのは不法居留人街。見かけたっていうか、もしかしてと思ってさがしにいってみたのよね。不法居留人街でもさすがにゲノム識別番号がない子はいないけど、あそこ、ハルみたいな子がよく使われるから。異常遺伝子が結構残ってるやつを違法薬で頭ばかにしてヤバい仕事させるんだけど——舌抜いても警察病院じゃ再生しちゃうもんね——でもハルはもとからしゃべれないからさ。声もあげらんないし、足もつかないし、口止めや言いくるめる必要もないし……都合いいのよね、色々……。そのうち、幽霊少年《ゴーストボーイ》って画像がネットにあがってさ」

階段の下で、サリカはハルのことを話してくれた。

その時のサリカの顔つきに婀娜《あだ》っぽさはどこにもなく、しゃべりかたも普通の女の子のそれだった。もしかして実年齢もハルといくつも変わらないかもしれない。

「ハル、うちに連れてきても居着かないのよね。長くて二週間くらいで消えちゃう。ずっと、会えたり、会えなかったりの繰り返しって感じ。ハルの居場所がわかると、こうして押しかけてご飯食べたりしてんの。服や傷薬や、ハルじゃ買えないもの、結構あるし。オフなら、あたしもコールガール休業だから」

サリカのカゴバッグからは、点心や炊《た》き込《こ》みご飯、酸辣湯《サンラータン》などのいい匂いがした。包み紙はどれも香港で評判の屋台のもの。

「つってもあたし、この仕事好きなのよね。肉体労働できっついけど、生きてるって感じがする。ショーもセックスも人生も、踊り続けてるみたいでしょ?」サリカはウインクした。

「それが、香港島でハルが捕まったってニュースが流れたから、すごくびっくりして……。でも、よかった、刑務所とか行かなくて。あんたみたいな――なんての――ちゃんとしたひとが、保護? してくれて。その……」

サリカは率直だった。今夜はハルのとこに泊まるの? と訊《たず》ねてきた。

ヒナは帰るところだと答え、これからも泊まらないと思う、と返事をした。

「ふうん」サリカは猫の笑みを浮かべた。「それがいいかもね」

サリカは歌いながら階段をあがっていった。彼女が手をのばすより先に中からドアが開くのを見ながら――ハルの機嫌は直ったらしい――ヒナは車に乗って、帰った。

キリアンが煙草《シガレット》を片手に「あいつ、博士の他にも、泊めてくれる恋人があちこちいるかもな」とにやついたことがあった。サリカと会う前のこと。毎回SP二人は事前にハルの倉庫を調べるけれど、キリアンは女性の痕跡を見つけていたのかもしれない。

ハルが本物の十八歳の男の子と知った以上、「博士の」は抜いてもらわないとならないが、ハルに恋人がいるのはちっとも不思議に思わない。

手を入れてないヒナの容姿はよろしくない範疇《はんちゅう》だが、ハルのエキゾチックな雰囲気とアンバランスな顔立ちは香港でも充分以上に魅力的に映る。とくにたまの笑顔がとびきり素敵。

一度、サリカの踊りを見たことがある。

夕月夜、階段の下でヒナが帰るのを待ちながら、一人踊っていた。きたことも告げず。それは『赤い靴』を履いているような踊りだった。軽やかで、楽しげで、本気。

きっとコールガールの仕事に対しても、恋に対しても。

迷いのないサリカは炎のように燃えさかって見える。自分のほしいものをちゃんとわかってる。ハルと同じガラスの外の本物《リアル》でできた女の子。箱のドール人形は、ヒナだった。

それからヒナはサリカがくる頃を、帰る時間にした。サリカが先にきていれば、救急キットや携帯食料の補充だけして、おいとまする。

彼女のオフは不特定。なので水曜日の午後、ヒナがハルと過ごす時間は、長かったり短かったりする。長くても数時間だけど、最近はそれもちょっとずつ短くなっている。

ハルともう少し過ごしたい気持ちはヒナにもあったけれど、欲ばりなのもわかっている。

(でも、あれは嬉しかったわ)

ヒナはグレープフルーツを切った後、ナイフをぬぐいながら、六月のことを思い返した。

二回続けて補充だけして引き返した時だった。サリカがいるのに気づき、傷薬や口腔洗浄の粉を一階倉庫の棚に置き、バケツの真珠を眺め、小さな貝殻を一つ二つもらって帰った。

その翌日——木曜日にハルと会えたのである。それも、香港島で。

地下鉄セントラル駅ですれ違いかけた時、ヒナは本当にびっくりした。ハルはネオ九龍から、ヒナは香港大学からセントラルへきていて、ちょうど電車を降りたところだった。

ハルは弾かれるようにヒナを振り返った。

二週間ぶりに会うハルは、全然笑っていなかった。瞬きの間《ま》にハルは目の前にいた。唇を引き結んだまま。ハルに腕をとられた時、ヒナは少しどきりとした。常ならぬ強さと、手の熱が、三月の火の手錠のようで。

眼差しには憂鬱があった。別の何かも。ハルは何か言いたげで、浮かぬ顔つきだった。怒っているのとも違うようだった。微《かす》かに口をひらき、もどかしげに眉をひそめる。

間が悪かった。その日のSPがキリアンだったら即座にスケジュールを『たった今から一日オフ』に書き換えたが、いかんせんエドワードだった。副都心《アドミラル》の香港政府庁舎に呼びだされており、そのためにセントラル駅で降車したところだった。案の定「ヒナ」とエドワードに低気圧な声で呼ばれた。しかしヒナは努力するつもりだった。「待ってね」ハルの腕を押し戻し、きわめつきに不機嫌なエドワードのもとへ走り寄って、『休日』にスケジュールを書き換えるべく、説得しようとした。エドワードはヒナの肩越しに一瞥《いちべつ》をくれた。そこには人混みが交錯するだけで、ハルはいなくなっていた。

ヒナは考えて、次の水曜日はいつもより早い、午前着のネオ九龍行きに乗ってみた。

電車を降りたヒナは思わず「ハル」と呼んでいた。いるはずのないハルがネオ九龍駅のホームにいて、心ここにあらずといった沈んだ面持ちで壁にもたれていたので。ハルも驚いた顔をした。それから、ヒナに近寄ってきた。まだ物憂げだったけれど、多少は気が晴れた顔で、やっとハルは笑った。

その日のハルは東湾岸エリアの倉庫へは行かず、ネオ九龍の街なかを案内してくれ、二人で気ままに散策したのだった。

（で、次も午前の列車で行ったら、サリカとの時間を邪魔する羽目に……）

なので、車に戻した。

あれきり、ハルとセントラル駅ですれ違うことはなかった。ハルがネオ九龍のホームで待っていたのも、後にも先にもあの時だけ。ヒナは思いだすたび嬉しい気持ちになれる。

「ハル、帰るね。このグレープフルーツは、二人で食べてね」

ヒナはナイフをトートバッグにしまった。

（……サリカなら、ハルの傷の理由を知っているかもしれない）

ハルは電子カードを一度も使っていない。毎回ヒナは一週間ぶんの携帯食料を補充しているが、たまにしか減っていない。ハルは今も自分で暮らしを立てているのだ……。……不法居留人街に、ハルは今も出かけているのだろうか。

涼風機が回る。窓からは、憂鬱そうな午後の蟬《せみ》しぐれ。

ヒナの現実《リアル》は香港島アカデミアにあり、水曜日の午後は華胥《かしょ》の夢。ハルも、ハルと過ごす時間も、〈洪水地帯〉の夢のつづき。さわれば消えてなくなりそうにヒナは思う。

ヒナはトートバッグを肩にかけ、竹の敷物《しきもの》のふちに置いたサンダルに片足をいれた。

「台風が近づいてるから、気をつけてね。予報だと明日の午前中にくるってあったわ。警報もシグナル7から、シグナル8に上がるかも……。窓、しめてね。シグナル8だと交通機関が全面ストップするから――」

不意に、腕をひかれた。振り返れば、ハルがすぐうしろにいた。

ヒナを見る瞳にはあの物憂い陰が差している。

台風がきているからだろう。部屋の気温も、ハルの手も、熱かった。

先週も同じことがあった。先週のヒナは、去りがたい気持ちを残して、帰った。

靴音が、外階段をリズミカルにあがってくる。

ヒナが手を外そうとしたら、先にハルが手を離した。窓際に戻り、足をほうりだすように座った。ヒナから顔を背けて。ハルの感情で、あたりに静電気が散るようだった。

ヒナはブレスレット端末をサイレントにした。幾つか操作し終えた頃、外階段のドアノブが鳴った。回りきらずに、噛んだような音を三、四度立てる。

「あれっ？　鍵？　鍵なんてこの倉庫、なかったのに」

階段の下のほうから、キリアンが答える。

「あったよ。俺が最初につけたからな。最新型量子暗号ロックと監視カメラ。公安は神崎博士の護衛が最優先の仕事なんでね。俺たちSPがいるときは解除してある」

「監視カメラ⁉　なんであなたがいるのに、今ロックしてんの。あっ、もしかして中で」

「博士が監視カメラの前でセックスできるタイプかよ……。シャツにキスマーク一つくれない照れ屋ですよ。サリカちゃん、博士とハルなら、香港島だ。ハルの生体検査の日でね。明日午前にゃ台風がくるから、戸締まりと、あんたへの伝言を俺が申しつかった。それと、あんたを送ってやれってな。どうぞ故宮のお姫様」

「えーっ、キリアンの車に乗れるの。嬉しい！」

炎のダンスのような足取りが、外階段を戻っていく。

キリアンからのメール着信ランプが腕輪に点滅した。キリアンはブルーのランプ。

『博士、ご指示通りにしましたよ。毎週かえてる量子暗号ロックのパスコード、よく暗記してたな……。今日のは三十二桁か三十四桁はあったはずだぞ』

『三十七桁です。塩基配列を記憶するより、楽です。キリアン、ありがとう』

『どういたしまして。かわりにエドワードをよこす。五分でくる。あいつがきたら行く。博士、風のにおいが違う。台風は予報より早くくるぞ。ここら一帯は一晩沈むと思えよ』

『じゃ、エドワードは？』

『シグナル8の台風くらいじゃ、SPを追い払えないのは残念だな。公安の車は軍用で、水陸両用。心配すんな。冷房もねーそこに比べれば、スイートルームだよ。ちゃんと戸締まりしろよ。が、締め切ると熱中症になんぞ。——他のご用は？』

シナモンとキャンディコートナッツ入りコーヒーフラペチーノを追加で二つ、それと〈バーガーズ・シャック〉のコルビージャックバーガーセット二人前と、シーザーサラダボウル、ハルには肉《パティ》増しで、私にはデザートにバニラアイスクリームチョコレートソースがけ。と書きたくなった。ハルとお夕飯を食べるなら絶対買ってきたのに。あれをぜひハルに食べてほしかったけど、あきらめた。〈バーガーズ・シャック〉のラストオーダーは午後五時なのだ。不夜城・香港の『嘘のような本当の香港話ベスト5』に常にランクインしている。

『――あのな博士、男がダイヤモンドを贈るのは見栄《みえ》か、女にねだられてだ。真珠は違う。あの真珠貝だけとらずにいるなんて、男ならへこむぞ』

通信が切れた。時刻は午後五時。涼風機のタイマーが切れて、夕方の波音が寄せていた。

履きかけのサンダルを脱いで、ハルのそばに行った。ハルがしたように、髪を軽くひいた。ハルはちょっと反応した。ヒナにふれようとし、指をひっこめる。ふてくされていて、悲しそうで、空気の色までブルーに思える。

ローテーブルに戻って、やっぱりハルと二人でグレープフルーツを食べることにしたと告げる。それでもだめ。トートバッグから仕事用端末と、筆記具をだしてみた。ようやくハルが不審そうに眉をひそめる。ヒナはぽつっと伝えた。

「今日は、ここで、仕事をしていくことにしたの。いさせてね……」

ヒナには何も聞こえなかったのに、ハルは車の去る音が聞こえたように外を見た。

まさにヒナの端末で、SP表示名がエドワードに切り替わった。

やっと、ハルからあの憂鬱が消えていった。

7

シグナル8の台風はかなり強い。仲良くグレープフルーツを食べたあと、ハルと下の階の戸締まりをした。ヒナはまだ早いのではないかと思ったが、ハルは違うらしい。ハルのほうが良く知っていることは、いっぱいある。

実際午後九時には、風が強くなりはじめていた。

倉庫街のどこかの廃品がくず山から転がり落ちたように、カランカランと鳴った。「熱帯低気圧接近中」の警報みたい。ヒナは仕事用の端末スクリーンから顔を上げた。

開けた窓から聞こえる波音が、昼よりざわついている……気がする。それに。

(……風がひんやりしてきた。温度が下がった気がする)

香港《ホンコン》の夏の夜は暑いのだと、ハルとこうしていてしみじみ——バカみたいだが——実感した。

倉庫にはクーラーなどない。窓から吹き込む海風と、涼風機と、団扇《うちわ》が空調代わり。

ハルはカンテラの蠟燭《ろうそく》を灯《とも》そうとしたが、ヒナが止めた。台風で倒れるかもしれないと思ったので。かわりに携帯ライトをリビング照明モードにした。

ハルは涼しい夜風に気分よさそうにして、座布団を枕《まくら》に目を瞑《つむ》っている。おなかには二冊目の文庫本。お夕飯は保存食のシリアルバー一人五本と経口補水液、バケツで冷やしていたトマトとキュウリ。風が強くて海水バケツの魚介類でシーフードバーベキューはできなかった。ネオ九龍《クーロン》の街なかに食べに行くこともできたが、今日は……ヒナはハルと倉庫にいたかったのである。ハルはシリアルバーの夕飯でも、少しの不満もないみたいだった。

端末スクリーンの時刻はＰＭ09：53。

こんなに長くハルといるのは、三月の〈洪水地帯〉以来のこと。

ヒナがいつまでも帰らないことを、ハルは一度気にするそぶりをした。

機嫌は直ったようだったけれど（ヒナに冷やしトマトを一つよけいにくれたりして親切だったので）、何か別なことを考えているようで、気もそぞろだった。文庫本の同じページを一時間も読んでる（見てる）し、そばにいても妙にヒナと目を合わそうとしない……。

でも午後八時、ウィリアムが香港の交通機関の全面ストップを知らせてくると、それから急にいつものくつろいだハルに戻った。

窓から、船の汽笛がぼーっと聞こえた。

ハルに手をひかれて初めてここへきた日も、耳にしたように思った汽笛。

霧笛《むてき》のことは誰にもいっていない。ハルにも……。

香港の霧の海に、船舶が今も航行しているのか、ヒナは確かめていない。埠頭《ふとう》に立ってみたことはあったけれど、海の上に船影は見えなかった。汽笛が本物か、幻なのか、本当には知りたくなかったようにも思う。幻聴なら治療しなければならないとエドワードはいうだろう。

ハルは汽笛を聞いているのだろうか。……わからないことが、ヒナの救いだった。

ヒナは仕事に——端末の立体映像《ホログラム》画面に目を戻した。

香港大学病院から送信されてきた最新の霧の病《ダーク・フォグ》の検体の、病理解剖結果が次々3D立体画像で視界に投影される。不具合を起こしている遺伝子箇所が検体部分で赤くマークされ、それぞれの塩基配列情報が羅列されていく……。

死なないこと、老いないことは、今も許されていない。

細胞分裂の上限は各生物で決まっている。ハツカネズミは十回ぶんの細胞分裂の券《チケット》を、ヒトは約五十回ぶんの回数券をもって生まれてくる。

細胞分裂をするたびDNAは複写《コピー》されるが、複写《コピー》のたびにDNAの紐《ひも》の両端は短くなっていく。DNAコピーが不可能なほど短くなると、細胞分裂が終わる。その時生物は死ぬ。

皮膚や筋肉細胞を再生医療で新陳代謝し、外見コントロールはある程度可能になった。ヒトがもつ約五十回の回数券——ヒトの最大寿命一二〇年——をめいっぱい使い切ることも可能になった。けれど与えられた生命遺伝子のテープの長さは同じ。本の中身を書き換えることはできても、本のページ数を変えることはできなかった。

「ハル……その本の中でね、主人公がいうでしょ。『星さえも老い、寿命がきて、やがて死ぬのだ……なのになぜヒトだけがこうも死にたがらないのだろう?』」

ハルは目を瞑っている。ヒナは気にしない。ハルが気にしないので。

「寿命がない生物もいるのよ。細菌類のような『原核生物』。DNAが紐状でなく環《リング》状をしているから、コピーしても端が短くならないの。『原核生物』は三十五億年前の化石からも見つかってる古来の生物。私たち『真核生物』は、二十億年前に、その永遠の環《リング》を捨てて、紐状のDNAの生き物に進化することを選んだ……『死ぬことを選んだ』のよ。……自分で選んだのに私たちが死にたがらないのは、DNAがリング状だった時の記憶、寿命がなかった頃の記憶が、遺伝子のどこかに刻まれていて、たまに懐かしがるからかしらね……」

地球に生命が発生して三十八億年。その半分の二十億年をかけて、私たちは「死ぬこと」を見つけたのだ――図書室にあった古い一冊の書物に、そう書かれているのを読んだ時、ヒナの心が動いた。

……それは、なぜ?

それがヒナが生物・遺伝子学を選んだ、きっかけ。

「アメーバみたいに自己分裂して、まったく同じ遺伝情報の個体をつくりながら生き残る生物もいる。でも私たち人が選んだのは『次々変化して環境に生き残る』方法。それには『死なないとならない』の。同じ人間が二百年生きてたって、全然意味がないわけ。その人の遺伝子の一部が次に受け継がれ、あるいは消え去り……別の染色体と交わって、あるいは交わらないことによって……前の世代とは違う生き物が次の地球を歩いてれば、それでいいの。その結果が良くても悪くても、全部が必要なの。全部が普通なの」

ヒナは自分の言葉に口をつぐんだ。何か……大事なことを口走った気がする。

ヒナはテーブルの上に、もう一枚、別の画面をひらいた。

保存ファイルからハルの遺伝情報を呼びだす。

自動スクロールにして、ハルのゲノム情報を画面に流すままにする。この二ヵ月半、もう何度となくこうして眺めている。ヒナの耳につけているイヤー端末を経由してのみ、視覚野に電子情報が暗号化されて送られ、映像として映る。たとえ今監視衛星《ゲートキーパー》がこのテーブルに的をしぼっていても、何もない空間があるきりで、ハルのゲノム情報を映写はできない。でもハルには見える。同じイヤーをつけているので。つけるかどうかはハルの好きにしていいと伝えているけれど、ヒナが耳にイヤーをつけると、ハルもたいがい耳にセットする。今も。

（香港警察でいったのは、ハルを引き取るための口から出任せだったんだけど）

ハルの全ゲノム情報を何度か見ているうちに、ひっかかりを覚えるようになった。

ハルのゲノム情報は、ヒナの見慣れた塩基配列とはかなり違う。不具合《エラー》を起こしてる細胞も多い。が……ハルの体には現時点で問題は起きてない……ヒナより風邪を引きやすいとか、そういう程度を無視すれば、だけど。

（今の常識からすれば、エラー認定の遺伝子だらけなんだけど……）

もともと遺伝子の多くは発現せず、休眠したまま次世代に繋《つな》がれていく。

いつ、どんなときに、どの遺伝情報が必要になるかは、その時にならないとわからない。

「……たとえば、氷河期が到来した時、それに耐えられる遺伝情報を古生物から受け継いでいた生物だけが生き残った。気候の温暖だった恐竜時代では、その遺伝情報は必要がなく、休眠している……」

ヒナは額をおさえた。……また、何か、「ひっかかり」にふれたが、とらえ損《そこ》ねた。

ハルの――オリジナルヒトゲノムのDNA二重螺旋《らせん》構造がスクリーンに羅列されていく。

好きに書き換えてきた自分たちのゲノムは、なんと違ってしまったことだろう。

「ハル……私とあなたは、ジーンのいう『ネアンデルタール人とホモサピエンスなみ』に、遠く、隔たってしまっているのかも。いつのまにか……」

横に流した足の片方に、ぬくもりが触れた。ハルが寝たまま、ヒナの爪先に軽くさわっている。正確にはストッキングをひっぱっている。不満そうな目つきで。たとえジーンに「サンダルにストッキング」を撲滅指定されようとも、ヒナは本物の十八歳の男の子の前で素足になる度胸はない。「なあに」と聞くと、ハルは気を良くしたようにまた目を瞑った。ヒナの声を子守歌代わりにしたいらしい……。

「あのね、私たちの体内にはあるシステムがあってね。体内で正常な細胞が不具合《エラー》を起こしたとき――昔は癌細胞といったわ――体に異常が起こらないよう三つの防御システムが働く。一つは傷ついたDNAを治す『DNA修復』。二つ目は免疫細胞が起動して、異常細胞や病原菌を食べて片付けてくれる『貪食《どんしょく》』という免疫系システム、もう一つが、細胞の『自殺《アポトーシス》』システム……。遺伝子に異常が生じた細胞は、『自ら活動を止める』の。他細胞を道連れにしないよう、人体を生かすために、自ら消滅を選ぶ。……これを習った時、なんだか……色々思った気がする。なんだったかしら……」

夜を切りとった窓から、急に強い風が吹き込んでくる。遠雷が聞こえてきた。

熱帯低気圧が近づいてくる。また機械廃品《ジャンク》の山から、何か落ちたようだった。

――私たちは死なないとならない。

「ハル、宇宙科学系の同僚は、惑星探査やら、宇宙の大規模構造やら、量子宇宙論の完成やらで頭がいっぱいで、『死ぬまでにあれもこれもやっとかないと！』が口癖。健康ドックもほっぽらかし。『死にたくない』じゃないの。変なんだけど、彼の『死ぬまでに』って言葉が底抜けに明るく聞こえたの。そうよね……それでいいわよね……って。私の遺伝子のどこか、奥の奥に、その言葉がずっと眠っていて、いわれて思いだしたみたいな感じ」

――私たちは死なないとならない。だから、死ぬまでにこれはしたい。

ヒナにはその言葉が、美しい数式や、螺旋構造みたいにしっくりきた。

「……そう、アポトーシスを知った時も、そう感じたのだっけ。未来の『ヒト』のために私はここに存在して、死んでいく。『私』が生きるために生まれたんじゃないのねぇと、思ったのだわ……。それで……不満なような、でも肩の荷が軽くなった気がしたのだっけ。ありふれたことを私も思っていたの。『私』は必要ないなら、なぜヒトは進化のどこかで『私』なんて厄介な意識をもったのかしらって。悩んで、間違えて、苦しいのに。最初からなければいいものを、って」

ヒナコはおかしい、正常《グリーン》じゃないという周りの声が、よく聞こえるようになって……。

窓の外が薄明るく光った。雷鳴がしてすぐ、雨が降りはじめた。

いつのまにかハルは起き直っていて、悲しい顔をしていたつもりはなかったのに、慰めるようにうしろから抱っこされた。優しい手つきで。心のガードがゆるみかける。くっつくと暑いのに離れがたい。吹き込んだ風でテーブルから携帯ライトが落ち、暗くなった。雨はまだ部屋に降りこむほどじゃなかったけれど、倉庫の屋根を打ちつけている。窓を閉めないと……と思ったけれど、このままでいたかった。ハルの胸からはあの永遠の海の鼓動がした。

おなかに回されたハルの腕に、触れた。

霧の海から聞こえてくる汽笛の音も、気の遠くなるような幾つもの感情も――。

「……『オマケの楽しみ』なのかもって、ふっと思ったの。私という時間は、未来のためだけに生まれて去る私たちに与えられた、オマケ。『今』を味わえる唯一のもの。キャンディフレーバーみたいなやつ。食事なんてアデノシン三リン酸《ATP》――エネルギーになりさえすれば、味なんてどうでもいいのに、私はあなたとお夕飯にコルビージャックバーガーが食べたいわなんて思うの。そんな風に、進化の中では『私』なんて必要ないんだけど、地上にきて、去るまでの間……『今』を味わう楽しみがオマケでついててもいいでしょうって、いつか誰かが遺伝子の中で『私』を発現させたのかもしれないって」

振り返れば、ヒナがわざわざ選んできたフレーバーはしょっぱくて、ばかみたいとも思う。同時にオマケで選べる程度なら……あの、霧の彼方《かなた》から届く汽笛を、本物だと信じて生きてみたいように、ヒナは思う。

……その考えは、香港島では受け入れられることはない。

正常遺伝子のなかの怪しい不具合、傷のできたDNAがヒナ。

外は台風。涼風機の音を雨音がかき消し、稲光が地上を黒白に照らした。

肋骨《ろっこつ》あたりに置かれていたハルの手が、そろりと上へのぼってきた。ヒナはハルの体をやんわり押し戻して座布団へ寝かせ、彼の両手から抜けだした。

ヒナは窓を閉めにいった。少しだけ、隙間をあけておく。激しい雷雨だった。

イヤーからは端末の微《かす》かな電子音。

立体画面は、まだハルのゲノム情報をスクロールし続けている。

ハルは主にアジア・ユーラシア圏の遺伝子。

「……東アジア、西ユーラシア、インド、アフリカ大陸……今はもう沈んだ赤道の島嶼《とうしょ》とも遺伝子が近い。遠くはヨーロッパ系統とまじったこともあるみたい」

リング状のDNAを捨てて、線状のDNAを選んだ時、ヒトの祖先は「死」と、もう一つ、選んだものがある。

——男と女にわかれ、有性生殖をする生物になること……。

「死」と「両性による生殖」は硬貨の裏表。切り離せない。環状DNAでは有性生殖は困難。男と女にわかれ、命を繋ぐこととひきかえに、祖先は「死」を受け入れたのだ。

命をかけて恋をするのね。学生時代、講義中に小声で独りごちたら、隣にいた男性から「そうだね」と返事があった。ヒナが見た数少ない男性型のジーン。

死と引きかえに祖先は多様性を選んだのか、……それとも選んだのは、恋だったのか。

「ハル、あなたは、どこから香港にやってきたのかしらね……。あなたの生まれた場所はどんな世界なのかしら。あなたと同じ、エキゾチックで、不思議に風雅な国かしら」

二十二世紀までに多くの国が崩壊した。気候変動、民族・宗教紛争、流民、終わらないテロ、災害と制御不能の原発事故……縒《よ》り糸《いと》がほどけて散らばるように、無数の小国、地域《エリア》、自治都市にわかれていった。

エルサレムやチベットの宗教都市、仮想経済金融圏シンガポール、遊牧地帯サマルカンド、昔ながらの農耕、狩猟や漁業を選んだ小都市、今も隊商《キャラバン》と駱駝《らくだ》のゆく砂漠……。香港のようなアカデミア圏や、ダラスの宇宙航空都市、マフィアや海賊の支配圏もあれば、王政や独裁、カースト制をとる国もある。隙間を紛争地帯がモザイクみたいに埋める。往来が絶え、状況不明《アンノウン》な封鎖地帯もある。

こまぎれになった世界は、さながら万華鏡だった。

それでも、ハルのもつ遠い海のさざめき、花や木々に似た閑雅さは、ヒナの知るどこの国とも違うように思えるのだった。

「いつか、あなたに教えてもらえたら、いいのにね。あなたが旅をしてきた国のこと……」

香港島の外に、その国はきっとあるのだろう。目に見えなくても、遠い宇宙に「ＫＥＬＴ《ケルト》－９ｂ《ナインビー》」があるように。ハルといると、ヒナはそう思えるのだった。

実のところ、ハルの染色体を調べれば、ハルの両親の系統も調べがつく。そこまではヒナはしていない。ナイーブな問題があるのである。

(……『ハルの精子、いくらかちょうだい』って、それでいうのもねぇ……)

それにヒナが気になるのは、もう少し別のことで……。

「ご両親もゲノムを書き換えてなくて……再生医療とも無縁できたなら、ハルは……もしかして精子バンクや卵子バンクや、体外受精と関係なく、普通に生まれたの?」

雷光のストロボで、ハルが白と黒に染まる。

ハルは仰向けで、ちらっと見返してくるだけ。妙に、静かである。

「香港や上海《シャンハイ》じゃ、誰が親だとかは意味ないの。子供をもちたくなったら、扶養審査をクリアすれば、バンクから好みの染色体を選んで、ゲノムデザインして、つくるの。パートナーの遺伝子と掛け合わせてもいいけど、結果が気にくわなければ、別の染色体を選ぶ。『一夜のあやまち』も香港じゃ、もうないわね。端末の生体情報で避妊が百パーセントできるから。逆に狙えば一夜で孕《はら》めるから、そのゴタゴタは相変わらずあるけど……」

ヒナはよけいなことをしゃべりすぎたと思った。

「百年同じ相手と過ごすカップルもいるのよ。それでも『自分の子』って執着心はあんまりないわ。そもそもゲノムデザインでDNAや容姿を書き換えるんだもの。血縁なんて無意味。人種もそう。人種主義者《レイシスト》圏や、伝統的な保守圏や、王政地域とかじゃ、まだそういう意識が残ってるみたいだけど。

子供は親のモノじゃない。香港全体で育てるもの。『正常じゃない《グリーン》』と判断された親は即刻検査送り。よりよい扶養者にすぐ変更される。私も『父』が誰か、知らないわ。父というかY染色体だわね……。生まれた時から母しかいなかったし。母が自分好みの精子をバンクから選んだのだと思うけど。……その、そのねぇ、ハルの両親は、『普通』にハルを生んだのかしら……。恋をして……結ばれて、ロマンス小説みたいに？」

ヒナはちょっと顔を赤くした。

「好きなのよね、特に昔のロマンス小説……」

現代の香港ロマンスの王道パターンはこれ。『一夜のあやまち』なんてあるはずがないのに受精して、病院で調べてみたら、なんと受精卵は求めていた理想のデザインだった——。

（……でも、相手が好みだった、じゃなくて『できた受精卵が超完璧だった』ってのが腑《ふ》に落ちないっていうか……ジーンには『一夜の名もなき相手が実は富豪の御曹司だった、パターンと何が違う』っていわれたけど……反論できないんだけど……）

ハルはふいっと立ち上がって、寝室へ姿を消してしまった。

外は嵐だった。

警報《シグナル》8。台風も、……ハルとの間も。ヒナは窓をしめた。

ハルがいなくなり、ほっとしたような気持ちになる。いけなかったと、反省した。

ハルとの関係ではたまに問題が起こる。少しは好かれていると自惚《うぬぼ》れているけれど、『少し』で、ハルとの『たくさん』を失うことはできない。生理的欲求なら、やり過ごせる。

ヒナは視界に映るハルのゲノム解析結果をもう一度見た。

（……細胞の自殺《アポトーシス》システム……）

ゲノム書き換えが認められるようになった理屈の一つに、それが使われた。異常をきたした細胞は体を蝕《むしば》む前に排除される。そうして人体を正常《グリーン》に保つ機能は、人間にもとから備わった「通常のシステム」である。人の多様性は保持される。ゲノム編集医療は、細胞が異常を起こす前に予防し、書き換えているにすぎない——。

（だから『正常でない』ハルも、香港島から排除するという論理……）

二十一世紀に人の最大の宗教は『科学』になったと、哲学科の教授が言った。

ヒトの脳モデルを模して開発された全脳アーキテクチャ型ＡＩはあっけなくヒトの能力を超えた。高性能の予測計算、マクロもミクロの世界も軽々網羅し、自分の生体変化すら機械が教えてくれる。聖人にかわって人の病気を癒す、人にはできぬ膨大な情報集積と計算を瞬時に行える。バグはあっても、人ほど間違えず、量子コンピュータは悩まない。誰もが科学技術を頼り、不思議なほど頭から信じてしまっている……。

それはとても神への信仰と似ている、と教授は微笑《ほほえ》んだ。

香港では宗教と呼べるものは廃れている。信仰と厳格な戒律のもとに暮らす宗教圏のように寺院に捧げ物をし、昔ながらの祈りに生きる人間は香港ではほとんどいない。占い横町はにぎわっているが、信じるのは宗教でなく、己の手で発達させた各学問と、科学技術。

病や死と無縁になったわけでなく、争いや災害、事故は今も人を悲しませる。けれど再生医療が進歩し、遺伝子異常は生まれる前に正常に書き直され、端末ＡＩが心身バランスを常時チェックし、脳機能障害は治療され……人はあまり間違えなくなった。外れた人間を受け入れる理由をなくしてしまったのかもしれない……。

昔は大勢闊歩《かっぽ》していた外れた人間は、香港島にはもういない。

ハルの国外退去が、ひっくり返ることもない。

でも、ヒナがハルの遺伝子異常を修正すれば、可能性はある。

（私がハルの異常をすべて正常な配列に書き換えれば……）

ヒナは端末をオフにした。イヤーを外す。

時刻は午前一時……。通風口からは暴風のうなり声。ハルの鼓動を聞きながら眠った三月の夜と違い、今日はべつべつ。ハルは戻ってこなかったし、ヒナも行かなかった。座布団やクッションを手探りでひっぱりよせた。間仕切り越しにハルにおやすみと小声で告げたけれど、眠ったのか、激しい雨音で聞こえなかったのか、物音はしなかった。

ヒナは最後に、涼風機のスイッチを切った。

次に起きたのは、腕輪端末のメール着信の振動で。ランプは白《ホワイト》。エドワードから。

午前四時すぎで、雨はやみ、室内はひどく静かだった。

海底トンネルが通行可能になったと、エドワードのメールにあったので、帰ることにした。バッグを肩にかけ、ハルを起こさないよう、部屋から立ち去った。

外階段にでると、夜明け前だった。

忘れ去られてもついてる倉庫街のランプが赤や黄に点滅し、港中たっぷり一メートルは水没しているのが見えた。熱を残した風がヒナのブラウスとスカートをふくらませた。空を仰げばうすうすと青く、雲が凄《すご》い速さで流れていく。

倉庫の前では、ランプをつけた公安車が水に浮いている。

水没してようが、睡眠三時間だろうが、エドワードはさっさとヒナを香港島に引っ立てることに決めたらしい。エドワードは外階段の途中の手すりに寄りかかるようにして、ヒナを待っていた。その先は水深一メートル。エドワードはキリアンじゃない。今度は水をかきわけるどころか車まで泳いでいくしかなさそう。

でも、降りていくと、エドワードは何も言わずヒナを両腕にすくい上げた。

エドワードのローションを吸い込んだら、ヒナの身体《からだ》から力が抜けた。断る力も。……端末情報から、ヒナの発熱はとうにばれていたと見えた。

ヒナは風邪を引かない。夏の暑気にのぼせて、少しバランスを崩したのだ……。

外階段の上をエドワードがつと仰いだことも、ハルがそこにいてどんな表情をしていたかも、意識を失ったヒナが知ることはなかった。

8

七月の四週目。いつもの時間に倉庫を訪ねたけれど、ハルはいなかった。

水曜日に会うようになってから初めてのことだった。

ヒナは救急用品を補充し、桃を二つバケツの水に冷やした。十分もたたず戻ってきたヒナに、車の外で待っていたエドワードが手でドアをあけてくれた。何も訊《き》かない。最初から位置情報でハルがいないことを知っていたのだろう。

後部座席にのったヒナに、エドワードが珍しくこんなことを言った。

「ヒナ、まだ午後二時だ。休日を切り上げるには早すぎる。香港島に帰る前に、気晴らしにどこか寄りたいところがあれば、連れていくが」エドワードは付け加えた。「……特にここ数日は、送られてくる検体データをずっと見ていて、寝ていないだろう」

「デート？」

「そうだな」バックミラーのエドワードは真顔だった。「SPのサービス項目にはないな」

ハルと会う前、ヒナはよくエドワードと休日を過ごしていた。そんなに昔でもない。

ジーンや母とオフが重なる日は滅多になく、ヒナは家や、海辺の公園で文庫本を読んだり、昔の寺院跡を訪れたりして過ごした。ヒナの休日のSPはたいていエドワードで、時折、彼は他の場所へ連れだしてくれた。ヒナにはそれが嬉《うれ》しかった。封鎖された〈ルート4走廊〉を教えてくれたのもエドワード。教えたのを後悔してるとエドワードがぼやくほど、あの静かな道をヒナはいっぺんで気に入った。

最高学府《アカデミア》ハイプログラムをジーンやダミアン、エドワードと修了して、何年か経《た》って、彼が公安SPとして目の前に現れた時は、驚いた。前のSPは辞めたばかりだった。夜霧の漂う午前二時、海岸で三時間も波音に耳を傾けるヒナに――それも一度や二度ではない――つきあいきれなくなって。かわりにきた公安車からエドワードが下りたのを見た時、ヒナは帰る気になった。エドワードは大学時代と変わらず、ヒナの奇行にしっかり苛立《いらだ》っていた。ヒナがどんな人間かとっくに知りながら、エドワードがSPを引き受けたことを知り、どんなにか嬉しかったことだろう。エドワードが受けた理由はわからない。

二十年経った今も、エドワードはヒナのSPでいる。

近頃はキリアンの担当が増え、エドワードと顔を合わせる時間は減っていた。

クーラーの作動音が聞こえるほど、車内は静か。

ミラーに映るエドワードは平静そのもの。

今までの数え切れないオフも、ネオ九龍《クーロン》へ行きたいとヒナが口にしさえすれば、エドワードは叶《かな》えてくれたかもしれない。言えるまで、二十年もかかってしまった。

「金魚街へ……」

†

今日も色とりどりの金魚が透明な袋に吊《つ》られて、水草の間を泳いでる。

水曜の午後の夏空も、水の底みたいに青かった。右も左も金魚。水草。なんだか金魚鉢の底に、九龍の街ごと沈んでるみたいだった。たまに熱帯魚も交じってる。

(空飛ぶ無人飛行《ドローン》タクシーも、ゴチャゴチャした街並みのネオ九龍だとしっくりくるわ……)

怪獣ビルといわれる巨大な集合住宅のベランダに、小型の無人飛行《ドローン》宅配が次々着地してる。

香港島はドローン飛行禁止。アイデアに詰まっていた研究者が、目の前をのうのうと横切った宅配ドローンに目障りだと蹴りをいれてから、全面禁止になったとか。

車はネオ九龍の香港政府庁舎へ自動《オート》帰還。帰りは地下鉄で香港島へ渡る。

金魚ストリートの雑踏から、母と自分の声が聞こえてくる。

——ヒナはどの金魚がほしい?

——お母さん、私を幾つだと思ってるの? いいの。見てるだけで……。

お母さんと金魚を眺めてるだけで、充分嬉しいからとは、口にできなかった。

ヒナは隣のエドワードを盗み見た。エドワードもちゃんと金魚を見て歩いてくれている。異様にそぐわないけど。ヒナは鼻の頭をかいた。

エドワードは紅白斑《まだら》の金魚の前で、ボソッと言った。

「ヒナ、あのときは悪かった。……君が香港島を出られないことを知らなかったから」

「二十年も前よ」

「……ミヤコ博士にも、悪いことをした。滅多にない二人での遠出だったのに」

「それであのあと、金魚の棒付き飴《あめ》と、かすみ草を買ってくれたの？」

「よく覚えてるな」

「エドワードからのプレゼントなんて、それくらいだもの」

恋人には高価な靴や香水やジュエリーを惜しげもなく贈るのがエドワード。一つ三十五EMの金魚の棒付きキャンディを贈られたヒナと母は貴重である。

「慌ててたから。目に入ったのがその二つだった」人生唯一の上書きしたい落ち度、みたいな顔。「おかげで学術会議で金魚の棒付き飴をなめるミヤコ博士の映像が拡散した。君が真似しないと約束するなら、買ってやろう」

「約束するから、二つ金魚飴買ってくれる？」

「三つ買ってやるから、もうSPをまくんじゃない」

「エドワードが担当の日に逃げたことはないけど」

「無理だとわかってるからだろ。買ってくるから、あんまり遠くにいくな」

念押しして、エドワードはどこかへ出かけていった。

エドワードが簡単にそばを離れるくらい、このへんは安全らしい。

ヒナはしばらくぶらつき、金魚や小間物屋や露店の雑貨をひやかした。

どこかで風鈴が涼しげに鳴っている。

ふと、お香のにおいをかいだ。

そっちを向くと、金魚屋台の中、筮竹《ぜいちく》占いの看板がでていた。路地裏で、金魚売りに押しこまれるみたいにして店がある。ちっぽけな卓子と椅子《いす》だけの占い露店だった。生成《きなり》の布をかけた慎《つつ》ましいテーブルには香炉と筮竹と、画用紙に手書きで『占い・鑑定料一回千ＥＭ』。

「お願い」と座ると、老婆はチラッとヒナに目をくれて、筮竹をとった。

「恋占いだね」

「……いえ、まだ何もいってませんが」

しかし老婆は勝手に占い始めた。しわくちゃの手に筮竹が吸い込まれるみたいで、びっくりするほど澄んだ音が響く。ややあって、老婆は節くれだった指で筮竹を確かめた。

「障害はあんた自身だね。今以上に好きにならないようにしてるだろう。ただ、そうしてるのは正しくもある。相手の気持ちはあんたにあるが、あんたはうまくいかないと思ってる」

ヒナは目を見ひらいた。

「それに、どのみちこの一年以内に、あんたたちは別れることになる」

「――それを聞いて安心した」

うしろでエドワードが言った。ヒナの頭越しに、香炉型の読み取り機へ時計端末をかざして支払いをする。「一万ＥＭ領収済み」のホログラム画像がでたときはエドワードもヒナも眉を寄せたが（老婆はニヤッとウインクした）、エドワードは文句をつけはしなかった。エドワードのもう片手には、大きなかすみ草の花束。

老婆は幸運を祈るまじないの仕草をすると、最後にヒナへ伝えた。

「続きがある。それでもあんたは、愛情深い年を送ることになるだろう」

ぼったくり占いを後にすると、エドワードが花束をくれた。ベルベットの赤いリボンつき。まるでヒナを誘って、これからチャーチの靴と燕尾服《えんびふく》で船上パーティにいくみたいに見える。かすみ草の中に金魚の棒付き飴がいっぱいささってるのも、「ヒナ用」という感じ。

「ありがとう。大事にします」両手で花束を抱えた。

エドワードはヒナの顎をすくい、沈んだ顔を見下ろして、冷ややかに意見した。

「ハルの国外退去はわかってるだろう。君は必要以上にあの子供を気にかけすぎてる」

「……必要以上ってなに？」

「必要な援助の範囲を超えてるように見える、ということだ」

「私はハルを援助してると思ったことはない。私がハルに助けられることはあっても」

「ハルが？　君を？　スタンドでコーヒー一つ買えないのにか」

「エドワード、やめて」

「君のほうこそ、その気がないのに不必要に優しくするのは控えるべきだ」

「あなたみたいな態度をとれというの」

「どうしてハルが今日いなかったのか、わからないわけじゃないだろう。僕と君のどっちがひどいのか、自分の胸にきくんだな」

午後三時半。ヒナは青い金魚鉢の底に沈んで、空気が吸えなくなった気がした。エドワードにうまく気持ちを伝えられない。情けないことに、自分自身にもだ。いつものこと。

ハルに愛情をもつ自覚はある。ハルといると惨めな気持ちに（今みたいに）少しもならず、ずっと寂寥《せきりょう》も、もつれた心もとけていく。泣いているヒナを抱きしめてくれた最初の夜から、ずっと。……ヒナもまた暗い顔の彼を置いて帰りたくはなかった。それが不必要な優しさでしかないのなら——ヒナは彼に何を返せるのだろう。

「香港島の人間は冷静《クール》に駆け引きを楽しむが、君にはむりだ。線引きが見えてない。先週がそうだ。一時の感情に流されてハルのところに泊まったろう」

「エドワード」呟《つぶや》いて、かすみ草の大きな花束を抱きしめた。「私だって、誰かともう少し一緒にいたいと思うことはある」

エドワードは黙った。

ハルの前で冷静《クール》でいる？　そうしなくていいから訪ねるのだと、気づく。

自分が正常《グリーン》かどうかなど、ハルといると気にならなかった。口にはしなかった。

それこそ、エドワードが嫌う「正常《グリーン》でない」ヒナ。

ヒナは空気のいっぱいありそうな空を、底から仰いだ。風鈴がチリンと聞こえる。

（本物の金魚鉢の金魚は、泣いててもわからないから、いいわ）

泊まらないというサリカへの言葉を破ったのは確か。エドワードが正しいこともある。今日ハルが不在なのは、先週のヒナの態度のせいだった。

「……エドワード、今後気をつけます。でも、コーヒーのところは撤回して。スタンドでコーヒーを買えるのがなんなの？　できる人は山ほどいる。でも、三月、私の悲しみに寄り添ってくれたのは、ハルだけです。撤回しないなら、今後SPは別の人に交代してもらいます」

エドワードの青い目に、微《かす》かな苦しみがよぎった。……苦しみ？

「……言い過ぎたのは認める。撤回する」と返事があった。

口にするなら真実だけ。不承不承な言葉は決していわない。それがエドワード。

ヒナはほっとした。

そのとき、ブレスレット端末に着信ランプがついた。ブルー。キリアンから。

メールでなく、珍しく通話《コール》。とると半径五十センチに個人通話網《プライベート・ネット》が発生する。話しても周囲には会話が聞こえず、衛星でも盗聴・録音・許諾なしの情報収集は不可能。キリアンの音声も、ヒナと、アクセス権を持つエドワードにしか聞こえない。

『──博士、手短に伝えるぞ。ついさっき、ハルが意識不明で搬送された。搬送先は〈カジノ・ギャラクシーΩ《オメガ》〉の医療施設。

ハルを助けた相手が俺の知り合いでね、俺に直接連絡を入れてきた。

搬送先が公的医療機関だと香港警察に即時通報されるが、〈Ω〉はちょっと特殊な場所でな、おかげでというべきか、まだ香港警察に通報は行ってない。〈Ω〉のプライベート医療施設が、香港大学病院なみの水準なのは俺が保証する。車をそっちに回した。五分でくる。ワケありで、中からも外からも見えない完全暗幕《フル・スモーク》仕様になってるが、乗って大丈夫だ。——通信終了』

†

フロントガラスまで黒い車から飛び降りたヒナを出迎えたのは、〈洪水地帯〉で一度会った銀の袍の青年だった。

ヒナは彼と、周りを見て、キリアンが自動《オート》ナビ設定の目的地を間違えたのだと確信した。格式高い芸術館やホテルのロビーといった場所で、どのガラスの向こうにも美しい庭園がずっと広がっている。中洋折衷で調えられた壮麗な内装は迎賓館さながら。高い絵格子天井に、オリエンタルな屏風、透かし彫りのされた衝立てに、古風な黒い柱、シャンデリアは本物のベネチアングラスに見える。チャンキーヒールが絨毯《じゅうたん》に沈みすぎて、あやうく転びかけた。

香港島アカデミアで最高待遇を受けるヒナといえど、車から降りたら高級絨毯だった、なんて経験はない。いや、ロイヤルオペラホールでＶＩＰ席に腰かけるジーンならありえたかも。エドワードも。不愉快そうではあるが、慣れきった様子で車を降りてくる。かすみ草とベルベットリボンの花束もここならぴったり。いっておくけど最高に素敵なデート相手がいれば、ヒナだってドレスアップしてオペラホールのＶＩＰ席へ出かける。いなかっただけ。

ヒナは車に引き返そうとした。どこやらの超豪華五つ星ホテルなんかに用はない。

「神崎博士、車庫《ガレージ》へ一緒に落ちてしまいます。危ないですよ」

いつ近寄ったのか、青年がヒナを片腕でやんわり引き寄せて、車から遠ざけた。銀の袍《ほう》の肩口で結んだ黒髪がゆったり流れる。

「ヒナを離せ」

エドワードが銃を抜いていた。狙いをつけられても、青年は気にした様子もない。ヒナはといえばもはや何を一番に気にするべきかよくわからない。

「どうぞ、神崎博士。HAL《ハル》様はこちらです」

「は？　ハルは医療施設に運ばれたはずです」

「ええ、病院ですよ。カジノのお得意様を主に診ます」

キリアンは嘘《うそ》をついた。香港大学病院なみの施設？

研究室で午前二時、固い椅子《いす》で痛む尻をさすり、イチゴバニラ味のシリアルバーをかじってるのが栄えある大学病院の二十世紀からの伝統なのだ。

フロアはがらんとして、いるのは青年一人きり。なのにエドワードは銃を下ろさない。

青年はエドワードも、銃も無視した。ヒナにお辞儀して、恭《うやうや》しく手をとった。

「ここからは私がお連れします。どうぞ、神崎博士」

エドワードは苛立った顔をした。さすが長い付き合いなので、何を言ってもヒナが行くことをわかってる。

奥でドアがひらいた。瀟洒《しょうしゃ》な東洋の模様が美しい内装と同化していたので、ドアがあくまでヒナはエレベーター扉だとも気づかなかった。

中は十畳ほどもあり、天井も壁も、床まで総ガラス張り。香港の海が遥か真下に見える。どうやら黒い車で、さっきのロビーへエレベーターで上がってきていたらしい。すでに五十階ほどの高さにいる。まるで振動がなかったから気づかなかった。

「おいおい事情を説明しますが、実は……先にジーン・クーリック博士にコールして、ハル様を診てもらってあります」

「ジーンがここに？」

「いえ……」青年は苦笑した。「謹慎中ということで、ネオ九龍へはこれず、M R《ミックスリアリティ》通信での診察です。処置はここの医療《メディカル》AIとスタッフが行いました」

「あなたも、お医者ですか？」

「いいえ。そうですね……ここの医療スタッフの責任者と思ってくだされば」

「よくジーンと連絡がついたな？　それにジーンの診察は五年先まで埋まってるはずだ」

エドワードは銃で青年に狙いをつけたままだ。

「エドワード、よして。ジーンは週末にネオ九龍の某《なにがし》カジノで遊んでるし、ここもなんとかカジノだったわ。第一ジーンがコール一本で診るなんて――ぞっこんてことよ。そういうことよ。確かにダミアンに比べたらとっても素敵な恋人だわ、このひと」

「ダミアンに比べたらみんなまともな恋人に決まってるだろうが」

「……。と、とにかく、銃をおろしてください」

くつろいでいるのは海を背景に銃を向けられている大陸東洋系のハンサムな青年だけである。映画ならどう見ても悪漢はこっち。

「エドワード……また正常《グリーン》じゃないっていわれるかもしれないけど、それ撃ったら、なんだかあなたのほうが蜂の巣になる気がするんだけど」

エドワードも青年もそろって面食らった顔をした。青年がまじまじとヒナを見返した。

「……神崎博士、なぜわかりました？」

「……。いえ、わかったわけでは。エドワードがここまで殺気立つのは、初めてなので。撃っても蜂の巣になるなら、撃たなくたっていいじゃないの、エドワード。だいたい親切にしかされていません。意識不明のハルを保護してくれて、ジーンにコールしてくれたんですよ」

「何かあってから銃を抜くSPがいるか。君はここがどういう場所かまるでわかってない。君を生かして帰すのが僕の仕事だ」

「どうって、病院でしょう。蜂の巣になっても救命されるかもしれないけど、医療スタッフの責任者を撃って蜂の巣になってその医療スタッフに助けてもらうなんて、トンチンカンだわ」

「………」

「だいたいエドワードが死ぬ状況で、私が生きて帰れるわけないじゃないの。死体だろうが生きてようが、ここを出る時はあなたと一緒です。ならいいでしょう。銃を下ろしてください」

「……何がいいんだ、それの？」エドワードは銃をホルダーにしまった。ヒナの言う通りに銃を下ろした自分が全然わからないといった、やけっぱちな顔で。

〈洪水地帯〉で彼女が行方不明だった時の、分別を捨てたようなエドワードを知る青年は、この日一番の奇跡をまのあたりにした、と思った。

青年はアラン・フェイと名乗った。ハルを〈Ω〉へ運んだのは彼だという。

「私が彼を車で拾ったのは、不法居留人街です。二時間も経ってはいません。ネオ九龍では暴力沙汰《ざた》や傷害事件は日常茶飯事で。その中の一件にしては、軽傷なほうです。命に別状はありません。打撲、打ち身、内出血……まあ無傷とはいえませんが、骨折はなし。ちんぴら数人を相手に、なかなか頑張りました。ナイフの傷は八ヵ所。頸動脈《けいどうみゃく》付近の傷があと少しずれていれば危険でしたが、避けましたね。今、医療《メディカル》AIで高度再生治療をしています。小さな傷は治りましたから、私が拾った時よりましな外見ですよ」

次々とドアがひらく。大理石の床、重厚なドア、照明もスタッフの服装も一流ホテルのようだったが、はっきりと病棟特有の青ざめた静寂、薬や消毒液のにおいが沈殿していた。

アランに案内されたのは、大きく窓が切ってある一室だった。

ガラスの向こうには、広々とした病室が見えた。

ハルはそこにいた。医療《メディカル》ベッドに横たわって。手足には病院用の医療保護パッドがあちこち貼られ、患者服の下からも細胞再生の促進パッチが点滅してる。大きなパッドで片目を覆われた姿だけでも、ヒナには充分すぎた。

ヒナはアランからイヤー端末を受けとり、左耳にはめた。

医療《メディカル》AIのデータが送信され、ハルの生体情報が視界に映る。

個人の医療情報は機密として徹底管理される。閲覧はゲノム認証が必要となり、指定された医師の網膜パターンでしか映らない。画面の医師サイン欄にはジーンの名、筆跡は間違いなく彼女のもの。ジーンが許可した閲覧者はヒナコ・神崎のみ。たとえエドワードやアランがこのイヤーをはめても、治療データを見ることはできない。

医療《メディカル》ＡＩは現在ハルを鎮静モードで眠らせていた。そのはずなのに、生体スキャン情報では筋肉と神経に異常信号が続いてる。見計らったようにアランが説明を加えた。

「体の傷だけなら、別状はありません。……ただ、ドラッグを三本打たれてます。正規品ではありませんが、成分的にはそう粗悪《バッド》でもない。ネオ九龍の人間、ましてやすべて正常遺伝子に書き換えてある香港島の住民なら、単なる遊びで摂取できるものです。数時間のトリップで、後遺症も依存症もない――はずなんですが、ハル様は意識不明に陥りました。それで、急ぎクーリック博士にコールしました」

ハルの電子カルテ開示には重ねて高度Ｓ級セキュリティ設定がされていた。

最高学府機関《ヴェルトール》の〈最高位《ヴェルトクラッセ》〉だけに使用許可がでる特殊量子暗号ロック。「チーム・ヤンチャな数学者」の〈最高位〉たちがへべれけで遊び半分につくったそれは、全脳アーキテクチャ型ＡＩでも解けない。正確には、解読はできるけど、一万八九七七年かかるらしい。

電子カルテの中身も診察に必要な最低限の記載のみ。ジーンは医療ＡＩにも、治療後はハルの生体データをすべて抹消するよう設定していた。

……ヒナはジーンにだけは、ハルのことを打ち明けていた。父祖に至るまでゲノム編集医療を一切受けずにきた、完全なるオリジナル遺伝子の少年だと。

ヒナはジーンの電子カルテを一瞥《いちべつ》して、アランに確かめた。

「ハルが打たれたのは、セックス・ドラッグですね」

エドワードのほうが、ヒナよりぎょっとしたようだった。

「ええ。幻覚系、快楽・多幸系の混ぜ合わせドラッグです。二本は注射、一本は経口摂取の紙片ドラッグで。居合わせた輩《やから》によれば、ハル様は口をふさがれて――吐き出さないようにでしょう――五分もたたずに意識を失ったようです。私が車で到着したのは、そのころです」

「カジノのオーナーが、よく車で都合よく通りがかったな。不法居留人街に」

「三月に申したと思いますが、香港アカデミアの研究者は特別です。中でも神崎博士のことは、クーリック博士から、頼まれてましてね。それでハル様のことも、少し気をつけていたのです。今日は……あまり良くない予感がしたので、私が迎えに。一足遅かったですが」

ヒナはガラスごしに、ハルを見つめた。細胞再生を促すパッチの点滅は二十ヵ所以上。すでに傷の修復が完了した場所も画面に緑《グリーン》でいくつも点灯する。

毎週使い切られていた再生パッド……。

「……ミスタ・フェイ、ハルがときどき怪我《けが》をしていた理由を、ご存じですか？」

「ええ。私から話すつもりはありませんよ。ハル様にも、神崎博士に知られたくないことはあるでしょう」

アランにはハルを保護する義務などない。保護者は、ヒナだった。それにアランがハルをこんな目に遭わせたと勘ぐらない理由は、他にあった。

「……ミスタ・フェイ、私が幽霊少年《ゴーストボーイ》をひきとり、ハルに位置情報がついたため、今までうまく逃げていたハルが、サリカにまた見つかったのだと思われますか」

「否定はできません。私どもも、ハル様の端末位置情報を入手できているので迎えにいけたわけで。水曜なら必ず東湾岸の倉庫エリアにハル様は戻ってくることも」

「………………」

「でも神崎博士、今回はハル様のほうからサリカのもとへ出向いてます。彼なりの理由があったのでしょう。神崎博士のせいではありません」

自分が何か返事をしたのかどうか、ヒナにはよくわからない。

筋肉と神経と脳内の異常信号……。眠りの中でもドラッグ反応が津波のようにハルをのみこむ。幻聴や幻覚、異常な身体感覚、千々に分裂する思考と惑乱に繰り返し苛《さいな》まれる。

遺伝子書き換えでニューロン耐性を高めている九龍や香港島の人間には遊びのセックス・ドラッグでも、ハルには激烈だったのだ。

ジーンは慎重に、ハルの負担を最小限に抑える治療プログラムを医療AIに組んでくれていた。ドラッグを抜く薬剤も遺伝子改変型のものは一切使っていない。異常信号をだしている脳機能にも少しもふれず——眠らせる時も脳の視床下部からの強制睡眠でなく自然催眠、オレキシン受容体拮抗《きっこう》薬すら「若干の副作用がある」と使ってない——つまりは今の先端医療技術をちっとも使えない状況で、信じがたいほど安全で完璧な処置をしてくれていた。

（……身体からドラッグが完全に抜けるまで、八時間。脳の異常信号が落ち着くまで十四時間、そのあと心身の回復になお四時間の鎮静……。今までにドラッグの摂取はないと見られるため、フラッシュバックの心配はない――）

身体・精神ともドラッグの後遺症は残らないであろう――とジーンはしめくくっていた。

「中にお入りになってはいかがですか、神崎博士。眠ってるだけですから」

「いえ。私はこれで失礼します」

ヒナはイヤー端末を切った。

「……神崎博士、このガラスの前にきてから、十五分も経ってませんよ」

「用事がありますので。無事ならば、結構です。問題ありません」

アランだけでなく、エドワードも何か言いたげだったが、ヒナには他に言うべきことはなかった。いや一つあった。

「申し訳ありませんが、しばらくハルをここに置いていただけますか。目を覚ますまでの二十六時間だけでなく。入院費は私が支払います」

「クーリック博士がすでに支払い済みです。ではハル様をお預かりいたします。百年ここにいても、お釣りがきそうですがね」

アランからすっと表情が消えた。

「博士、サリカと、取り巻きのちんぴらへの落とし前はこちらでつけます。ネオ九龍のルールを破りましたからね。二度とハル様の前に姿を見せませんから、ご安心を」

「ルール？」

「博士は怒るかもしれませんね。幽霊少年を見つけたら〝青龍〞に連れてくるよう何年もいっておいたのですよ。それに、香港アカデミアの研究者のものに手を出してはいけない――」

「ハルは私のものではありません」

「おや。私は別に、ハル様といった覚えはありませんが」

アランにからかいの笑みが戻った。

「サリカが東湾岸倉庫からくすねていったものは、他にもいっぱいあるでしょう？」

ヒナは頷《うなず》いた。見るのが好きだったアコヤ貝の真珠がなくなっていたことが、いちばん悲しかった。ハルは倉庫から何が消えても、全然気にしてなかったけれど……。

「神崎博士、数ヵ月観察してれば、わかることはあります。ハル様は言葉がわからず、香港のルールも知らず、端末も使えない。それをいいことに彼を騙《だま》す者も多い。けれどハル様は不法居留人街でちょっとした日雇いをしたり、古銭を換金したり――おおかたサリカに巻きあげられてたようですが――喧嘩《けんか》からはさっさと逃げて……香港でちゃんと生きていましたよ。嫌なことは博士には教えたくありませんから言いませんが」

ヒナの水曜日の休日のために、彼はどれだけの嫌なことを我慢していたのだろう。

つけられたハルの腕輪、無数のパッチの点滅が、束《つか》の間《ま》、視界で歪《ゆが》んだ。

本来ならば会うこともなかった香港島のガラスの外の男の子。

……関わるべきではなかったのだ。

ガラスの向こうのハルに会うことなく、ヒナは出て行った。


車に残していたかすみ草と金魚飴の花束を、アランがロビーで返してくれた。

ロビーには乗ってきたのと同じ、完全暗幕《フル・スモーク》仕様の高級車が用意されていた。

エドワードは運転席、ヒナが後部シートに座ると、ドアがしまる。一瞬暗闇になり、車内ライトが点灯する。計器表示が光る。時刻は午後五時。

ヒナは低くささやいた。

「エドワード、お願いがあります。もう少し、つきあってください」

9

ヒナが倉庫の四階ドアを開けると、サリカがいた。

ぎょっとしたのは、ヒナでなく、部屋を物色していたサリカのほうだった。

「サリカ、三千万ＥＭの電子カードは、あなたが前にもっていった一枚きりです。携帯ライトもありません。毎週買うのが面倒なので、置いていかないことにしましたから」

「あれ、ばれてた？　あの春物コートも、良《い》い値段で売れたんだよね～」

サリカは悪びれずににっこりした。

「だいたい古銭拾い教えたの、あたしだし。授業料よね。骨董《こっとう》屋で安く買いたたかれてるのもハル、全然気づいてないんだから」

倉庫から不自然にものが減っていくのは、ヒナも察していた。ハルが自分で彼女にあげているのかもしれない、とも思った。ハルが言葉を話すことはない。ヒナは救急キットの減りを知ってから、注意深くなった。確証はなかったが。

「他にもイイコト、色々と手ほどきしてあげたのにさ。位置情報がなかったらこんな隠れ場所、わかんなかったわ。最初の日、ハルったらヒナが戻ってきたと勘違いしてドア開けたのよ。失礼しちゃうわね～」可愛《かわい》らしく口をとがらせる。「ヒナはもう乗ってこないっつってんのに、強情に水曜日の午前中にネオ九龍《クーロン》駅に出かけるし。まあ、待ちぼうけてるハルを慰めるのは、結構、好きなのよね。昔のあいつみたいでさ」

浮かべた苦笑いと思いやりは、本物に見えた。すぐに消えたとはいえ。

「あたしのせいでヒナが帰るんじゃなくて、ヒナが好きなのはあんたじゃないからよって教えてやったんだけど。今日セックス・ドラッグで倒れたのは、驚いたわ。残念。あのドラッグ、うちの店のおすすめなのに」

会った最初にサリカはこういった。

『あそこ、ハルみたいな子がよく使われるから。異常遺伝子が結構残ってるやつを違法薬で頭ばかにしてヤバい仕事させるんだけど――舌抜いても警察病院じゃ再生しちゃうもんね――でもハルはもとからしゃべれないからさ。声もあげらんないし、ハルから足もつかないし、口止めや言いくるめる必要もないし……都合いいのよね、色々……』

都合がよかったのは、サリカだったのだろう。

ヒナはドアの隣にもたれながら、一つだけ訊《き》いた。つぶれそうな胸から、かすれた声がでないように、意識しないとならなかった。

「……ハルって名前を、どこから知ったの、サリカ？　香港警察があなたに流した？」

「なんだ、もうそこまでばれてんの。そうよ。位置情報もね。昔一緒にいた時、あたしあの子をなんて呼んでたっけ……覚えてないわ。ハルがあたしに怪我《けが》させたりすれば、傷害罪で即刻国外退去にできるとか、なんとか刑事がいってたわ。ハル、不法居留民以下だもん。でもハルはせいぜいあたしを突き飛ばすくらいだし、それもあたしから逃げる正当防衛みたいに監視衛星《ゲートキーパー》に映るって警察から文句言われるの。うまくいかないわ。じゃあせめて、ハルの染色体を採取しろって、こないだ言われてさあ」

「染色体を採取」

「そお。それで今日……いいや、ねえ、あたしと取引しようよ、ヒナ。あんたと差しで話したかったんだ」

サリカは床に散乱する古銭を絹の靴で踏み、ヒナの前までやってきた。五センチパンプスのおかげでヒナの方が少し高い。サリカはヒナの頬をなぞり、セミロングをいじくる。サリカからは香水でなく甘いパウダーの匂いがした。サリカは急にヒナのストライプシャツと、白のラックスとスカーフベルトが気に入ったようで、身体《からだ》を寄せた。もう片手で胸をそっともまれたので、丁重にサリカを押しやった。サリカはその反応が珍しいみたいにくすくす笑いをした。キリアンの時と同じにボタンが三つとれている。

「〝青龍〟に目をつけられたら、ネオ九龍にはいられないわ。店も首になっちゃったし。でもいいの、あたし、ネオ九龍にずっといるつもりなかったから。香港島で踊りたいの。正常遺伝子には全部書き換えてある。でも、入島許可が下りないのよ。『一流の』芸術家でないとダメとかってさ。ふざけてる。あたしの踊ってるとこ見たことないくせに。ハルも、どうやって香港島に渡ってるのか、いまだにわかんないし。……でもさあ、あんたのおかげで、ゲノム識別番号《コード》すらないハルに、香港島への通行パスが下りたっていうじゃん？」

ちろりと唇を舐《な》める赤い舌も、目も、ご馳走《ちそう》を前にした蛇のそれだった。ヒナの両脇の壁に手をつき、自分の身体をやんわり押しつけて、ささやく。

「あたしにもとってよ、それ。じゃないと、また何度でもハルの前に現れるからね。

あと三千万ＥＭ、もう使っちゃったの。今度はもっとほしいわ。いい方法知ってる。あんたの卵子をちょうだい。調べたのよ。〈最高位《ヴェルトクラッセ》〉の遺伝子情報――中でも卵子か精子、闇値で五十億ＥＭとかすんのよ？　あたしなら、さっさと売ってるっていうの。すごいバカ、あんた。でもあたし、バカな恋人って、好きよ。あんた全然冴《さ》えないし、香港アカデミアの研究者とは思えない真面目ちゃんだけど、そういうのもいいわ。めちゃくちゃ頭良くて地位とお金持ってて器用じゃないなんて燃えるわ。あんたがあたしを下に見てようが、香港島の研究者だろうが、あたしの上か下になりゃ、みーんな同じよ」

「そうね、サリカ」

ヒナは最後の台詞《せりふ》だけ、同意した。

「同じよ。あなたと私とハルは、何の違いもないわ。ハルを貶《おとし》める権利は誰にもないわ。彼を騙《だま》したり、利用したり、傷つけていい理由なんてありはしない。あなたにも、他の誰にも」

「はあ？　うるさいなあ」

面倒くさくなったように、サリカがネックレスタイプの端末を漢服からひっぱりだした。

「時間ないんだから、あたし。とりあえず排卵剤、ドローン宅配でとりよせるから。すぐくるわ。そうそう、監視カメラの映像も消しといてよね。さっきまでカメラさがしてたけど、どこにも……あれ？　なんで端末、反応しないの？」

サリカのペンダントトップがチカチカ赤く光り、ＡＩの音声がした。

『――サリカ・オードに逮捕状がでました。電子端末・カード・ゲノム識別番号その他すべて使用停止になりました。同意なしの遺伝子情報の売買は刑法二七六条及び二〇二一バンクーバー国際協定での禁止事項です。特に生殖遺伝子の窃盗は重罪であり、実行前の逮捕が推奨されます。サリカ・オードは脳機能全修正による人格矯正、もしくは実刑三二六年が相当と思われます。国際法違反によりサリカ・オードは国際指名手配されます。また強盗罪、窃盗罪、傷害罪、脅迫罪等も追って加重適用されます。逃亡すればさらに逃亡罪が――』

サリカはぽかんとした。

ヒナの腕輪端末はＳＰの端末と常時強制同期《シンク》されている。四階ドアを開ける時には、ヒナは音声通信をエドワードに――つまりは公安警察に開放していた。車で会話を聞いていたエドワードと、監視衛星《ゲートキーパー》のどちらが先に香港警察に逮捕状を請求したのかまではわからない。

ネオ九龍では鳴りっぱなしのサイレンが、倉庫へ近づいてくる。今日は白々しかった。

「ちょっと……ちょっと待ってよ。冗談よ。だってあんたの卵子なんて盗んでないし、排卵剤すらショッピング前じゃない。三千万のカードだってハルがくれたの。監視カメラじゃあたしが勝手に盗《と》っていった風に見えるかもだけど、違うから。ねえヒナ、友だち同士の軽口だったって証言してよ。あたしまだ二十七年しか生きてないのよ。実刑三二六年ってなんなのよ」

自分も香港島の人間だったらしいと、これほどヒナが実感した時もない。サリカにすがりつかれても少しも同情の気持ちがわいてこない。それでも束《つか》の間《ま》、休日にはコールガールをオフにできるといって、普通の女の子の顔で笑ったサリカがよぎった。

「あたし、不法居留人街からも九龍からも絶対でてくって決めてたんだから。やっと正常遺伝子に全部書き換えたのよ。香港島に――……あ？　頭が痛い――」

「……サリカ？」

低い呻《うめ》きを上げ、サリカが変な恰好《かっこう》で足からくずおれた。

サリカの顔色を見るやいなや、ヒナはオープンのままの通信端末に叫んだ。

「エドワード、コール９９９！」

『ヒナ？　警察ならもう――』

「違う。救急のほう。外科医と手術道具のせてきて。脳梗塞《のうこうそく》か――悪ければ脳内出血かも。車内から心肺蘇生《そせい》装置と救急キットもってきて」

嘔吐《おうと》とけいれん発作。すでに意識が消失している。サリカの身体は麻痺《まひ》したように動き続け、不明瞭な、言葉ともつかないものが口からもれている。

（脳内出血かも――でも、おかしい、リンパ節が腫れてる。癌《がん》の転移症状みたいな――）

触ると、リンパ節の腫れが自由に動く。癌転移の初期症状。が、ヒナの指の下でみるまに固くなる。今、初期から一気に中後期症状に進行した。ありえない。——いや。

そもそも脳梗塞も脳内出血も、現在ほぼ発症しない。装着型端末《ウェアラブル》が所持者の微細な生体変化を感知し、医療AIと連動して未然に警告表示《アラート》がでる。残る可能性は一つだけ。

警察車輛《しゃりょう》より先にドクターヘリがついた。

サリカが搬送される。外科医はのっていなかった。ネオ九龍の外科医は全員出払っているという。予防医療が進み、今や高い執刀技術をもつ外科医は稀少《きしょう》とはいえ——。

その時、ヒナがチェックを入れてるニュースメールが通知されてきた。ぽーん……。

〈今日、香港各所で霧の病《ダーク・フォグ》と見られる救急搬送が頻発しました。今までに六十四件——〉

到着した救急隊員はサリカを一目見て、ヒナと同じ診断を呟《つぶや》いた。

「……霧の病《ダーク・フォグ》」

発症から三十分以内での突然死。

致死率、現在百パーセント。

†

蟬《せみ》がいっせいに鳴きやんだ。

外階段は静かだった。

夏の夕映えが手すりの隙間からしたたり落ち、世界を黄昏《たそがれ》に染めていた。

一度、〈ウィリアム〉が控えめに知らせてきた。霧の病の死亡者が増えたというニュース。六十五人目、サリカ・オード。声はヒナの足もとに落ちて、夕闇にまざっていった。

警察車輛はエドワードがどう追い返したのか、結局こなかった。ドミニク刑事の顔を見ずにすんだだけで、エドワードにはどんな礼をしてもし足りない。

「ありがとう、エドワード」

エドワードは屋上にあがる階段に腰かけていた。それも礼を呟いてから気がついたのだけども。ヒナに付き合って、一時間以上もそこにいてくれたらしい。

「何か、辛辣なコメントをしないんですか」

「シャツのボタンが三つ外れてるが。ランジェリーが見えてる」

「……一時間も見てないで、いってください……キリアンみたいですよ……」

「今日は休日だ。君は〝霧の病〟の研究者じゃない」

「そういうわけにはいきません。部屋の中を少し片付けて……、それから、香港島へ帰りましょう、エドワード。地下鉄でなく、やっぱり車でお願いします」

「香港島？」

「ええ」

「ハルのところへは寄らないのか」

「珍しいことをいいますね、エドワード」

「………」

室内はサリカに物色されて、しっちゃかめっちゃかだった。監視カメラはもとからない。量子暗号ロックはキリアンがつけたけれど、監視カメラはヒナが拒否したので。ハルは犯罪者じゃない。プライバシーを侵す権利は香港政府にもない。

部屋もまた夕日が静かに落ちていた。ヒナはオレンジ色に染まった古銭を拾い、ガラスの蠟《ろう》燭《そく》をテーブルに戻して、硬貨をもとのように入れた。

「二十六時間は眠ってますよ。必要以上に気にかけすぎてるといったのはエドワードです」

一通り片付けて、携帯ライトをテーブルに置いた。もう盗まれることはないから、夜には役に立つはず。春物コートより快適な寝具も、あとでキリアンに届けてもらおう。ヒナの数冊の文庫本は全部持って帰ることにした。

外階段のドアを閉める時、うしろからハルに手をひかれ、引き止められたような錯覚がした。

エドワードは正しい。私は本当に正常《グリーン》じゃないみたい。色々間違えるし。

めまいがした。エドワードが支えてくれた。エドワードの片手がヒナの額を包む。

どうもこの一週間、自律神経のバランスが崩れてる。色々あったせいかも。とりわけ今日はありすぎた。さすがにメディカル・チェックを受けるべきかもしれない……。

ブレスレットのメディカル警告表示が目に入った。幾つも印がでている。こめかみが鈍く痛んで、ヒナにはよく見えない。エドワードは知っていたはずだった。ヒナの端末とエドワードの端末は同期されてるから。エドワードは警告表示を無視し、黙ってヒナの気がすむまで付き合ってくれていたことになる。今度は礼は言わなかった。そんな『正常じゃない』判断をした自らをエドワードがどう感じているか、わからないヒナではなかった。ヒナに気づかれただけでも業腹のはずで、そうと勘づかないエドワードでもなかった。

端末のメディカル警告のことは、ふれなかった。お互いに。

蟬の声もない夕闇に、エドワードの声が落ちた。少しも怒ってはいなかった。

「香港島に帰ろう、ヒナ。そしたら、何か食べよう。昼から食べてないだろう」

今日のエドワードは、SPでなく大学時代の友人に戻ったみたい。「はい」

ガラスの内側の世界にも、ヒナの大切なものはある。結構。

車にのる前に、ヒナは海水バケツで泳いでいた魚や貝や甲殻類を、日没の海へ、放してやった。ハルが早く帰宅するとは限らないから。

真珠のないアコヤ貝だけが、バケツに残った。

真珠がなくても、アコヤ貝はとても綺麗だった。


やんでいた蟬の声が、どこか見えないところで一度、恋人を求めて鳴いた。

帰りの車の中で、ヒナは高熱を出した。

10

マンションに帰ったことも、エドワードにベッドへ寝かされたことも、覚えていない。

途中でベッドから這《は》いだして、花瓶にかすみ草を生けたことと、キリアンにベッドに連れ戻されたらしいことは、ぼんやり頭に残ってる。煙草《シガレット》の香りがした。

空調がきいているはずなのに、ヒナは熱くて寝苦しく、波が寄せては返すように夢とうつつを曖昧にさまよった。夜だけが、のろくさと過ぎていった。

時折、セキュリティの作動音か、端末の機械音が、暗闇に小さな音を立てる……。

何度目かの波に打ち上げられた時だった。何時だったかはわからない。

ヒナは熱に浮かされてぼんやりしていた。

遮光カーテンがひかれ、部屋は常夜灯とフットライトだけ。

仄暗《ほのぐら》い常夜灯を浴びて、ハルがベッドのそばに佇《たたず》んでいた。

夢だわ。ヒナは緩慢にまばたく。

ハルはネオ九龍《クーロン》で、二十六時間は医療ＡＩが眠らせている。ドラッグの精神作用が抜ける十四時間すら経《た》ってないし、ネオ九龍－セントラル間の地下鉄は朝まで動かない。

青いアクセサリをつけたハルの手が、ヒナの熱っぽい額にあてられる。微《かす》かに消毒液のにおい。でも患者服は着ておらず、ジーンの好きそうな黒っぽいシャツと、ジーンズ。左目を塞いでいた大きな保護パッドも、ない。夢でもヒナは、安心した。

無数の細胞再生促成パッチの点滅、脳波の異常信号の波……、昏々《こんこん》と眠る男の子の姿は、サリカと会っている時も頭を去らなかった。

ハル、とささやいた。

「……傷が治って、よかった。もう八時間経ったかしら。ドラッグは、抜けたかしら……。十四時間も、悪い夢にうなされているのかしら。でも、どうか我慢して寝ててね」

ごめんね、と謝ったら、涙が流れてきてシーツをぬらした。

外階段の下で見た一人で踊るサリカと、ハルが、重なって見えた。

サリカが路地裏で、倒れてるハルを助けたのは本当だったのではないかと思う。

ハルはほんの十三、四の頃……。サリカが最初からハルを利用するつもりで拾ったと、どうしていえるだろう。コールガールの仕事の帰り、サリカは屋台で炊き込みご飯と酸辣湯《サンラータン》を買って、ハルと二人で食べたかもしれない。一度ハルとネオ九龍の街を散策した時、ハルが立ち止まったお店があった。無人飛行《ドローン》タクシーから飛び降りたサリカも、同じ店で買ったご飯と酸辣湯をカゴに入れてきたことをヒナは覚えてる。

ハルにとっては、サリカが素敵な笑顔でものをもち去ることは、心《しん》から気にもならないことだったかもしれない。サリカが昨日の午後、ヒナに真実をしゃべっていたとも限らない。水曜日の午前に待ちぼうけをさせていたのはヒナで、ハルを慰めていたのはサリカのほう。

踊り疲れた日は、サリカは海の音が聞こえるハルの胸に寄りかかって眠ったかもしれない。コールガールでなくていい休日にハルに会いにきたサリカと、香港島をでてハルのそばで気をゆるめたがった自分は、なんの違いもない。

ハルとサリカの関係がどうだったのか、知るすべはない。

少なくともハルは犯罪のない香港島でなく、九龍半島で生きることを選んでいた。ずっと。

ハルは流れつづけるヒナの涙をぬぐってくれた。

一度だけ垣間見《かいまみ》た、サリカの赤い靴をはいているような踊りが、ヒナは好きだった。

サリカはもういない。

唇にあてがわれたコップをすすったら、冷たい水だった。

「優しいね」精一杯笑いかけた。「ごめんね……好きじゃないのにね、この高層階……」

手をとられた。ヒナと、指でなぞられた。何度も。ヒナ……。

ヒナは熱を出しただけ。ハルは意識不明だったのに、ヒナのほうを心配する。

ねえ、誰がこの男の子を『障害がある』なんていうの？

「大丈夫……私、風邪を引かないのよ。ゲノム改変されててね……未対応の新型ウイルスだと話は別だけど……」

――ヒナ……。

「大丈夫よ……」

香港島アカデミアの外で生きる男の子。ヒナに触れられる、ガラスの外の本物《リアル》だった。

「……ハル。水曜日、いつもいてくれてありがとう。もう嫌なことを我慢しなくてすむようにするからね……ごめんね……」

ヒナはハルから手を抜こうとした。ハルは逃がさなかった。

アーモンド形の瞳は怒っているようで、とても近い。

掌《てのひら》に、何か、ごく小さなものがすべりこむ。すべすべして、丸くて、こぼれ落ちそう。落とさないよう気をつけて掌をひらいたら、……一粒の真珠だった。

『神崎博士、今回はハル様のほうからサリカのもとへ出向いてます。彼なりの理由があったのでしょう』

倉庫から何が消えても、ハルが怒ったことはなかったのに。

ヒナは、真珠を返そうとした。受けとれないと、震える声で伝えた。

ハルはややあって、真珠をとって、出窓へ行った。ブラインドは下りている。かすみ草の花瓶を飾る前から、ヒナはそこにハンカチを広げて、ハルの綺麗《きれい》な貝殻をならべてる。小さな音がする。貝殻の一つに、真珠を置いたみたいだった。夢の中のハルは、断固としている。うしろ姿に、ヒナはなんだかまた泣けてきた。

バケツの砂浜から、唯一とらずにいた貝殻。

頬にハルのやわらかな髪が落ちかかる。

もの言いたげな、大人びた眼差《まなざ》し。唇にキスをされた。今日だけは許すことにした……自分に。夢と思うことにして……。

ヒナと、何度掌を指で優しくなぞられたろう……。

——ヒナ……。

いつか数え切れなくなって、目を閉じた。


本物の夢を見た。

昔からたまに見る夢だったが、母にも話したことはない。自分が死んでる夢だったから。

病室らしき殺風景な部屋。白いベッドシーツに、死んだ自分が横たわっている。そばには母ミヤコがいて、ヒナの遺体を見下ろしている。病室の窓の外は雨がそぼ降っている。冬のようだった。葉の落ちた木々が、冷たい雨滴にうなだれていた。そんな夢。

自分が「不安定」なのは、こんな縁起の悪い夢を子供の頃から見るせいではないかと、思うこともあった。

今年の二月に母が逝った時、ちょうど夢の逆だった。母は、香港大学構内のベンチで見つかった。時間になっても教壇に現れないので学生がさがしたところ、木陰のベンチで眠るように死んでいたという。病院に駆けつける必要はなかった。ヒナが勤務する大学病院に母が運ばれてきたので。

無機質な病室は静かで、ヒナだけ。白いベッドシーツと、目覚めない母、大きな窓から見える風景。外は冬枯れ、やっぱり雨が降っていた。

ヒナが病室に入った時、救急チームや医療AIでごった返していたはずだから、この記憶はヒナの脳が勝手に改竄《かいざん》したものだろう。

ヒナはいつまでも母の遺体のそばに立ち尽くしていた。未来に起こることを、立場を逆転させて夢に見ていたのではないかと、正常《グリーン》じゃないことを繰り返し考えながら。

——お母さん。

お母さんと、夢の中で、バカみたいに何度も、起きない母に呼びかける。

いつしかそれが、過去の自分の呼び声と重なっていく。お母さん……。

——あのね……根拠はない。『正常じゃない』ことを、言う。お母さんはもしかして、霧の病《ダーク・フォグ》の発症要因を知っているのじゃないの？

香港政府が母とヒナにマンションを用意したあたりのことだったと思う。

母は長いこと黙ったあと、「ええ」と答えた。

——知ってると思うわ。

母が病理解析に熱心でなかったわけでは決してない。ただ、時折手を止めて、長く考えこむ母の目には、他の研究者とは別のものが映っているように思えて。

——今の段階で私の他にそれに思い至る研究者は、少ないでしょうね。私が考える発症要因が正しければ、霧の病《ダーク・フォグ》の変異遺体をいくら解析しても、意味がない。これは確か。私も治療法は、まだ見つけてない。

――ヒナ、私は霧の病《ダーク・フォグ》を、別の名で呼んでる。

母の唇が動く。ザーッと砂嵐みたいな電子ノイズが邪魔をする。母の姿にまで砂嵐は侵食して、夢ごと遮断した。


……ぽーんというメール通知音で、ヒナは目を覚ました。

カーテンの隙間から、薄青い朝の光が一条《ひとすじ》部屋にさしこんでいた。

寝汗をかいていたが、気分は悪くなかった。のろのろと手錠みたいな腕輪をかざすと、端末表示は七月二十四日金曜日、午前五時……。水曜から二日、意識を失っていたらしかった。

枕から首を巡らした。部屋には誰の姿もない。

窓辺で、かすみ草があわあわと白くけむっている。ヒナはベッドからおりた。

かすみ草の花影のたもと。ヒナが置いた貝殻の一つ――小さな桜貝の中に、真珠が一粒、静かにじっとしていた。


ベッド脇のタッチパネルの受信表示がチカチカ光っている。

着信ランプが赤。外部着信が上限いっぱいの四百件ということだ。腕輪端末で確認してみたら、電子メールも百通以上届いていた。いくらなんでも多すぎる。それに――。

さっき〈執事《バトラー》〉ウィリアムが通知音を鳴らした。AIウィリアムが重要と判断して、サイレントから切り替えたニュースメール見出《ヘッドライン》しが、目に飛びこんできた。

〈香港・死の霧《デス・バイオ・ハザード》が広がる〉

二日間で、一気に百人以上が霧の病《ダーク・フォグ》で突然死していた。

……その中に、生物学部門〈最高位《ヴェルトクラッセ》〉ジーン・クーリック博士の名があった。

寝室にはネット接続機能のないノート型PCが一つある。思いついたことを書き留める研究メモ代わりに置いてあるそれに、緑のランプがついていた。

操作すると、未開封の二通のシークレットメールが連絡ボックスにあった。

ネット経由でメールが着信したわけではない。誰かがこの寝室にきて、端末をじかに操作してメールを書き、時がきたらメールランプが点灯するように設定されていた。

一通は、ジーンからのものだった。昨日の日付。寝込んだヒナの見舞いにジーンがこの部屋までやってきてくれ、メールを書き残していったらしい。

ヒナはジーンのメールを開封した。

11

それからヒナは量子コンピュータと、積み上げた資料や手書き研究ノート、膨大な電子ファイルのなかでほとんどの時間を過ごした。

霧の病《ダーク・フォグ》の死亡症例は、今まで報告があった地域に限ってではあっても、年に十件がせいぜいだった。明らかに今年はおかしく、とりわけなぜか香港の死亡数が群を抜いていた。

香港政府議会、報道機関や学界、各研究機関から、アカデミアへ情報開示要請がひっきりなしに入った。中でも霧の病の死者に遺伝子異常が見られることから、〈最高学府機関《ヴェルトール》〉遺伝子工学分野〈最高位《ヴェルトクラッセ》〉ヒナコ・神崎へ問い合わせが殺到した。

キリアンやエドワードが香港政府へ対応要請を入れたのか、あるいは研究室にこもるヒナの様子を香港政府が聞き知ったのか、ヒナへのコール音はやがてやんだ。

傍目《はため》にも、ヒナコ・神崎博士の耳には本当にコール音が聞こえず、何千通も届くメールも目に映ってないように見えた。香港大学の自らの研究室で、世界各地から上がってくる最新の検体の病理解析結果と、気の遠くなるようなゲノム塩基配列情報の羅列の中で過ごす彼女の白衣に、スクリーンの光が落ちぬ時間はなかった。

ジーン・クーリック博士がヒナコ・神崎の友人であったことは香港島アカデミアでは知られた事実だったが、神崎博士が公に哀悼の意を示すこともまたなかった。

彼女が何かを話すことはなく、ヒナコ・神崎がどこに研究の的をしぼったのかも、誰にもわからなかった。

知らず知らず水曜日は五回素通りしていった。

ヒナがそのことに気がついたのも、〈執事《バトラー》〉ウィリアムにいくつかの件で、過去の日付の検索を頼んだついでに、カレンダーを眺めたときだった。

八月三十一日、月曜日。

今日で八月も終わりだった。

仕事用デスクの周りで、十枚近く呼び出されていたスクリーンの半分が、やっと今日の仕事を終えてシャットダウンされていく。残り半分はずっとつけっぱなし。無機質で人工的なランプの光と微《かす》かな電子音だけが、今のヒナの世界だった。

三十七階の高層階のガラスの中は、蟬《せみ》の声も、雷雨の音も届かない。今が八月の終わりであることを忘れるくらい空調は快適で、暑いと袖をまくる必要もない……。

ハルの倉庫で聞いた夢のような汽笛も、ハルが繰り返し掌《てのひら》にヒナとなぞってくれたことも、わずか一ヵ月前とは思えないほど遠く隔たっていた。

寝室に残る六匹の金魚の棒付き飴《あめ》と、桜貝の中の真珠だけが、七月の残り香。

（……ちゃんと、あるわよね。二日ほど、自分のベッドで寝た記憶がないわ……）

心配になって、ヒナは寝室へ行ってみた。真珠はあった。金魚はどうもある日空腹で一匹食べてしまったらしく、五匹に減っていたけど。

研究用の部屋に戻り、壁一面ガラスでできた窓から、摩天楼の夜景を見下ろした。

ヒナは、ハルのことをあまり考えないようにしていた。研究にめどがつくまでは。

ハルの身体《からだ》の傷が完治し、ドラッグによる精神への後遺症もなく、元通りの彼に回復していることは知っていた。全部ジーンのおかげだった。

香港警察がサリカを使った一件については、ヒナが談判するより先に香港政府から素早く連絡がきた。謝罪と、「一年の期限までの」ハルの安全を保障してきた。ないよりはましだったので、頷《うなず》いておいた。

倉庫の救急キットや口腔《こうこう》洗浄粉末の補充、ハルの健康チェックなどは、キリアンとエドワードに一任してあった。しばらく会いに行けないことも、伝えてもらうよう頼んだ。

ハルがくればいつでもこの部屋までアンロックで通すよう、セキュリティ設定してある。ヒナの留守中でも、彼がきたら〈執事〉ウィリアムが訪問ランプをつけて知らせてくれる。このひと月、ハルがきた形跡はなかった。

ヒナは滅多に使わないハルの端末位置情報を、呼びだしてみた。

地図画面では九龍《クーロン》半島東湾岸エリア、ハルの倉庫でランプが点滅した。

ほっとした。

さみしいような身勝手な気持ちは、無視した。

窓ガラスのそばの、止まり木みたいなスツールに座る。小さな丸テーブルには、ハンバーガーセットのトレイ。ヒナは飲み物のストローをくわえた。キリアンの差し入れの、シナモンとキャンディコートナッツ入りコーヒーフラペチーノ。それから、ハンバーガーをかじった。バンズの小麦粉も、ぶあつい肉も野菜も、添えたポテトも、ふってある塩まで遺伝子操作ずみの健康食品。徹夜明けの四十三歳がやけ食いしたって、太ることはあっても、ニキビは一つもでないやつ。残念ながら〈バーガーズ・シャック〉じゃない。あそこはサラダドレッシングの黒《くろ》胡椒《こしょう》一つまで全部天然で、ジーンのお気に入りだった。

(ジーンは遺伝子組み換え食品は、食べたがらなかったっけ)

なぜ嫌なのと訊《き》いたら、「さあな。恋人を選ぶのと一緒だ。なんとなく嫌なら、選ばない。あらゆる生物はそうしているのと違うかね?」とジーンは返事をした。「逆に天然で何の問題も起こらないのに、なぜわざわざ遺伝子を組み換えるんだ? なぜ異様に思わない?」

ジーンは年に一度、決まってヒナの家を訪れ、もちこんだ食材でポトフや舌平目のポワレ、たっぷり胡椒をきかせたキノコサラダ、デザートのブラウニーまでキッチンでこしらえ、ヒナにふるまってくれた。ジーンお気に入りのブラッスリーの焼きたてパンと、大きな花束と一緒に。

「友人を選ぶのも同じだ。君には耐えがたいくらいイライラさせられることもあるが、私がダミアンの乱痴気ドラッグパーティの招待を蹴って君の部屋をノックするくらいには、君を大事に思ってる。誕生日おめでとう、ヒナ」

死は。

オリジナルとは違ってしまった私たちに、わずかに残る、原始的な感情を呼び起こす最後のものなのかもしれない。

窓越しの宝石の光がぼやけた。ヒナが熱々のハンバーガーをまた一口かじるまで、長いことかかった。なんとか、飲み込んだ。

「……ヒナ、食べるよりこぼしてるほうが多い」

「エドワード、いつからいたんですか」

「一口目は冷めてたハンバーガーが、二口目でひとりでに熱々になったと思ってるのか？」

映画みたいに夜景を背に床までガラス張りの窓に寄りかかりながら、エドワードはサラダから食べろと言った。

「……『いつからいた』なんてまともな言葉を君から聞くのは、ひと月ぶりだ」

この一ヵ月、いつもエドワードがそばにいてくれたことを、ヒナはやっと思いだした。起きる時も、眠る時も。地下鉄にのる気力がなくて夜のベンチで座りこんでいれば迎えにきてくれた。医療《メディカル》警告を無視するヒナを力ずくで寝かせ、大学に欠勤の連絡をいれてくれた。湯船で気を失えば、ベッドに運んでくれた（これは思いだしたことを死ぬほど後悔した）。エドワードに嫌みを言われた覚えは一度もないが、耳が素通りしていただけかもしれない。……ジーンの名が、一回、彼の口からでたような気もする。眠れない夜、不意に。

……ずっとヒナのそばにいてくれた。

「色々、助けてくれてありがとう、エドワード」

「……別に。仕事だ」

「エドワード、ハルは、どうですか。元気でいますか」

「元気かどうかわかるほど親しくない。変わりはなさそうだがな」

エドワードからそう聞けただけで、ヒナは安心した。

「エドワード、明後日《あさって》の水曜日会いに行くと、ハルに伝えてもらえますか」

霧の病に関する報告書は、ほぼ仕上がった。

ヒナは、ハルに会って、話したいことがあった。

エドワードは眉をひそめた。

「明後日？　九月二日なら、君は香港政府に呼ばれてるだろう」

「は⁉」

エドワードは黙ってヒナの腕輪を操作した。〈執事〉ウィリアムのひらいたスケジュール帳のカレンダーには、明後日に赤ランプ――『絶対厳守』――がついていた。

「ちゃんと昨日も、君に念を押したぞ」

「そ、そう……でしたっけ……？」

「……伝えたことを覚えてないのか？」

……覚えてない。確かに昨日エドワードに水曜日の予定を確認したが……。

汽笛の音が耳のそばで響いたように思って、ぎくりとした。ハルの倉庫ならともかく、この防音の高層階では完全に幻聴だ。

（……今、精密検査を受けるわけにはいかない）

ヒナはもう、霧の病の解明を、他の研究者にゆだねる気はなかった。

「……思い出しました。根を詰めすぎたみたい」

エドワードの青い目から、目を逸らした。

「明後日は霧の病に関するパネル会議、それとジーンの追悼を兼ねたアカデミアと香港政府主催のパーティだ。君は絶対出ろといわれてる。香港政府も、議員らも、アカデミアも君の報告を知りたがっている。君は自分が納得しない限り、進捗《しんちょく》状況の公表もしないからな。大学時代からそうだが。が、この時期ならある程度の研究報告と情報の共有ができると、君が政務次官へ返事をしたから、ついでにパーティが設定されたと聞いたが？　君が望むならパネル会議は完全非公開《クローズド》、少数での懇談も可能らしい」

「……ああ、確かに、そのお返事なら、ミリアム政務次官にした覚えがあります」

それなら、ヒナがパーティとやらに出席の返事をした可能性はあった。

あの七月の四週目。サリカの死をまのあたりにした日、ヒナの脳裏に一つの可能性が閃《ひらめ》いた。

いや、バラバラだったすべてのピースがはまって形になったという感覚だった。

「……それで、私はあの色々高級《ハイ》ブランド名の入った箱を、寝室を占拠するほど大量にネットショッピングしたんですね？　さっき寝室を見て、なんの幻覚か、仮想現実空間《バーチャル》に入ったかと思いました。本当に頭がおかしくなったのね、私」

なぜ靴だけで六箱も買ったの。それでいちばん数が少ないのだ。ドレスにバッグ、他バスジュエル・エステ用品から化粧品、ジュエリー、オードトワレ、ランジェリー、エトセトラ。

「あれは僕とキリアンからだ。どうせ君は服まで思い至らないだろうから。……SPの時間外特別サービスだ。女の趣味でキリアンとさっぱり合意できなかったから、ああなった」

エドワードは呟《つぶや》いた。「君は正常だ《グリーン》」

部屋に、夜景の光と、エドワードの言葉がゆっくり落ちていく。

エドワードは素っ気なく続けた。

「エスコートは僕かキリアンになる。どちらか選べ」

ヒナはエドワードの名をいった。彼は頷いた。

「香港政府から、明後日まで外出を控えるように、とのことだ。パネル会議で、香港島・九龍に外出規制がかかってる。香港島の散歩程度なら大丈夫だ。明日はゆっくり休んだらいい」

「じゃあ、ハルに、明後日でなく、しあさっての木曜に会いに行くと、伝えてください」

どうやってエドワードがハルとコミュニケーションをとっているのか、はなはだ謎《なぞ》ではあったが、エドワードは「わかった」と返事をした。

「……食事は、もういいのか」

「もう少し、食べます。腕時計に、呼び出しランプがさっきからずっとついてますよ、エドワード。行って構わないですよ」

エドワードが少しためらってくれただけで、ヒナには充分だった。

もう少し食べるといったけれど、トレイに手をつける気にはなれなかった。

スツールから、夜景を眺めた。遠くの光の帯は、ネオ九龍。

長い、とても長い間、ヒナはそうしていた。それから。

ブレスレットにふれた。キリアンを呼ぶつもりが、ついエドワードの名を押していた。応答なし。珍しい。キリアンをコール。コール一回もたたずに、ブルーランプで応答があった。

『どうした、博士？　深夜一時だぞ。さみしくなったか』

『はい。お願いを聞いてくださいませんか、キリアン。お礼にサービスしますから』

12

三十分後、ヒナはネオ九龍《クーロン》の豪華客船〈カジノ・ギャラクシーΩ《オメガ》〉にいた。正確には、きらびやかなカジノホールの、隅っこにいた。時刻は深夜二時。

(確かドレスコードなしって、ジーンが言ってた気がするけど……)

どこを見ても、お客はモナコ宮殿の舞踏会に招待されてるといった風にめかしこんでいたし、実際本物のモナコの宮殿にもこんなダンスホールがありそうである。給仕ボーイはタキシード、女給はエレガントなチャイナドレス。音楽はジャズやクラシック、生演奏。

Tシャツにジーンズにナイキのカジノ客は、どうもヒナだけのようである。

隣のキリアンはいつものSP姿だったが、ジャケットにタイ、革靴、本物の腕時計で、連れのナイキ研究員よりよほどなじんでる。行きがけに「新作のドレス、いっぱい贈っただろ?」とキリアンが言ってくれたのだが、「支度してるうちに夜が明けそうだから」と着の身着のままやってきたのはヒナである。キリアンは別にヒナの恰好《かっこう》を気にした風はない。

「さあ博士、お連れいたしましたよ」

ヒナはせめて努力はしようとひっつめ髪をほどいた。セミロングだった髪は、いつのまにかふわふわとのびていた。キリアンは気に入った顔で、ヒナの赤っぽい金髪に指をさしいれた。

「博士、お礼にサービスしてくれるんだったな？」

「あとでキスマークを一つシャツにサービスしましょう」

「そんなこったろうと思ったよ」言葉のわりに、楽しみにしてそうな顔つきである。「では、なにで遊びますか博士？　ルーレットかバカラか麻雀《マージャン》か」

窓際には撞球台や緑のスクエアテーブルがゆったりした間隔で点在し、それぞれ男女がグラスや葉巻を手に、ビリヤードやカードゲームをしている。トランプならヒナにもできる。

「……ばば抜き、とか？」

「ばば抜き！」

キリアンがうなった。「しかも二人でか……。いいだろう。ちゃんとチップ賭けるぞ」

ヒナは隅のスクエアテーブルについた。

やってきたディーラーを、キリアンが「ばば抜きするから、カードだけくれ」と追い払った時の、ディーラーの放心は写真にとりたいくらいだった。ハンサムなボーイがシャンパングラスを二つ置いていく。礼儀正しく、二十一、二でとても若く見え、実際若いのかもしれない。ヒナを見て、愉快そうな光を瞳に浮かべた。他のカジノ客の白い目に比べたら、愛の告白なみの好意。ヒナは人なつこい素敵なボーイを見て、ついハルを思いだしてしまった。

窓の外は真夜中の九龍海。フロアはさながら宝石職人が念入りにこしらえた宝箱。お洒落《しゃれ》なジーンなら、きっと誰よりよく似合ったろう。クラシックが静かに流れてくる。ダンスホールのほうでは、着飾ったカップルたちが永遠を踊ってる。霧の病《ダーク・フォグ》のことなど忘れて……。

『ヒナ、今度は一緒に行こう。ネオ九龍のカジノに、一度君を連れていきたかったんだ』

「……ジーンときてたら、ジーンに恥ずかしい思いをさせてたかもね」

「本当にそうお思いに?」

うしろから穏やかな声がかかった。

それまでヒナはホールが変な熱気をもっていることに全然気づかなかった。モナコ宮殿みたいでも、カジノはカジノ。中央から向こうのマシンや仮想《バーチャル》対戦ゲームで、億単位の金が一瞬で動くたび、興奮した歓声や悲鳴があがっていたので。ヒナの左隣の椅子《いす》をボーイがひいたとき、なぜか女性の嬌声《きょうせい》があがった。「滅多におでましにならないのに」

「ようこそ、〈カジノ・ギャラクシーΩ〉へ」銀の袍《ほう》に身を包んだアラン・フェイが、この上なく優雅にお辞儀した。ヒナへ。「姉は……いや、姉だか兄だかわからないひとでしたけど、ヒナ様を長いこと、ここへ連れてきたがってました。外出規制を無視して、身一つできてくださったあなたを、どうして姉が恥ずかしいと思いますか。怒りますよ」

アランは黒服が差しだした銀の盆を、手ずからヒナの前に置いた。

「〈バーガーズ・シャック〉のコルビージャックバーガーと、シーザーサラダ、食後にコーヒーと、バニラアイスチョコレートソースがけを用意してございます。冷めないうちにどうぞ」

「……………」

「『ヒナがきたら、だせ。どうせ、ろくに食べてないはずだから』、と姉が」

「……ミスタ・フェイ」

「姉が今、ヒナ様に何を望んでいるか、わかりませんか？」

ヒナは銀の盆を見下ろした。サラダの野菜はぴかぴかで、ハンバーガーからは香ばしい匂いと、あたたかな熱が伝わってくる。食べたくなった。ヒナはナイフとフォークを使わず、熱々のコルビージャックバーガーを両手で包んで、一口かじった。「おいしい」二口目で涙がでた。

ジーンは死んだ後も、落ちこんでるヒナに美味《おい》しいご飯を食べさせてくれる。

ヒナは身を震わせた。ヒナは約束の時間に間に合わなかったのに。

――ヒナ、今度は一緒に行こう……。


一時間かけて食べ終えた。ハンバーガーは冷めてもすごく美味しかった。涙をふきふき食後のアイスを食べ、やっと気持ちが落ち着いてくると、恥ずかしくなった。男性二人の前でししと泣きながら、結局付け合わせのポテトまでぜんぶ平らげてしまった……。

アラン・フェイ・クーリックはとても嬉《うれ》しそうだった。

「でも、どうしてこれが？〈バーガーズ・シャック〉は午後五時までなのに」

「夜は暇な時間がなくて。でも、こんなにモグモグ大事そうに食べてくださると、つくりがいがありますね。ヒナ様にはいつでもおつくりしましょう」

香港《ホンコン》の秘密の一端を知ったヒナの表情を、アランは面白がった。

「最初は好みのやたらうるさい姉だか兄だかのために、しぶしぶつくってたんですがねぇ」

「俺にはつくってくれたことねぇよな」

「するめでもかじってなさい。ウォッカ飲んでて味の違いがわかるとは思いませんね」

フェイの手元には赤ワイン、キリアンのグラスは気づけばシャンパンではなくなっていた。水かと思ったら、ウォッカだったらしい。おつまみはオリーブ、チーズ、ナッツ、チョコレート。ヒナがハンバーガーを食べている間、二人は特に何をしていたわけでもなかったけれど、ちっとも退屈ではなかったらしい。

「ところでフェイ、あそこの人だかり、なに？」

ヒナも、その人だかりを不思議に思っていた。フロアの中央あたり。一時間前にはなかった。女性客に囲まれているので、誰がいるのかは全然わからない。

「新入りのボーイです。絶対しゃべらないのが、ご婦人方の心を妙にくすぐるようでしてね。いっぱいチップをもらっておりますよ。カジノであたしと勝負して、あたしが勝ったらしゃべってちょうだい、だのキスして、だの毎日女性客に追いかけ回されてましてねぇ」

「絶対しゃべらないボーイ」キリアンがオウムみたいに繰り返した。

「そう。まだ使いものになりませんから、ヒナ様の前にはお出しできません。……ヒナ様、召し上がれましたか。じゃ、カジノでも少し遊んでいかれませんか」

ヒナが頷《うなず》くと、アランはますます嬉しげになった。

「カードでどのゲームをするつもりだったんです？　ポーカー？　ブラックジャック？」

「ばば抜き」

「……実に久々ですね。では私も。二人でばば抜きはつまらないですしね。ヒナ様、賭けるぶんだけ、チップをテーブルへどうぞ」

――ヒナは五回ばば抜きをやって、五回とも負けた。

アランとキリアンはどちらも絶対にばばを引かなかった。そこでばば抜きはおしまいとした。

次に『大富豪』をしたが、ヒナは六回つづけて貧乏神がついた。カジノ客らは黒服たちに接近を遮られながらも、こっちのテーブルをどよどよと遠巻きに囲んでいる（増える一方である）。

なぜ彼らが世界の終わりみたいに蒼白《そうはく》なのか、ヒナにはわからない。カジノオーナーのアラン・フェイと、キリアンが界隈《かいわい》きっての勝負師とはよもやしるよしもない。

それから、アランがヒナにポーカーを教えてくれた。

「そういや博士、三十七桁のナンバーコード一回チラ見しただけで覚えてたな」

「ほお。……確かに……姉と同期なんですよねぇ……神崎博士は……一応……」

「一応ではないんですけども。ミスタ・フェイ、ジーンの戦績は？」

「国士無双ですよ。寄ってくる男の尻の毛までむしりとってましたね」

「じゃあ私も」

一拍おいて、キリアンどころかクールなアランまで吹きだしたので、ヒナは気を悪くした。

テーブルに呼ばれたディーラー（気品の漂う紳士）すら変な咳《せき》をした。……ジーンと同じ香港島アカデミア〈最高位《ヴェルトクラッセ》〉博士として、頭脳をもって、面目を保たねばなるまい。

——が、ポーカーでも真剣に十一回勝負して、十一回とも負けた。

十一回も負けてしょんぼりしていたヒナだったが、十二回目には勝った。

パッとヒナが顔を明るくさせた瞬間、キリアンとアランはこらえきれないとばかりに、カードをひらいて、笑いこけた。

「俺とフェイの尻の毛むしりとるって……博士、弱すぎだろ。『実はポーカーは超凄腕《すごうで》』ってなんのかと思ったら……ダメだ、面白すぎる」

「ばば抜きも大富豪もそうでしたけど……。捨て札一枚一枚に、百面相ですからねぇ。どんなカードを持ってるのか、筒抜け。しょんぼりするお顔があんまり悲しげなので、勝たせてあげたくなるというか、勝ったらどんなお顔をするか見てみたくなって、つい」

——キリアンはスペードのストレートフラッシュ。

——アラン・フェイは絵札ぞろいのフルハウス。

ヒナは5のスリーカード。三枚目にジョーカー投入。それがなければ凡々たる5のワンペアであった。ディーラーまでがソッとヒナに援護射撃《ジョーカー》をよこしたのであるが、ヒナは気づきもしない。二人が勝負せずに下りたので、ストレートフラッシュとフルハウスに勝利したのである。

内容はともかく、キリアンとアランの二人に勝利したということだけは遠巻きの外野の耳に入り、世界に誇る〈最高位〉の面目は勝手に保たれることになった。

名うての賭博師《ギャンブラー》らが、十億ＥＭを賭けても崩れる瞬間を見たいと血道をあげてきたオーナーとキリアンのポーカーフェイス。勝ち負けより、そのポーカーフェイスをあっさり崩したことに、従業員やディーラーたちは戦慄した。

アランはまだ笑い続けている。

「姉はヒナ様になんていいました？」

「……。……『君のぼろ負けする顔が見たい』……」

「あははは。わかる。見たかったろうな」

ヒナはクールでないアランに憤慨しつつ、アップルジュースの残りをすすった。

でも、ジーンならやっぱりアランみたいに、ばば抜きも大富豪も付き合ってくれて、こんな風に笑うような気がした。

「あのな博士、自分がどんだけ負けてるか、わかってるか？」

「えーと」

「いっとくが俺とアランにそれぞれ四六〇〇万ＥＭ負けてるぞ」

「は？　じゃ、この黄色の丸いチップ一枚——五〇万ＥＭ!?」

「そう。３のワンペアでも絶対勝負を下りない博打《ばくちう》打ちっぷりには感心したぜ、博士」

「ご心配なく、ヒナ様。キリアンの負けぶんにつけておきますので。私のぶんも」

「なんだ、そりゃ！」

腕時計を眺めたキリアンに気づき、アランが黒服の一人をテーブルに呼んだ。

「ヒナ様、あなたにこれを」

黒服の手にした銀の盆には、一枚の白いカード。アランはそれをとり、テーブルの緑の盤上に置いた。カードの上に、細い金色の口紅を一本添えて。

ゴールドにレッドの縁どりに、ヒナは見覚えがあった。

「カードの裏には姉の埋葬場所を記してあります。口紅は、ご存じかもしれませんね。姉の愛用していたものです。お受けとりください」

「……ミスタ・フェイ――」

アランは眼差しでも、仕草でも、ヒナに謝らせるつもりはないと告げた。

「姉のためにあんな風に泣いてくださってありがとう。姉が逝ってから、あなたがいらっしゃるのを、ずっと待っていました。あなたがここへ遊びにきてくださったら、私はまた姉と会えそうな気がしてたんですよ」

ヒナもまたそうだった。ホールのどこかに、気むずかし屋のジーンがいて、ヒナが負けてしょげる顔を楽しげに見ているような気が、何度もした。

「また遊びにおいでください」

「いいえ」

ヒナはカードと口紅の礼をいい、ジーンズのポケットにしまった。流れるピアノはジムノペディのジャズアレンジ……ジーンとヒナの二人とも大好きな古い曲だった。

「私がネオ九龍へくることは、もう二度とありません。今日のことは忘れません」

彼が何か言う前に、今度はヒナが先回りした。

「ミスタ・フェイ、最後に……ハルのことで、お願いがあるのです」

ヒナは一つ頼みごとをアラン・フェイにしたあと、ホールを去った。


ボーイが扉をしめると、ピアノの旋律も途絶えた。

午前五時の船のラウンジは、明るめのクラシック。キリアンとエントランスゲートへ歩きながら、ヒナは口紅をとりだした。華奢《きゃしゃ》な金色の細い筒の中には、使いかけの紅《あか》いリップ。

「キリアン」

前を歩いていたキリアンが、流れるような身のこなしで振り返る。

「外出規制があったのに、連れだしてくださって、ありがとうございました。お礼です」

キリアンは一七八センチ。ヒナはキリアンのジャケットを両手で軽くつかみ、踵を浮かせて、シャツのちょうど胸元にキスマークをつけた。煙草《シガレット》の匂いがした。白いシャツに、ルージュがあざやかな色でとける。ジーンそのものの華やかな赤で。

それまでリップがついていなかったとは思えないくらい、キリアンにはお似合いだった。

キリアンは気に入った顔をした。

それから、そばを離れかけたヒナの後頭部を抱きよせた。

慰めの仕草だった。

13

九月二日。パーティは、夜七時からだった。

ヒナは迎賓館の外の木立を一人で歩いていた。日が暮れ落ちて夜になっても、むしむしとする。迎賓館のきらめきと、木々の枝についている散策用のライトで、夜八時でも歩けるくらいの暗さ。鈴虫の声だけが秋めいていた。

迎賓館は、国立自然公園の山の中にあった。山といっても政府専用のエアポートを完備し、富豪や研究者らの別荘やコンドミニアムが静かな木立に隠れて幾つも建てられているような高級保養地だ。

仰向くと、香港島の星の海が広がっていた。

ヒナのかわりに取材対応でメディア露出が増えたロズベルグ所長は疲れてるどころか逆で、カメラの角度について注文をつけていた。ヒナが控えめに挨拶《あいさつ》をしたら、妙に思わせぶりな愛想の良さを見せた。「今夜くらいは楽しみたまえ」きっと所長の招待状にはジーンへの追悼の文字が抜けていたに違いない。初めてじかに会ったミリアム政務次官は、そつなくジーンのことにふれた。魅力的な話し方や、落ち着いて自信にあふれた微笑《ほほえ》み、磨き抜かれた彼女の美貌は、ヒナをしてパーフェクトでない自分の容姿を思いださせた。久しぶりに。ヒナをじっと見たあと、浮かべた政務次官の微笑の奥には、やはり何か閃《ひらめ》いた気がしたが。

研究のことばかり考えていた間、世間では公然となった事実をまるっきり知らなかったことに気がつきもした。たとえばまもなくミリアム政務次官は五度目の結婚をし、相手がエドワードだとか。去年から二人がつきあっていたということも、まさか迎賓館の噂《うわさばなし》話で知ることになるとは思わなかった。

（ゆうべ、エドワードの呼び出しランプがずっと点《つ》いていたのや、そのあとコールしても応答なしだったのも……つまりはそういうわけで……）

「その顔つきじゃ、エドワードの話は寝耳に水だったみたいだな、ヒナ？」

よく知った声が、木陰からかかった。ヒナは「ダミアン」と青年を呼び返した。

相変わらず宇宙工学博士には全然見えない。センス抜群のいかれた香港ストリートダンスパフォーマーというところ。実際オフの日は、眼鏡を外してそっちをやっている。カジノゲームのハッキング賞金レースで「ドクターD」をしてない時は。よく見ればちゃんとディレクターズスーツと革靴を着用しているのだが、ピアスは耳に十個も並んでいて、指や腕にもアクセサリがジャラジャラ、髪を寒色系のグラデーションに染めており、初対面で本人に感想を求められた時、ヒナの乏しい語彙《ごい》では「宇宙のように寒々しい頭ですね」としか言えず、ジーンを吹き出させ、本人──ダミアン・クーロイ宇宙工学博士には大いに不興を買った。「君は宇宙がいかにホットか、まるでわかってないな！」五時間も宇宙の講義をされた。

「エドは今夜のパーティを最後に、君のＳＰを完全に外れるって？」

「ついさっき、エドワードから、そう告げられたところ」

「やれやれ」

ダミアンはまるでステージライトのように、携帯ライトでさっとヒナを照らした。

「いいね。その赤のドレス。ヒナの朝焼け色の髪によく似合ってるよ。靴もジュエリーも、口紅の色もいい。君が黒を着てきたら、二度と話しかけなかったね」

「ジーンなら思いっきりめかし込めっていうと思って。靴は絶対ピンヒール」

「僕と君くらいだね。ジーンの追悼パーティだと本気で思ってるのは」

「私を殴りにきたんじゃないの、ダミアン？」

「なんで？」

「ジーンを死なせたわ。殴っても罵倒してもいい。でも頭と腕だけはまともに動かせるくらいにお願い。やることがもう少し残ってるの」

「確かにジーンは僕の最高の恋人だった。男だろうが女だろうがね。僕はジーンの恋人の一人ってだけだったけど。じゃ、好きにさせてもらおう」

ライトが消える。ダミアンはそばにくると、ヒナを抱き寄せて、友だちのハグをした。

「ばかだな、君は。君が巣穴にこもってた間、僕はジーンが生物学博士なんて知りもしない、ただジーンを好きだった奴《やつ》らと三日三晩ドラッグパーティをやりまくって、ジーンが好きな音楽をかけてへべれけに飲んで踊って、君をすでにさんざん罵倒して頭が変になるくらい泣きあかしたよ。そんでやっと、ジーンなら、今頃君を心配してるだろうなって思ったのさ。僕は恋人を亡くしたが、君は二月に母を、七月にジーンを、君の専門分野で亡くした。オマケに、そばにいるのは君の気持ちに気づきもしないで結婚するエドワードくらいなんだから」

「………………」

「ヒナ」

常時オンのはずの、ヒナのブレスレット端末の電源が不意に落ちた。

ダミアンの顔つきから、彼がヒナの端末を遠隔操作したらしかった。

「……二十分くらいしかごまかせないな。今、公安SP二人の端末には偽《フェイク》の情報が流れてるよ。僕の半径二メートルの範囲内なら、傍受されない。話をしようヒナ。ジーンのシークレットメールは、読んだかい？」

「……ダミアン、知ってるの」

「ああ。ジーンは僕のベッドで草稿をまとめてたから。君の様子からすると、ジーンの霧の病《ダーク・フォグ》の見解は正しかったらしいな。ジーンは生物学者としてアプローチしてた。君は遺伝子工学から。……あれを香港政府に開示すると、君はとんだことになる。というか、もうなってる。知ってたかい？　君の言動はすべてブレスレットを通じて香港政府に流れてる。そもそも一研究者に高層マンションを用意して、公安SPを二人つけるなんて、尋常じゃない。

君は研究資料をネットアクセス不可のコンピュータにいれ、さらに量子暗号ロックを何重にもかけてたから、エドワードも盗めなかった。どのみち、霧の病がジーンの推測通りのものならば、香港政府は君の報告を待つほかない。原因の特定と治療法の発見は、君がいちばん可能性がある。でも、香港政府の一番の不安要素は、君だったわけだ。不安定な君がね」

ダミアンの溜息《ためいき》がヒナの頭のてっぺんに落ちた。

「この一ヵ月、君は自分が軟禁されていたことに気づいてたかい?」

「……いいえ。だって自由に外出もできたし、地下鉄だって――」

「僕が君にドラッグパーティの招待状を送ったことや、マンションに何度も訪ねていってエドに門前払いくらったことを知ってるかい? この一ヵ月、君のマンションの近くで、君の大事なHAL《ハル》って男の子が、ずっと君に会おうとしてたことを知ってる?」

鈴虫の声が、急に途絶えたようだった。

「……いいえ。招待状は届かなかったし、セキュリティ映像にはあなたもハルも映ってなかった。訪問通知ランプだってついてなかった」

「エドワードがいくらでも改竄《かいざん》できる。セキュリティ設定も変えられる」

エドワードが、ひと月ずっとヒナにつきっきりでいてくれた理由……。

「……もしかしてハルのGPSの位置も偽装?」

ダミアンが哀れみの表情を浮かべた。

「ハルはどこ」

「ヒナ、聞くんだ。まずは君自身の心配をしろ。なんで僕が今こんな話をしてると思ってる？

ジーンは君を見舞って気づいた——」

「私のことはどうでもいい。ハルを——」

「君がそんなだから、僕がハルを拘束するよう、香港政府に進言したんだ」

エドワードが月明かりの下、二メートル通信ラインを片足で踏んでいた。表情は見えない。

でもその声だけでヒナには真実を察することができた。とても長い間、そばにいたから。

「ヒナ、君はとうに香港政府からマークされてる。君が——HALのゲノム情報を改竄して送ったのが判明したときから、そうなった。もう黄色《キイロ》ですらなく、赤《レッド》判定だ。霧の病の原因が特定され、君以外の研究者にも引き継げると見なされた時点で、君の検査送りが政府内で決まった。……すべて、あの幽霊少年《ゴーストボーイ》のせいだ」

ヒナはダミアンから身を離し、エドワードに向き直った。

「昨日お願いしたことは？　明日、ハルに会いにいくと、伝えてくれたんですか」

「会えないのに、伝えてどうする？」

「ハルは変わりないといったことも、嘘《うそ》ですか」

「君を守るのが僕の仕事だ。ずっとそうしてきた。君はときどきは不安定だったかもしれないが、正常だった。ハルと会ってからの君はどうだ？　偽造ゲノム情報を政府に渡し、何度も禁止事項を破った。何より——君には、ハルの不具合が不具合に映らない。そんな自分を変とも思わない。奴の本物のゲノム解析を盗み見た時は、ゾッとした。あの異常塩基配列だらけの少年を、君は『どこも異常がない』という。にっこり笑いかける。君は」

「普通じゃない？」

「違う。ハルが君がおかしくさせたんだ」

「エドワード」ヒナはかぶりをふった。「ハルは、どこですか」

「香港警察の拘置所だ。君への人質だ。それに研究に必要だと君が言ったからな。君はこのパーティとパネル会議が終われば、政府の完全監視下に入るんだ。逃亡はできない」

「信じるなよ、ヒナ。ハルは今、行方不明だ。幽霊少年《ゴーストボーイ》はフェイがカジノで匿《かくま》って——たんだけど、どういうわけだか昨日忽然《こつぜん》といなくなったってフェイが連絡してきた。まだ見つかってない。ハルの腕輪端末はこのダミアン様が外してある。香港警察もGPSは使えない。ジーンによりを戻すかわりに外せって言われてさ。僕らカップルに何があったかは話す時間がなさそうだ。香港警察が今ハルをさがしまくってる——」

なぜヒナの目がその木深《こぶか》い闇に惹《ひ》かれたのかはわからない。

迎賓館は明るかったが、木立には星明かりしか降り注いでいなかったのに。

急にヒナは、楽に息が吸えるようになった。ガラスの外から風が吹くみたいに。

ヒナはピンヒールを脱ぎ捨てた。

「ハル」

ヒナは駆けだした。ヒナがそうする前に、ハルが彼女を抱きしめた。熱帯低気圧が海へさらっていくように。

ダミアンが口笛を吹いた。

「さてあと三分くらいは時間が残ってそうだな。ヒナ、ジーンの口紅をもってるね。ゴールドのやつ。フェイが昨日渡したっていってたからな。まさかもってるだろうな？」

「今日のリップだもの」

ヒナはハルの胸で身をよじり、ドレスバッグからゴールドの口紅を手探りする。レッドの縁どりに腕輪端末を接触させた。――ピッと小さな読み取り音。

「――ねえダミアン。今も死にたくないって、思ってないの？」

「当たり前。僕の頭は宇宙と惑星とまだ見ぬ世界のことでいっぱいだって、前にいわなかったっけ？　惑星形成論の修正、衛星タイタンの探査再計画、今夜はチャンドラX線観測衛星3からイータカリーナ星雲の〈神秘の山《ミスティック・マウンテン》〉と『KELT《ケルト》-9b《ナインビー》』の最新画像が届く。したいことがありすぎる。死ぬことなんて考えてる暇あるかい」

「ジーンに、愛してるって、いわせてみせるって目標は？」

「うっ……それは、だめだった。文字通り死んでも、頑としていわなかった。ちぇ」ダミアンは悔しげに頭をかいた。「でもジーンが死に際にコールしたのは、僕だから」

ダミアンの微笑は、ラストコールを受けとった彼にしか浮かべぬものだった。

「ヒナ！　赤判定だが、まだ猶予をもらってある。今逃げたら、かばえない」

ヒナはもう一度、かぶりをふった。掌《てのひら》にハルの海の鼓動をききながら。

「エドワード、『君は正常《グリーン》だ』っていってくれて、本当に嬉《うれ》しかった。母とジーンがいなくなっても、一人にしないでくれた。金魚街にも行かせてくれました。今日もエスコートしてくれた。私にレッド判定がでた本当の理由を、あなたはわかってたのに」

「――知ってたのか」

苦しそうな声だった。

「ヒナ。エドワードも君のために何もしなかったわけじゃない。エドがミリアム政務次官の戦、利品の一、つになるのを決めたのも、香港政府の命令に従ったのも。ジーンは君の不安定さを最期まで愛したけど、エドは撤退したってだけだ。君のそばにいると、自分のほうが不安定になっていくってね。嫌いにはなってやるなよ」

「知ってる」

ハルの真珠を、ヒナはどうしても受けとることができなかった。

『正常でない』ヒナを、いつもヒナのために懸念してくれた。同時にヒナの全部を受け入れることはエドワードにはできないとわかっていた。それを曲げてなお一緒にいてくれたことも。

ヒナが不安定なままで過ごす自由を、母と誰が、長い間そばで守ってくれたのか。

別れの言葉をずっと考えていたけど、結局平凡な礼しか、思い浮かばなかった。

「エドワード、二十年ずっと……ありがとうございました」

「――ヒナ」

一台のエアバイクが木立を抜けてくる。操縦者《ライダー》はなし。ヒナはハルの腕をひいて、走った。

草地に半円を描いて停止したバイクに飛び乗る。口紅仕様のバイクキーを鍵穴に差し、イヤーを耳に装着する。

　エドワードがそうしたか、警備ＡＩが異変を感知したのか、木立に警報が鳴り渡る。

　エアバイクがヒナを認証する。ジーンのエアバイク。これを自由に呼べるのは、ジーンとヒナと、ときどきダミアン（ジーンと喧嘩中《けんかちゅう》は登録抹消、二軍落ち）。もしかしたらアランも酔っ払いジーンにこれで「迎えにこい」と居丈高に命令されていたかも。

「ハル、のった？　つかまって。いいの、最高に素敵なピンヒールだけど、このストッキングが靴なしで結構いけるのは、証明済みだから。落ちないでね」

　うしろに乗ったハルの片腕がヒナの腰に回る。ヒナは急に楽観的になった。

　一気に最高加速。ハルがどれだけ慌てふためいてもちっともたいしたことはない。一八二センチの大虎ジーンに比べれば、柴犬《しばいぬ》がちょこんとのってるようなもの。

「――〈ウィリアム〉、下山します。障害物の自動回避《オート》をお願い。それとＡＩ〈森羅万象《ヴェルトール》〉へＳＳＳ緊急フル・セキュリティを申請します。ヒナコ・神崎。コードＳＳＺ××××××」

〈かしこまりました。〈森羅万象《ヴェルトール》〉へアクセス中――ＳＳＳ緊急フル・セキュリティ許可おりました。研究者の自由と権利保護のため、これより十二時間、ヒナコ・神崎博士への一切の電子介入を無効化します。香港システムＡＩ〈隠者《ハーミット》〉了承、電磁網全解除、警報解除――〉

　警報が鳴り止《や》む。イヤー端末が視界に投影する情報画面に巨人の盾の如《ごと》く映っていた八枚の電磁バリアが、いっせいに消滅する。ヒナに照準をあわせて追跡していた警備ＡＩが定置・飛行型とも全機シャットダウン。

山中で待ち受けていた警備員の警告は、威嚇射撃ごとヒナがエアバイクで振り切った。

山中に点《とも》された明かりや、木々の影が、光陰のようにうしろへ流れていく。自動《オート》回避以外、航路自動設定もせず、目視と地図画面とハンドルさばきのみで木立を抜けていく。かたわら、ヒナはダミアンの妨害から復活した腕輪端末で、傍受しているはずの相手に通告した。

ブレスレットの最上位アクセス権はまだ香港政府がもっているはずだった。ヒナが法を犯したがゆえの措置までは、さすがに〈隠者《ハーミット》〉も解除しない。

「――ヒナコ・神崎から香港政府へ。お聞きの通り、〈最高学府機関《ヴェルトール》〉にランクSSS緊急フル・セキュリティを要請しました。今から十二時間以内に〈最高学府機関〉が香港政府に接触、事情説明を求めてくるはず。説明がなされない場合、〈最高学府機関〉の調査官が介入します。それが嫌なら、うまくご説明なさいますように。

さて――本題です。今夜二十三時ちょうど、霧の病《ダーク・フォグ》についての私の報告書が、香港政府及び関連機関へメール送信されるよう、設定してあります。本来は、午前零時に私がそれを用いて、パネル会議でじかに説明する予定でした。ですが報告書を一読されれば、いったい今、香港で何が起こっているか、おわかりになるはずです。

何を決めるにせよ、その報告書を読んでからにしてください。

報告書には、治療法については記してありません。研究室やマンションの量子パソコンをさがしても無駄です。私の頭の中にしかありませんので。それもまだ試案にすぎませんが。

私からの要請は一つ。今から五分以内に私の腕輪端末の電源を切り、通信傍受及び追跡を中止してください。心配せずとも逃亡しないとお約束します。

私も遅かれ早かれ霧《ダーク・フォグ》の病で死にます。香港島から逃げないと約束はしますが、要請が聞き入れられなければ、今後私が協力することはありません」

しばらくして、腕輪から応答があった。

〈わかった。今すぐ神崎博士の追跡を中止する〉

キリアンでもエドワードの声でもなかったので、多少気分がよくなった。

〈また、博士の端末もこれよりオフにする。ただし、二十三時に届くメールを精査し、香港政府での対応が決まり次第、電源を復活させる。それがいつかは確約できかねるが、明日の午前六時までは、神崎博士の位置情報を探知せず、一切の傍受・追尾をしないことを、約束する。

——応答終了。これよりオフにする〉

腕の端末から、電源ランプが消えた。

急に世界まで静かになった気がした。

ヒナはエアバイクで海沿いの〈ルート4走廊〉にのった。今日も誰もいない。夜風がヒナのドレスや、髪をはためかせる。香港摩天楼は遥《はる》かうしろで輝いてる。観覧車が見えた。

ヒナの身体《からだ》ごしに手が伸び、ハンドルをひょいっと切る。〈ルート4走廊〉から海へつっこんでいきそうになった。ハルの気分であっちこっちに飛んでいく。まるで時速一五〇キロで飛行していることなど、全然たいしたことじゃないみたい。片手はずっとヒナに回されていて、ぎゅっと抱きよせるので、ともすればバイクから、手も注意も引きはがされそうになる。

「ハル」だめ、といおうと思ったけど、急にそんな言葉がつまらなくなった。

果てない、灰色の道。

雨の日に一人きりここを歩いたこともあった。そういえばハルも、対岸の廃公園からこの〈ルート4走廊〉を眺めていた。べつべつに生きていた。

左側は海。道は続いてる。二百年前からつづいてる。その道の途中で私とハルが会って、エアバイクで走ってる。どこまで？

「どこまでも、行けたらいいのにね」

ヒナは宇宙を見上げた。満天の星の海。どこかでKELT《ケルト》－9b《ナインビー》が惑星崩壊してる。

……母もジーンも、どこからきて、どこへ行ったのだろう。

私の行き先はわかってる。

ボーッという汽笛の音が、霧の海の彼方《かなた》から聞こえた。

ヒナは海を見て、目を瞠《みは》った。遠くにある船の、小さな灯《あか》りに。

それがヒナだけに見える幻の船だったとしても、構わない。

ヒナは笑った。

14

「ハルの部屋でなくて、ごめんね。でもここなら……」

ぐるっと香港島《ほんこんとう》の縁を東へ一時間とばして、ヒナはやっとエアバイクを止めた。

長身のジーン用大型エアバイクのシートから、一五七センチのヒナが下りるのは一苦労。なんとか地面に爪先をつけようとしたら、ハルが両手で抱き下ろしてくれた。

あたりは木深い森で、虫の音《ね》が草むらから静かに聞こえるばかり。そばで一本だけ街灯がついている。「ナルニア国物語」みたいに一本だけ。母ミヤコが自宅の門灯がわりに置いたので、あるのだ。点《つ》いたままのエアバイクのランプが、のぼってきた細い夜の山道を照らしてる。

ハルはヒナを抱き下ろした後も、手を離さなかった。

会うのは、ヒナが寝込んだあの七月の晩以来だった。

ハルはすっかりドラッグが抜け、見たところ新しい再生治療パッドもくっつけてない。何か言いたげにハルが唇を少しひらく。胸をしめつけられるようなひたむきな眼差《まなざ》しも、ヒナを抱く火の枷《かせ》のような手も、微《かす》かにふれる身体のあたたかさも、言葉以上にヒナを震わせた。

（一ヵ月、さがしてくれてたの？）

きっと何の連絡もいってなかったに違いない。謝ろうとしたが、声がでなかった。ハルの胸に顔をうずめて、抱きしめた。一瞬おいて、強く抱き返された。言葉は一つもいらなかった。

ハルが怒っていたことも、心配していたことも全部伝わってきた。

ハルのせいでヒナは不安定になる、とエドワードは言った。

ハルは予測がつかず、ときどき問題が起こり、心配することがいっぱいある。

それがなに？

同じくらいハルは私を心配してくれる。

ヒナがにこっとしたら、ハルに睨《にら》まれた。頬もつねられた。かなり怒ってるもよう。一ヵ月以上もハルをほっぽらかしていた（わけではないのだけど結果的にそうなった）ヒナに、へらへら笑う権利はないようだった。しかしヒナにも言い分はある。

「ハルだって、シャツにいっぱい女の人の口紅をつけて、わりと楽しげだったのでは」

最初は自分がうっかりつけたのかと思ったけれど、どれも違う色。十個くらいある……。

いったいどこで何をしていたのやら、よく見れば上等な服を着てる。ピアスと青い石のアクセサリは見慣れたものだが、仕立てのいいシャツとベスト、スラックス、タイも――ほぼほどけてるけど――本物のシルク、革靴も本革。ジャケットはないが、あれば充分さっきの迎賓館のゲストになれた。髪からはスタイリング剤のいい香りまでする。

みるみるハルの機嫌が下降する。女性のキスをたくさんつけておいて、自分にやましいことは何もなく、不誠実だったのはヒナといわんばかりである。何てことだろう、見損なったわ。

「いっておきますが、私はこのひと月不眠不休で研究に没頭してて、いつ起きて寝て食べてんだか自分でもよくわからない毎日だったし、いちばんよく齧《かじ》ってたのは栄養機能食品で、カジノに行けば泣けてくるしいっぱい負けるし——我ながらさんざんな八月だったわ——。そもそもキリアンだって一度に一つのキスマークがせいぜいで——あた！」

なんでか額に、おでこで頭突きされた。

ヒナもハルの髪をひっぱり返した。

抱き合ったままなので、どちらも怒りが長続きしなかった。特にヒナのドレスは背中が大きくあいていて、そこにハルの両手が置かれていると、なかなかムッとできない。

ハルも急に怒るのを忘れたらしかった。不安げに、腕の中にヒナがいるのが現実か、幾夜も見た夢ではないかと、ヒナの身体《からだ》やドレスに触れていく。ヒナはそんなハルを抱き寄せた。触れ合うところから、感情が流れこむようだった。不確かな気持ちが消えていったのは、ヒナの方だった。そそがれる想いがヒナの虚《うろ》を埋め、ヒナに溜息《ためいき》をつかせた。ずっとゆくあてもわからず、影のように離れなかった所在なさがとけさってゆく。

月がしらしらと頭上にさしかかっていた。鳴いていた鈴虫が、静まり返る。

ずっと抱き合っていたかったけれど、そうもいかない。

身を離した。何かを感じたのか、ハルの瞳《ひとみ》が暗く翳《かげ》る。

明日、ハルと会って話すつもりだったことを、明日がくる前にしなくてはならない。金魚街の占い師の言葉が蘇《よみがえ》ってきた。占い師はエドワードのことをいっていたのか、ハルのことをいっていたのか。

——どのみちこの一年以内に、あんたたちは別れることになる。

その言葉の正しさだけは、疑いがない。ヒナはハルと別れることになる。

ネオ九龍《クーロン》の〈カジノ・ギャラクシーΩ《オメガ》〉に、ヒナが二度と行くことはないように。

「あのね、ハル、話があるの。霧の病《ダーク・フォグ》というものの話……」

——それでもあんたは、愛情深い年を送ることになるだろう。

†

ジーンからの最後のメールは、MR《ミックスリアリティ》形式で残されていた。イヤーをつけて添付ファイルを開くと、一八二センチのアフリカ系絶世の美女（シャッフル再生でたまに美男子になる）が、椅子《いす》に腰かけて目の前に立ち現れる。腰まである黒の巻き毛、グラマラスな体を白衣に包み、信じがたいほど長い足を組んで。まるで生きてるジーンがそこにいるみたいに、皮肉っぽく笑う。

何度繰り返し見ただろう。何度見てもヒナは泣いてしまう。話の中身でなしに、もうジーンに会えないがために。ジーンはシャッフル対話形式でファイルしていったので、再生するたびにごく些細《ささい》なところが変わっていくのも、よけいひどい。

「やあ、ヒナ。

何度再生するつもりだね。私が死んだことをとっくに知っているだろう。そろそろ一ヵ月たつぞ。でも、きっとまた君は泣いているんじゃないのかね？」

そんな具合だ。でも、要点は変わらない。

〈エドのやつが珍しく私を呼びだした。君を診てくれってね。

で、見舞いにきたついでに、このメールを残しておくことにした。

ヒナ。君が五月に、生体検査結果及び遺伝子情報を私へ転送してくれた『HAL《ハル》』が、今、そこにいる。熱を出してる君のそばで、静かにしてるよ。

Ωの医療AIがかけた鎮静モードからどうやって目覚めたのやら。勝手に起きていなくなったと、弟のフェイから連絡があった。フェイが動転するなんぞ、私が〝青龍〟を継ぐのはヤメだ、学者になって香港島に居残るからなと宣言した二十年前以来だったな……。

ふん、行動パターンなど予測はつく。一足先に東湾岸倉庫へ行ってカッティングのいいシャツとジーンズを置いときゃいいとフェイにいっておいた。まんまと着ている。部屋が妙に片付いてる理由に勘づいてぐずぐずしなかったのはよしとしよう、が、患者服で（男の色気も、こぞとばかりのキメ顔もぺんぺん草一本生えぬ荒野にするあの救いがたい服）勝負にでたって負けは見えてるわ、愚か者めが。

さっき、ハルの健康チェックもしておいた。

傷は治ってる。ドラッグも抜けきってるよ。脳波、各神経、筋肉の異常信号も消えた。心身とも、後遺症は見られない、すべて正常《オールグリーン》だ。大丈夫だよ、ヒナ。目の前の君らのがよっぽど「異常」だ。生物学者兼医者の私の診断では、君は確かに「風邪を引いてる」。未対応の新型ウィルスじゃない。二百年前は誰もが鼻水たらしてた古風なやつだ。そんでそばの少年はさっき、君の愛するロマンス時代小説にしかでてこない氷袋なんてこさえて、君の額にのっけた。なんだそりゃ。喜べ、ロマンス小説の主人公になってたぞ。ダミアンと部屋中スキップしたいくらいばかうけだ。

君はいったね。HALは一つもゲノム書き換えをされてない、オリジナルヒトゲノムだと。遺伝子工学に関しちゃ、君のが上だ。大学で専門にした君とエドに判別がつくらしい『異常遺伝子だらけかどうか』は私には解析結果を見てもよくわからん。

私の専門は生物学だ。

君はハルの体について、私に意見を求めたね。香港の人間とどう違うかと。

身体機能、内臓機能、免疫系、脳機能……。

君は口にしなかったが、香港政府の断じた『障害』について、考えてたと思う。

口がきけないこと、言語野を司《つかさど》る海馬や、脳幹部分の反応があまり活発《アクティブ》でないこと、言語能力や理解力に「障害がある」——。

だが、「障害がある」とは、なんなのか？

生物学者としていえば、君の大事なハルは、どこも変じゃない。障害などありはしない。私に意見を求めずとも、君もまた遺伝学の方面からそう考えてるようだがね。

私の理由は二つある。

一つは――大量に言い古された結果、実に上っ面になった言葉なんだが――ヒトは違ってないとならん、からだ。私たちはアメーバやソメイヨシノみたいに単一のクローン増殖で殖えてるわけじゃないんだからね。しゃべれる人間がいれば、しゃべれない人間がいる、どちらもヒトの存続に賭けられた可能性としてここにいる。

すべてのヒトはすべて同等の賭け金を賭けられ、必要があって今、こ、こ、にいる。

「障害がある」とはなんだ？　大多数と違うことか。役に立つか否か、能力の差か？

人間は社会的生物であり、集団生活を営む生物であり、でありながら集団の中身は決して「同じであってはならない」生物だ。私たちヒトはすべて違っていなければならん。でなくば、大いなる危機が訪れたとき、一発で絶滅するからな。

集団生活に必要なある程度の共通性があれば特に均《なら》す必要などない差異、であるのにそれぞれの時代が「そうあるべし」と勝手に定めたルール。時々の社会情勢の変化、この三つの偏在如何《いかん》で、「問題」とやらが起こったり、問題でもなんでもなくなったりするだけだ。

人が違って見えるのは普通だが、それを「普通じゃない」と思うことは変なのだ。

我らは変わった生物を発見すると興奮するくせに、奇妙にも自分の仲間に対しては違う。宇宙の星々がどれも似たり寄ったりだったなら、ダミアンは生きちゃおれまいて。

自己の優越性の誇示、己の社会的地位の確保のために、あって当然の「個体差」を、「普通か否か」「障害があるかなしか」という言葉にねじ曲げて、利用しているわけだ。

だが自己の優越性の誇示など、ヒト存続にはなんら必要ない。

どころか多様性がなくなることを思えば、そいつの存在価値はゼロだ。

そういった輩《やから》が線引きする「普通じゃない」と、私たちは、いつの時代も、幾度となく相対し、自問し、向き合い、退けてきたはずだ。だから我らは今もまだ、ここに、存在してる。

ハルはどこも「異常はない」。

未来において、いつ、どんな遺伝子が、ヒトに必要になるか誰にもわからん。ありとあらゆる人間は、その可能性のために少しの間地上へやってきて、去っていく。それだけだ。

「異常はない」二つ目の理由だが――ヒナ、私はあれやこれやハルに話しかけてみたんだがね――いや、この話はあとにしよう。

先に霧の病《ダーク・フォグ》について話しておこう。

(あと私がここを出る時には、ハルを君のベッドからひっぺがしてダミアンのとこに引きずっていくつもりだ。香港警察の動きが気になるんだよ。君は自分が見張られてることにも、行動制限がかかってることにも無頓着だからねぇ)

生物学者としての、私の行き着いた結論を先に話す。

ヒナ、私は霧の病《ダーク・フォグ》を「ゲノム病」と呼ぶことにした。わかりやすいだろ?

新型ウィルス等《など》の外部要因でも、薬剤・化学物質汚染、風土病といった環境要因でもない。

霧の病は、「ゲノム書き換えによる病」ではないかと、私は考えている。

私たちはゲノム編集医療によって、異常遺伝子を正常なものに書き換え、多くの病、先天性の身体不全も、過去のものにした。オリジナルから書き換えつづけた「改変遺伝子」——あれをもっていることが、この病の原因ではないかと思われる。ヒナ、違うかね?


遺伝子工学については、君の専門だ。私は私の分野からあれこれと語ることにする。

ヒナ、君は先日私に言ったね。私たちはわずか二百年でオリジナルと——ハルと、「ネアンデルタール人とホモサピエンスくらい違ってしまったのではないか」と。言い得て妙だ。

進化系統樹では、ネアンデルタール人↓ホモサピエンスと書きがちだが、二つは同じホモ属から分化し、アフリカとヨーロッパの別の大陸で別の進化をたどって、二種は再びヨーロッパで出会った。いくらかの時代は二種は共存してもいた。

ネアンデルタール人は、人類史上最大の脳をもっていた。けれどより脳の小さな、体も小さなホモサピエンス——今のヒトにとって代わられ、絶滅した。地球の寒冷化と、その環境悪化の中、小柄で小回りのきくヒトが少ない食料をどんどん奪ったのが一因とされている。

ホモサピエンスが環境に生き残る因子をもち、ネアンデルタール人は滅んだ。

そののち、ヒトはフローレス原人や、デニソワ人とも共存したことがわかっているが、やがて彼らも滅び去り、今では地上にホモサピエンスの一種しか存在しない。

もはや、なんらかの「巨大な断絶」がなければ、我らは「別種の人類」にわかれることはない——とされている。たとえばべつべつの惑星に移り住み、地球人類とは何万年も会わずに時を経《へ》る、とかだ。そこまでせねば別種は生まれない。

けれど、ヒナ。

もしかして私たちは、「別種」になったのではあるまいか?

ゲノムを書き換え、オリジナルとは違う「別種」に、わずか二百年でなっていたのではあるまいか。君の言う通り、ネアンデルタール人とホモサピエンスに?

「一度受精卵を書き換えれば、二度とオリジナルDNAには戻れない」

書き換えられた遺伝子が、次へ、子孫に継がれていく。

「異常」と思う遺伝子を、「正常」だと思う、遺伝子に改変していった。

だが、私たちが「異常」だとみなした因子が、ヒト存続に必要なものだったとしたら?

ある病に対応して遺伝子を書き換えた結果、今度は別の病への抵抗力が低下することはゲノム編集医療の初期に頻発した。生物学的にも普通のことだ。病の根絶が長く難しかったのは、ここにある。不具合を取り除くのは、決して正解じゃない。

人類史上最大の脳をもっていたネアンデルタール人は絶滅した。だが、環境が違えば、彼らが生き残ったかもしれない。

君が腹を壊したという魚に、ハルはぴんしゃんしてたという。そんなようなものだ。ハルは虫歯菌には弱いかもしれないが、変な魚には耐性がある――その魚を食べ続けねばならぬ環境の場合、君はポックリ逝き、ハルが生き残るってわけだ。

ハルのもつオリジナル遺伝子。不具合と傷だらけのDNA。しゃべれないってのがなんだ？ある日ばたばた突然死していくのを、もしかしたらハルの継いできた「障害」とされる中の因子があれば防げたのかもしれんのだ。「異常だらけの遺伝子」――つまりは我らより、変化に多様な対応ができるブラックボックスをもってるってことなのだから。

霧の病が「外的要因による病」でなく、「一部ゲノムの塩基配列の異常」による病でもなく、「ゲノム書き換えこそが原因」という病ならば。

香港政府は認められまい。わけても香港島は「全正常遺伝子」を義務づけている。改変遺伝子をもたぬ人間はいない。つまり治療法が発見されなければ、香港島は絶滅だ。

……ただ一人、ハルをのぞいてな。

運がよければ、香港島でも村落の人間は生き残れるかもしれん。アカデミア誘致の前から代々香港島に住んでいた住民は、正常遺伝子の全面書き換え義務を免除されたはずだから。だがハルのような一つもゲノムを書き換えていない人間は村落にもすでに存在しない。出生前診断・成長段階の健康チェック・最低限のゲノム治療、が義務づけられてるから。

九龍《クーロン》もゲノム治療は格安で受けられる。状況にさしたる違いはないと思われる。香港島は特に、時間があまり残ってない。君ならすでに気づいてるかもしれん。

最初に『霧の病』の死亡症例がでたのは四十年以上前だ。

ぽつぽつと症例はふえはじめ、近年、発症・死亡例が急速に高まった。

私たちは、だいたいゲノム編集医療が一般化してから三世代目に入る。なんで私がそう考えたかは言いたくないから、言わない。だが、私の推測が当たっていれば、このゲノム病の発症は、おそらく三世代目でくるんだ。改変遺伝子が死滅していく……生物改変問題《バイオ・ハック》でも、改変された動植物は短命だ。改変遺伝子もそうなのかもしれん。

それか……自殺《アポトーシス》機能なのだろうか？

我らが「正常」だと思い込んでた改変遺伝子が、三世代目にして「異常」と判断され、自殺《アポトーシス》していく。「我ら」ごと。

我がクーリック家は名門の家系でねぇ。どの先祖が初めてゲノム編集医療で全面書き換えをしたか、簡単に調べがついた。ちょうど、夏だった。

もしかしたらと思って、君にメールを残しておくことにしたんだよ。

ヒナ。

私がいちばん嫌いだったのは、自分自身だった。私は生物学博士だ。なのに私は生まれる前にゲノムを書き換えられてる。私は自然じゃない。私は「何」だ？

オリジナルのヒトには戻れない。誰も不自然を不自然と自覚しないことが嫌だった。

でもねぇヒナ、君は違った。不安定で、その不安定さを薬物《ドラッグ》や仮想現実《バーチャル》、ニューロンコントロールでなかったことにせず、抱えて生きる。それが……どんなに私の目に「自然」なヒトに映ったかわかるかい？「正常《グリーン》じゃないのだろうか」と悩み、自分の心と向き合い、迷いながら正しい道を選ぼうと努力しつづける君が、どんなに「人間らしく」映ったろう。

きっと百年つづく悲しみも、君は消さずに抱えていくんだろう。君はゲノムを書き換えられてるのに、そうなんだ。

私たちは書き換えられてるが、ヒトでなくなったわけではないんだと……思えた。

君にとってハルが信じがたい存在なら、私にとって君がそうだ。

ミヤコ博士と同じ言葉を贈るよ。

ヒナ、君はグリーンだ。ちっともおかしくはない。

これから、君が一人でせねばならない決断を思うだけで、胸が張り裂けそうだよ。願いが一つ叶《かな》うなら、君のそばにいてやりたい。

これだけは覚えておいてくれ。私は改変された自分が嫌いだが、ゲノム改変を行った人間を嫌いなわけじゃない。なんせ生物学を選んだくらいだ。

耐えがたい痛み、耐えるべき痛み――死や、病や、悲しみ、愛する者の苦痛に耐えられず、他の動物のように抱えていけずに、何とかして避ける方法を考えるほど人間は弱いのかもしれない。その弱さも私は嫌いにはなれんのだ。

……だが、君を正常じゃないという世界は、私は大嫌いだ。


さて、そろそろハルを連れていこう。

ハルはどこから香港にやってきたのだろうな。今時オリジナルヒトゲノムの人間が残っていたとは。……が、実はこの見た目……生物学者から見ると、一つ思い至るんだよな……。

改変遺伝子がゼロで、目や肌の色も一切いじくってないままきてるわけで……特徴が昔の生物古典教科書通りっつーか。ただ、その地域はずいぶん前に……。まあ、いいか。

「何となく」ゲノム編集医療が嫌いだという人間も、いるということだろう。

……ハルの傷だらけの遺伝子を見ていると、ずたぼろになりながらここまで歩いてきた先祖の姿が、浮かぶようだね。

そうそう、君に先日相談されたことだが、二十世紀の原始的な方法はどうだ?
エロMR《ミックスリアリティ》を用意して——ハルの性的趣味がわからんから、同性・異性あれこれとりそろえたやつがよかろう——ハルに紙コップもたせて、別室でエロ映像を再生して見せりゃあいいと思うがね。だいたい意味がわかるのではないかね。MR制作はダミアンに頼みゃいい。それかイヤー渡してエロ専門仮想《バーチャル》現実チャンネルに合わせりゃ、好きなのを見るだろうさ。

無事ハルの染色体を手に入れられたら、ぜひ教えてくれ。

……だめだ、想像するだけで、笑いがこらえられん。

ふーん、なんだハル？　いやにムッとした顔ではないか？

……それにしても、ヒナがバケツの浜辺の真珠貝のことを話していたけれど……。

ハル、この真珠は……私がかつて見た宝石のなかで、もっとも美しいものだよ。


君の熱がそろそろ下がるな。あとは寝てれば治る。私の謹慎があけたら、君とΩ《オメガ》へ遊びにいきたいものだね。ふっふ、いいものをご馳走《ちそう》してあげよう。

でも、一緒に行けなくても。

あんまり泣かないんだよ、ヒナ〉

15

奇《く》しくもジーンの呼んだ「ゲノム病」は、母ミヤコが名づけたものと同じだった。

ヒナは山道の終点にある、小さな一軒家へハルを案内した。

そこはヒナがずっと母と暮らしていた家だった。香港《ホンコン》政府が母とヒナにあの高層階マンションを用意し、引っ越させるまでは。今から思えば、ヒナは母への人質だったのかもしれない。

ヒナにとってのハルのように。

あたりに人家はなく、閑静で、鳥の声で目を覚ます木立の家を、ヒナも母も気に入っていた。

ヒナが戸口に立てば、ゲノム認証キーが回り、家の灯《あか》りがついた。

〈執事《バトラー》〉AIウィリアムがインターホンで応答した。〈お帰りなさいませ、ヒナ様。どこも掃除してございますし、快適に調えてあります。ヒナ様の本棚の文庫本も、傷ませずに保存しておりましたぞ〉……久々に自宅で起こされたウィリアムは、どうも寝ぼけているようだ。

「どうぞ、ハル。靴、脱ぐ？　待って。室内履きを用意するね」

ヒナは脱ぐ以前に靴を捨ててきた。ヒナもスリッパを履くことにした。

家の中へハルを案内し、空調設定や、ＰＣ端末の起動確認をする。

この家には、ヒナの全研究データが唯一共有される端末があった。研究室やマンションで、ネットアクセス不可のコンピュータに打ち込んだ情報も、ここの母の端末にのみ自動コピーされるように連動設定してある。いわばたった一つのバックアップだ。

そんなこんなをやりながら、ヒナは霧の病《ダーク・フォグ》について話そうとしてはたびたび脱線した。「ハル、一ヵ月どうしていたの？　病気や怪我《けが》してない？」ハルのほうも、ヒナが赤いドレス――クロエの新作で、オフショルダー。膝下ほどの丈――を着替えようとするたび、邪魔をした。

自分なりにランジェリーも気を遣い、ジュエリーや香水や髪飾りを選び、メイクも精一杯頑張ったので、まんざらでないこともないのだけれども、いかんせん――。

（エドワードのエスコートだと思って嬉《うれ》しかったから、はりきってお洒落《しゃれ》をした）

（わかってはいたけど、とうとう失恋したわ……）

という、ピンヒールみたいに簡単に捨ててはこれない気持ちで、複雑なのだった。

今時のメイクは泣いても土砂降りでも落ちないけど、気持ちは現代でも簡単に落ちる。

（……でも、覚悟していたよりは……へこんでない、かも）

理由に思い当たらないこともなかったが、それ以上は考えないように気をつけた。

（にしても、どうしてハル、私が今夜、迎賓館にいるとわかったのかしら？）

ヒナはキッチンでドレスのままコーヒーを二杯淹《い》れた。リビングのソファテーブルへハルが運んでくれた。ハルの恰好《かっこう》も夜会服からジャケットとタイを外したくらいのもの。

ハルはこのこぢんまりした家を気に入ってくれたようだった。あちこち歩き回り、窓辺に置かれたパッチワーク羊のぬいぐるみをもって、クスッとする。今日初めて、やっと笑った。

ヒナは食料保存庫からシリアルバーやビスケットをひっぱりだしてボウルに盛り、解凍した野菜やベーコンでスティックバーをこしらえ、クリームチーズやサラミも皿にのっけた。ハルが戻ってきて、ビスケットをつまみ食いしながらそれもテーブルに運んでくれた。

ハルがソファに、ヒナはコーヒーを片手にハルの足もとのラグにじかに座った。ヒナはいくらか食べ、ハルもそうした。

そうしてヒナは話を始めた。

ハルはいつも言葉というよりヒナの声を聞いているようだった。今夜もそうだった。理解しているのかはわからずとも、ヒナは話した。今までそうしてきたように。でも今日はなるべくゆっくり、平易を心がけた。ハルが何を思っているのかは、ヒナにはわからない。話の途中でハルの注意がそれ、不意にソファから立って、室内をうろつきもした。ひどく浮かない顔で。つまらないというのとも違うようだった。そういう時ヒナは話をやめた。近づいて、肘にそっとふれると、しばらくしてハルはソファに戻る。

そんな風にヒナは、ハルにゲノム病のことを話した。

——ジーンの推測は、ほぼヒナと同じものだった。

外的要因や、機能異常、免疫不全などで起こる病でなく、ゲノム書き換えそのものが発症要因だと、ヒナもまた結論づけていた。

香港島では異常遺伝子の全面書き換えが義務づけられている。受精卵の段階で不具合を書き換え、三世代も経《へ》れば、もはやおのおの受け継いだ改変DNAは体中に散らばる。

その「正常遺伝子に編集された」部分が、ある日時限爆弾のように一気に自死《アポトーシス》していき、人体を蝕《むしば》んでいく。おそらく改変遺伝子のどれでも時限爆弾になり得るため、死因となるDNA変異箇所が各人バラバラなのだとヒナは見ている。

ゲノム編集医療初期の、難治病のための多少のゲノム書き換え程度ならば、死には至らなかったかもしれない。四十数年前の死者が最初とされているが、それ以前にゲノム病で死者がでていたとしても単に心不全等で片付けられてしまった可能性はある。

全脳アーキテクチャ型AIは「正常に書き換えられた遺伝子」を「正常《グリーン》」と判断する。ゆえに「異常はない」と診断する。

多くの優れた学者たちもまた、その診断を信じた。

AIが当たり前のように日常に浸透している今、全脳アーキテクチャ型AIのほうが誤っているのではないかと疑うことは難しくなった。端末の医療《メディカル》警告表示と、自らの感覚が違っているとき、多くの人間はAI診断を信じる。

それは哲学科の教授に、神への信仰と似ている、といわしめるほどに。

母ミヤコが香港島アカデミアでは——AIを研究で使うのが当然の高度科学都市では——霧

の病の原因に行き着くのは難しいと告げた真意も、そこにあったのだろうと思う。死者に遺伝子異常があっても、外部要因か、あるいは「遺伝子の多少の不具合ではないか」といった程度に留まり、「正常遺伝子そのもの」を疑えなかった。

改変遺伝子の自死《アポトーシス》が始まれば、最初の発動部位がどこであろうと、三十分足らずで心肺・脳機能停止にまで細胞死が広がり、本人の死をもって自死《アポトーシス》も止まる。

ゲノム病の引き金《トリガー》が「三世代目での改変遺伝子の変異」なのか、「改変された遺伝子が三世代目でゲノム病発症条件の規定量に到達した」のか、あるいは「引き金《トリガー》となる改変遺伝子の組み合わせ」があり、そうと知らずに改変したのかは、ヒナにもまだ確定できてはいない。

確かなのは、三世代目の改変遺伝子を一つでももっていれば、発病の可能性がある、ということだった。

もう一つ、ヒナが一ヵ月こもって報告書を書き上げた理由があった。

(サリカの死)

サリカが全部正常遺伝子に書き換えたのは、コールガールになってから。

サリカの検体をスキャンにかけたら、「コールガールになった後で書き換えたDNA」にも自死は及んでいた。

引き金《トリガー》が引かれれば、三世代たってない改変DNAにも自死《アポトーシス》は侵蝕する。

「……ハル、ここ数年の霧の病の死者の増加――特に香港島は死者の割合が多い。

それが気になっていたの。

香港島はある年に、法令を布《し》いた。居住条件として、必ず特定医療機関の診断を受け、全異常遺伝子を書き換え済みである証明書の提出を義務づける——。

それまでも、出生前治療で多少のゲノム編集をしたり、異常遺伝子を自費で正常に書き換える人はいたわ。でも『全異常遺伝子を書き換える』というのは、世界初だった。

今でもそんな都市はあまりないわ。金額が安くはないから。それが香港島のステータスにもなったのね。当時は香港アカデミア誘致のため、高名な研究者に限り香港シティが書き換え費用を全額負担した。で、香港島は世界的研究者の集うアカデミア都市として、また全異常遺伝子を書き換えたハイエンドの富豪たちだけが住める別荘地帯となったの。クリーンで、安全で、異常者の心配のない学術研究都市・香港島——。

つまりね……香港島ではある年、その法令の施行前に、在留したい人は一気にゲノムの全面書き換えを受けることになったはずなの。それが、ちょうど三世代前……。

だから香港島人はほぼ三世代前の改変遺伝子をもってると思っていい。九龍《クーロン》もそう。当時、香港島に便乗して相当あやしいゲノム書き換えが流行ったのと、そう時を置かずに香港政府が九龍へゲノム編集医療の公的サービスを始めてるから。

改変遺伝子の自死《アポトーシス》がいつ発動するかはランダム。その人の年齢も人種も性別も関係ない。ルーレットと同じ。ただ……今の香港島の死者増加スピードを思えば、無作為なルーレットにも何かあるのかも……。

一つだけ確実にいえることがある。異常遺伝子をすべて書き換えた者は——サリカみたいに書き換えたのがいつにせよ――必ずゲノム病で死ぬ。

ゲノム病の発症を防ぐＤＮＡは、あったかもしれない。けど、おそらくそれは、『正常に置き換えてしまった異常遺伝子のどれか』に、あったのだと思う。

今の香港島には、『異常遺伝子』をもった人間は、一人もいない。それが香港島での発症割合が群を抜いていた理由でもある。

……明日には香港島中がゲノム病で全滅してることも充分ありうるってわけ。

ネオ九龍も、異常遺伝子が残っている人の中で、幸運が味方すれば生き残るかもしれない。どれくらいの確率かはわからないけれど……。これだけは確か。

正常遺伝子だけの人間は――つまりは香港アカデミアと、香港政府要人は、誰もゲノム病から逃れることはできない」

ヒナもまた遅かれ早かれ、ゲノム病を発症する。

二十三時ちょうどにヒナがメール送信設定をした報告書に、このすべてを記してある。

時計は二十二時五十七分。

香港政府も、アカデミアも、各研究機関も、あと三分後に、そのメールを開くのだ。

膝の上においてたコーヒーをすすったら、とっくに冷めていた。

右耳のへりに、ぬくもりが触れた。

ヒナがふさいでいるように見えたのだろう。ハルは慰めるように、ヒナの頬や、頭や、腕をなでる。黒い瞳には、気遣わしげな色が浮かんでる。

ヒナは微笑《ほほえ》もうとして、不意にあることに気がつき、呆然《ぼうぜん》とした。

ヒナをじっと見下ろすハルの眼差《まなざ》しの奥にある——それはずっとあったのだ——色。

憧れに似たもの。

「……ハル、私たちと同じになりたいの……？」

しばらくして。

ハルはヒナの掌《てのひら》をすくって、唇を寄せた。

ハルは唇で「是《うん》」といった。

「…………」

胸が押しつぶされそうになった。

ハルの目には、ヒナや、エドワード、香港島が、どう映っていたのだろう。

ゆっくり年をとり、美しい顔かたちを好きに選べ、遺伝子ドーピングで筋肉も耐久力も思いのまま。怪我をしてもすぐに跡形もなく治り、病気もたいがい癒え、心身のハンデもない。凶悪犯罪は一件も起こらず、子供は無事に生まれ、決して虐げられず、人はたいていのんきで、にぎやかで最高にいかれてるけど、いつでもどこでも安全に歩ける街……。

その天国みたいな街は、ぶあついガラスの箱のなか。決して「障害のある」ハルを受け入れることはない。

ハルは何年も、そのガラスの中の街を、人を、どんな風に見ていたのだろう。

ヒナは彼をそのままでいいと思っていたけれど、ハルは？

どうしてしゃべりたいと、同じように人とふれあいたいと、願わなかったと言える？

『耐えがたい痛み、耐えるべき痛み――死や、病や、悲しみ、愛する者の苦痛に耐えられず、他の動物のように抱えていけずに、何とかして避ける方法を考えるほど人間は弱いのかもしれない。その弱さも私は嫌いにはなれんのだ』

愛する人を治したい、苦痛を減らして人生の喜びをわかちあいたい――光り輝く香港摩天楼さながら、過去の誰かの百億の願いが詰まってできた香港シティ。

ハルは香港を、気に入ってくれていたのかもしれない。もしかしたら少しは。ひどい扱いを受けても香港にいてくれるくらいには。

その想像はヒナを慰めてくれた。ヒナもまた香港島からでられずともたいして気にならないくらい、香港島が好きだったことを、思い出させてくれた。

「ハル……」

――ヒナと同じになりたい……。

言葉を見失った。

ヒナならば、ハルにゲノム編集医療を施せる。全部の遺伝子を正常にする必要はない。発声機能や言語能力が徐々に回復するように、遺伝子治療プログラムをくめばいい。

「………」

ヒナの手に、ハルがまた唇を寄せた。今度は、手の甲にそっとキスをされただけだった。

見るとハルは笑っていて、「是」とヒナの掌に唇で伝えたことも、すっかり忘れている風だった。あの唇の動きはたまたまで、意味はなかったのかもしれない。それか、ヒナの迷いに気づいて、うやむやにしてくれたのか。

「優しいね、ハル……」

ヒナは腹をくくった。

「……でね、本題はここからで。そんなわけで――色々話したでしょ――ハルの精子を私にいくらかちょうだいということなの」

16

何度か頭の中で話す順序を確かめたのだが、実際は行き当たりばったりになった。ハルの目を見──たくはなかったのだが本当は──見ずに話すような態度は信用にかかわるので、ヒナは一生懸命ハルに伝えた。

「あくまで研究用にね。それ以外の使用意図も、目論見《もくろみ》も、ございません、一切。だってね、改変されてないオリジナルヒトゲノムの持ち主は、香港《ホンコン》にハルしかいないの。世界中だっていないかも。あなたに迂闊《うかつ》に手ぇださなくってよかったわ私──。正しくはハルの精子じゃなくて、XY染色体情報がほしいってだけです。オリジナルヒトゲノムの塩基配列情報がほしくってですね。生殖細胞である精子には重要なDNAがぎゅっと凝縮されてましてね……」

ハルはソファで黙っている……。

いや、しゃべったことはないのだが、恐ろしい沈黙にヒナには思えた。ヒナの様子から、何かいかがわしい勧誘セールスを受けていることを悟ったに違いない。包んでくれていた手はいつのまにやらひっこんでる。十八歳の男の子に、ものすごく軽蔑されている気がする……。

「精子と卵子は遺伝子バンクでも、厳正に取り扱い規則が決められてるの。生殖細胞は本人の許諾なしには研究使用不可という国際遺伝子学会ルールがありまして——二〇二一バンクーバー国際協定で。なので今、こうしてお話を……。

ハルの全ヒトゲノム情報はスキャンでとれているんだけど、実際の精子データもぜひともとりたいし、治験に入る前にはおそらく本物の染色体が必要になってくると思われましてね。研究に協力してくれる提供者には薄謝ですけども、なにがしかのお礼をします。

あっそうそう、香港政府にも『うん』っていったら、ハルの精子をむりやりでもとられてしまうけど、許諾しなければ政府だろうが研究機関だろうが、手出しできないからね。凍結保存されても、みんな毎回使用許可をハルにもらわないと使えないからね。さっきみたいに『〇《イエス》』って簡単に言ったらダメ。『×《ノー》』よ、覚えてね」

ヒナはハルの掌《てのひら》に、五十回くらい『×《ノー》』を書きながら、不安を覚えた。

見ず知らずも同然のヒナが、倉庫に勝手にいついても怒らない寛容なハルである。

そのハルの「意志」を、ヒナとて正確にくみ取れているかといったら、嘘《うそ》になる。ハルの気持ちが伝わると感じる時もあるが、ヒナのとんだ思いこみにすぎない可能性だって大いにありうる。そもそも、ハルにこの話が正しく伝わっているのかわからないのに、『本人の許諾』というのは、やはりだまし討ちだ。

（……採取はできると思うのよ……ジーンの言う通り用意しといたから……キリアンが大笑いしてセレクト編集してメール添付してくれたエロMR……。家の端末をオンにすれば、バックアップに保存されてるはず……コップもあるし……）

ちらっと、野菜スティックの入ってるコップを見た。

するといっそう部屋の温度が低下した。ハルの目は北極海《ほっきょくかい》なみに冷たい。

ヒナはとりやめることにした。

どうせ『正常《グリーン》じゃない』は、私の代名詞。

「ハル、やっぱり、いいわ。最後に話したことだけは、大事だから、覚えておいてね。これからあやしい人が何かいってきたら、みんな『ノー』っていうのよ。

オリジナルヒトゲノムの精子は、あなたでなくても、カナリア諸島の遺伝子研究バンクに凍結保存されてるはず。二百年以上前の精子があったと思うわ。それも改変はないし。

〈最高学府機関《ヴェルトール》〉に頼んで、空輪で取り寄せればいいわ。ハルみたいに最新のオリジナルじゃないけど、ゲノム病がない時代の精子っていうのも……そうね、いいかも。

大丈夫、大丈夫、ハル。勝手なこといいました。ごめんなさい。じゃ、ちょっと失礼して……七面倒くさい研究利用許諾申請書にとりかかるから、好きにくつろいでて。客用寝室で眠ってもいいし……あ、せっかくだからキリアン特製MR、見る?」

小物用抽斗《ひきだし》に、確かMR再生用のイヤーがあったと思い、ラグから腰を浮かした。

すると、荷物を手元におくみたいにハルに持ち上げられ、ソファに座らされた。ハルの隣に。

でもハルはそっぽを向いて、むっつりしている。

「ごめんね」ヒナはもう一度、心から謝った。ぽつりと。「無神経なことをいって……」

沈黙が流れた。ヒナはハルの気持ちが直るまで待とうと思って、そうした。

しばらくして、ハルは、ヒナの手をとった。掌に指で『○《イエス》』となぞった。

「…………ん？　どういうこと？　あ、エロMRを見るってこと？　それ言うのに悩んでたの？　なんだ、私に怒ってたわけじゃなかったの……。案外わかりあえてないのね……。はい、はい、わかりました。今用意するから……」

ヒナはまたもやひきとめられ、今度はハルの膝にのせられた。向かい合わせに、ハルの膝にまたがる恰好《かっこう》になった。ウエストの両脇にハルの手がある。

サテンの赤いドレスがハルの上やソファに広がり、ヒナは急に心細くなった。少なくともハルはキリアンのMRのことを考えているわけではなさそうだ……。

（……今、私たち、わかりあえてる？）

どうも、ノーに思える。ヒナは膝からおりようとした。

ハルの手がウエストから両腕に移る。軽く肘をつかまれただけなのに、身体《からだ》がうまく動かなくなった。顔がひどく近い。急にハルを意識した。息がしにくくなり、ヒナは初めてハルから逃げだしたいような気持ちになった。

ハルは暗い面持ちをしていた。揺らめくのは親密な合図でも、無造作なやさしい優雅さでもなく、胸をつかれるような苦痛の陰だった。

彼はぜんぶ理解しているのではないかと思えた。ゲノム病の話も、ヒナのことも。

……ヒナは必ず発症する。いつかはわからない。数年後かもしれず、数分後、こうしてハルの腕の中で目をつむって死んでゆくかもしれなかった。

ハルは眉のあたりにぎゅっと力をこめて、ヒナを抱きしめた。珍しく乱暴に。そうしないとヒナが消えてしまうかのように。ややあって、ヒナは彼の胸にもたれた。

母も、ジーンももういない。

ヒナはこれから一人で、多くの決断をしなければならなかった。自分がどの道を選ぶかは決めてある。けれど自分自身を思いやることを、忘れていたらしかった。

ヒナがゲノム病でいなくなることを、悲しんでくれる男の子がいる。幸福なことだった。

ヒナは気のすむまで涙を流した。ハルは彼女を腕の中に入れて、撫《な》でてくれていた。

……どれくらい経《た》ったか。

目の奥が疼《うず》くくらい泣くと、ヒナは溜息《ためいき》をついた。目のふちにあたたかなキスがふれる。何度か唇を吸われて、ぼんやりしていたヒナは我に返った。身も心もリラックスしすぎて頭が働かず、なしくずしに押し流されそうで慌てて涙をぬぐった。「もう大丈夫」ハルを押しやる。

押しやられたハルの両手は、ヒナの腰のうしろで組みあわされた。ケージにネズミをとらえるみたいに。ヒナを見る眼差《まなざ》しも似たようなものだった。

ハルはもうゲノム病より考えることがあるらしく、香港ストリートの十八歳の男の子みたいな顔をしてる（実際そうだけども）。正直に言えばヒナもだった。どんな深刻な問題があろうと、人間シリアスだけじゃ生きてけない。

ハルの視線がヒナの顔や首もとや身体をさまよう。親密な視線に、肌がざわついた。ヒナがケージの端へ身を離すのを、ハルがくつろいで眺めている。七月まであったはずのブルーは、もう全然なくなっている。いつからなかったのだろう。

ハルがヒナへ顔を寄せる。シグナル8よりまずい予感がして、ハルの胸に両手をついて押しとどめたものの、掌に感じるあたたかさに思わず身震いした。むしろ警報《シグナル》があがった気がする。自分の。ヒナは手をひっこめた。

「待ってハル。色々問題があるの。ネアンデルタール人とホモサピエンスの間なみの諸問題がね。そもそもあなたに誠実だったとはいえない。泣いても絶対剝《は》げないこのメイクと同じ程度の誠実さだったわ。あなたが私の見かけにだまされてるのに気づいてて、しらばっくれてたし。再生医療の説明が面倒というわけでなく、本物の十八歳の男の子に、二十代後半らしいと勘違いしててほしかったというか——ごめん。それに何も知らないあなたに優しくしてつけこんだ自覚もないかと聞かれたら、あ、あるし……。他にも——そういえば、さっきのって、つまりなんの『いいよ』だったの？」

ハルは辛抱強くしている。ヒナの膝に片手を置いた。

もう片手で、ヒナの掌をなぞった。ヒナ……。

ヒナの背骨に小さくうずきが走った。ごくっと唾をのんだ。

「……そのう、それに私は数時間前に失恋したばかりで……いくらなんでも調子がよすぎると思うし。かん、簡単に『いいよ』と言ったらダメといったのだし――」

ヒナ、ともう一度書きかけていたハルの指先が、途中で止まった。

アーモンド形の瞳の陰りや、微かな体のこわばりで、彼が拒絶に耐えようとしているのがわかった。もしサリカや香港政府と同じ種類の否定と思われていたら、とても耐えられない。

ハルの黒髪をなでつけて、キスをして、違うと言いたかった。ハルと目が合った。ヒナは両手をぎゅっと丸めた。やらないでいる自信がなかったから。

あなたを否定してるのじゃない。優しくて、たくさん魅力があって、すごく素敵な男の子だ。そういうことじゃないのだと、ヒナは伝えようとした。あなたが簡単に言ったような言いぐさをして、ごめんなさい……。

「その……」

ヒナは――つい、全部をすっ飛ばして、ハルの手をとって、『○《イエス》』と書いてしまった。

自分で自分を『正気《グリーン》じゃない』と心底思ったのは、この時が初めてだ。

ハルからサッと――素早すぎるほど――憂鬱がぬぐいさられる。

ヒナにふと疑惑が芽生えた。

「……ハル、あの、私たち、わかりあえてる？　本当に？」

バンクーバー国際協定を破ったのはどちらか、怪しくなってきた。協定には「提供のために身体の関係を強要してはならない」という禁止事項がある……。

ハルはものすごく十八歳の男の子らしいことをした。聞こえなかったふり。

ハルの熱が、ヒナの唇に移る。今度のキスはどさくさでなく、ハルは真面目な顔でそっと身をかがめたので、はぐらかせなかった。ヒナの爪先にひっかかっていたスリッパが脱げ落ちた。

ハルの胸もとに両手をつくと、やわらかなシャツごしに、ハルの鼓動が伝った。

キスがやんでも、胸に手をのせたままのヒナを見て——ヒナはどんな表情《かお》をしていたのか——ハルはすごく嬉《うれ》しげにした。つと髪飾りが引き抜かれる。

ヒナは観念した。

いつのまに精子提供問題が、別の問題にすり代わったの？

ジーンなら「結果が同じなら、いいんじゃないのかね」と笑った気がする。

……断じてノーだけど、ヒナには言う資格がなくなってしまった。

17

翌朝、午前六時。

ヒナのブレスレットに電源が入ると同時に、受信メールはみるみる三百通をこえた。

ヒナの報告書《レポート》に、遺伝子学会のみならず他方面から多くの異論や反論が噴出していた。

一方でヒナの報告書を重要なものと見なし、「大いに関心をもって詳細を精査し、ゲノム病について今後の方針をともに検討したい」と応答した学者も同じくらい多くいた。

またダミアン・クーロイは、チャンドラX線観測衛星3の衛星画像を楽しむ合間に、一通の書簡つきの学術論文をアカデミアの学会サイトにて公開していた。

『ジーン・クーリック博士から生前預かっていた』霧の病《ダーク・フォグ》に関する論文だった。『ヒナコ・神崎博士の霧の病の報告書と同時に、公表するよう』頼まれていたものだという。

ヒナへのシークレットメールと概要は同じであったが、中身はより生物・医学的見地による「ゲノム病」への検討と、多岐にわたるアプローチが子細に記されており、ジーンの精髄をみる見事な学術論文だった。

ヒナはそれに目を通すと、すぐにいくつか自分の論文を修正した。

午前七時には、ブルーのランプでコール着信があった。


『お目覚めかい、神崎博士』からかうような声の調子。『コーヒー飲んだ?』

何もかもキリアンにはばれてるんじゃないかと勘ぐりそうになる。

午前五時にヒナは目覚ましアラームを止めてベッドから這《は》いだし、キッチンで熱いコーヒーを淹《い》れたので。たっぷり泡立てた生クリームと、いつもはいれない砂糖も少し。

ハルがいつ起きて、リビングのソファでうたた寝をしていたのかはわからない。眠れなかったのかもしれない。テーブルにはヒナの文庫本が何冊か散らばっていた。ヒナはラグに座って、ハルの寝顔を眺めながらコーヒーを飲んだ。いつバスルームを使ったのか、ハルからは石鹼《せっけん》の匂いがした。シャワーを浴びて、量子パソコンを立ち上げる前に、ハルの瞼にキスをした。微かな憂鬱《ブルー》が再び漂う寝顔に、心が痛んだので。

『昨夜香港島でぐっすり眠れたのは、博士くらいだぞ。博士のメールが二十三時に送信されてから、香港政府もアカデミアも蜂の巣をつついたような騒ぎだ』

「ご用事は?」

『マンションからもってきてほしいものがあれば、リクエストをどうぞ。ハルの倉庫にも寄ってやれる。わかってると思うが、もう家には戻れないぞ。博士も、「HAL《ハル》」も』

「時間は？」

『正午に、俺がそっちに行く。あと五時間は好きにしておいで、博士。これでも頑張ったんだぜ。午前六時にピンポンするって政府がうるせーのなんの。それと端末の電源は入れたが、傍受や監視衛星《ゲートキーパー》カメラは全部オフにさせた。十二時まで、心置きなく過ごしな』

「ありがとう、キリアン」ヒナは心から礼を言った。

『どういたしまして。——俺が迎えに行く相手は、博士と「ＨＡＬ」の二人ともだぞ』


それからヒナは、ハルだけでも逃がそうとした。ハルの位置情報《ＧＰＳ》は外れた。彼は幽霊少年《ゴーストボーイ》。監視衛星《ゲートキーパー》にひっかからない彼なら、逃げられる。

けれどハルは何かを感じたのか、ヒナのそばを離れようとしなかった。


正午きっかりにキリアンは戸口に立った。煙草《シガレット》にライターで火をつけながら。

ドアの向こうにいた二人の姿に、キリアンはクスッとした。サングラスがなければ、愉快ゆえか、苦笑いだったのか、わかったかもしれない。


以後、香港政府の保護という名目で、二人は監視下に置かれることになる。

……ヒナが、ハルと二人で過ごしたのは、この日が最後だった。

18

十二月には、ネオ九龍《クーロン》と香港島《ほんこんとう》の住人は半分以下に減っていた。

ゲノム病の死者は日ごと増え、それ以上に香港から出国する人間が相次いだので。

香港をでてもゲノム病から逃れることはできないのだが、見えない影に追われるように多くの人が香港を去っていった。ロズベルグ所長もある日忽然《こつぜん》と香港島から消えた一人だった。

彼らのその後はわかっていない。


その年の冬は、例年よりずっと寒かった。

病室の窓の外は、すっかり色あせ、冬枯れの木立が広がる。香港大学付属病院は、国立自然公園の山の中にある。

病室の中は、消毒液や石鹸《せっけん》の匂いがし、医療《メディカル》ＡＩの電子光がゆっくり点滅してる。ハルは白いシーツを敷いたベッドで、眠っている。

「……起きた？　ハル」

ハルが目をあけたので、窓際に佇《たたず》んでいたヒナは微笑《ほほえ》みかけた。ベッドの脇の椅子《いす》に腰かける。投与された薬で動くことのできないハルの右手を、両手で包んだ。

ヒナの報告書《レポート》に目を通した後、香港政府はまっさきに「HAL《ハル》」の身柄の確保を指示した。改変遺伝子が要因のゲノム病に対して、改変のないオリジナル塩基配列をもつHALの重要性を察さぬほど香港政府はまぬけじゃない。それと、たぶん、ヒナが逃げぬように。

ハルと会うのは九月以来だった。白衣姿のヒナに、待ちわびていたことを溜息《ためいき》で伝えてくれた。ハルを副都心《アドミラル》の香港警察までひきとりにいった夜が、出て行ったハルをさがした五日間が、束の間ヒナの心に浮かび、消えていった。

ヒナは思いついて〈H・神崎〉のネームプレートを外し、枕元《まくらもと》に置いた。

「あなたに渡せる贈り物といったら、これくらいなの。……あらゆる署名要求を『ノー』ってつっぱねたんですって？　誰がきても『いやだ』ってね。ついに私がひっぱりだされたわ」

ハルの指先がヒナの掌《てのひら》をすべり、名を書く。ヒナ……。

ヒナは微笑もうとした。できなかった。ハルの手に、ヒナは落涙した。

香港政府がハルに署名させるために用意した本物そっくりのMRのヒナの唆《そそのか》しにも、ハルはだまされなかったという。逆にシステムAI〈隠者《ハーミット》〉がその行為を違法と判断し、画策した政府高官らを懲戒免職相当として検察へ通知した。ドミニク刑事はサリカの一件でも処分されなかったが、〈隠者《ハーミット》〉が見逃したのは、サリカより先に、ドミニク刑事がゲノム病で死亡していたからだった。あの日、サリカが死亡する数時間前に。

「あなたに署名させろ、ですってよ。あなたの全ヒトゲノムの無期限共有の同意書に、無条件のDNA使用許諾、生前一切の情報を漏洩《ろうえい》しないという誓約書、研究の全面協力の同意書に……、臨床に入るのを前提で他にも……。あなたが『ノー』っていうのは、当たり前だわ。緊急特例措置ですって。ふざけてる」

盗聴されているのでぜんぶ外部に筒抜けだが、構いはしない。どのみちヒナには赤《レッド》判定が下っている。ヒナはハルより非協力的で、危険思考の研究者と目されているようだった。ヒナも今はあんまり否定できない。

ハルは自分の身体《からだ》の不自由に苛立《いらだ》った顔をした。自由がきいたなら、きっと心配そうにヒナの涙をぬぐってくれたろう。

香港政府は「障害がある」ハルを、決して受け入れなかった。

今も変わらない。しゃべれないハルを理解力がないと見なし、薬で拘束し、次々と身勝手な書類をつくって、ハルの自由を制限している。

中空に、何かの契約条項と署名欄のある文書がふわふわと立体映像《ホログラム》スクリーンに映っていたけれど、ヒナは部屋に入った時にチラッと見たきり、目もくれていない。

『しゃべれる人間がいれば、しゃべれない人間がいる、どちらもヒトの存続に賭けられた可能性としてここにいる』

ヒナは涙に濡《ぬ》れた頬をハルの手に押し当て、微笑んだ。

普通じゃないのは、ハルなのか、香港政府なのか、答えは誰だってわかること。

どうして大切なひとを、寛容じゃない相手に渡すことができる？

ハルの署名なしにゲノム情報を使えないのはヒナも同じ。ハルを説得できなかったら、ヒナは用済み。役にも立たない赤《レッド》判定の研究者は、明日にも香港島アカデミアから追放されて、人格を矯正される。政務次官からそれとなくちらつかされた。それがなんだというの？

——あなたを正常じゃないという世界は、私は大嫌い。

「ハル、私はこのまま帰るからね。それが私の『正解《グリーン》』」

部屋の隅にいたキリアンが、視線を投げかけてくる。

ヒナはいつか、同じ言葉をハルに言った気がした。

香港の霧の海の向こう、ボーッと鳴る汽笛の音を聞きながら。

白衣のポケットに手を入れ、椅子から離れようとした。白衣の裾を、ひかれた。

振り返るのと同時に、ハルの生体認証を照合するAI音声が端末から流れた。

「……？　なんの認証？」

空中のスクリーンに映っていた契約書に、許諾《イエス》の印がついた。

次の契約書にさしかわる——許諾。

「な——」

許諾か拒否かの意志確認を脳波から判別するマイクロイヤー端末は、ヒナの白衣のポケットの中。ハルには装着させてない。イヤーを経由しなければ契約書は許諾されないはず——。

ヒナはうろたえてハルのベッドや服のポケットをまさぐった。端末らしきものはどこにも見あたらない。手や後頭部や耳にそっとふれては確かめるヒナを、ハルがクスッと笑って抱きしめた。やや億劫《おっくう》そうな仕草で。

どこに端末があるのかわからないけれど、許諾してるのは間違いなくハルだった。

ヒナの周りに落ちていく、無数の「イエス」。

ヒナの掌に、ハルの指がふれる。HINAの後に――別の文字がつづいた。

――ヒナ、になら、いい。なんでも、どうでも。

文章だった。たどたどしく、語順もちぐはぐで、英語でもなかった。日本語。

ヒナはたまに死語の日本語で――何せ沿岸部各地で連鎖反応のように起きた原発事故で壊滅状態とされてからどうなってるのか、百年以上不明《アンノウン》なので――ハルに話しかけていた。ハルの遺伝子情報が大陸系でなく島国日本に近かったので、何となくそうしていた。

ヒナは母から日本の文字も教わっていたが（なんでか教えたがったのだ）、現在書き文字を操れる者は言語学者くらいなはず。いや、それより――。

「……ハル、いつから、私の言葉が理解できていたの？」

言語中枢を司《つかさど》るハルの海馬反応は、最初の検査では確かに非活発だった。音楽のような音と言葉の意味を、いつ、どうやって、繋《つな》げてきたのだろう。それも、一人で？

それにはハルは答えなかった。

その間も、契約条項が読まれもせずに、画面で署名されていく。

ヒナはハルの両腕から断固として離れ、癇癪《かんしゃく》を起こした。

「――頭がおかしいわ！　ハル。こんなふざけた契約書にイエスと言うなんて」

――香港の人間じゃないから。頭がおかしくたって、いい。

「いいわけないでしょう。わかってるのハル――」

――治療……やらないと、あなたが死ぬのに、寝てる、くらい、なんなの？

「……たったそれだけで、イエスと言ったの？」

――たった？

ハルの指が止まった。

――……しょっちゅうある一夜のあやまちだった？

「それ、大事なこと？」

――今、ゲノム病なんか、すごくどうでもよくなった。

「私もあなたのことを考えるとときどきそうなる。ハル、私にそれができるなら、もっと早くあなたにイエスと言っていたと思うわ」

また、ハルが黙った。

最後の申請書が許諾され、完了通知音が鳴る。ハルは全然聞こえてないようで、何かノンキな空想にふけってる。たった今自分の人格と権利がしっちゃかめっちゃかになったのに。

ヒナが助かれば他のことなんかどうでもいいと――泣きたいほど愚かな、ヒナのためだけの、無数のイエス。

「……ハル」

『正常以外認めない』香港は、『障害のある』ハルを受け入れなかったのに。

なのにハルは、そんな香港を助ける情報を呆気《あっけ》なく渡してしまえるのだった。

ヒナには、そんなことができてしまえるハルのほうが、ずっと完全に思える。

めちゃくちゃで、正論も理不尽もお構いなしに、自分の心に従う。目の前の大事なことしか考えない。女性が泣き始めたら、迷惑がるまえに慰めてくれるくらい。

不安定で「正常《グリーン》じゃない」ヒナを、困りながらも手の中に入れてくれた男の子。

不意にヒナは、夜の〈ルート4走廊〉をまたハルとエアバイクで駆けたいと思った。

遠く霧の海に見えた船の灯《あか》り、夢のような汽笛のところまで。船が見つからなくても、ハルなら気にしないだろう。見つかるまでさがせば？　そう笑う気がする。

「あなたが好きよ」

ハルは十八歳の男の子の顔になった。プレゼントの予感がある少年みたい。別に全然期待してないけど——でも本当にそう勘違いされてプレゼントがもらえなかったら困る……。

ネームプレート以外にも、贈れるものがあったみたい。

ばたばた死人が出ているし、文句なく当事者なのに、ゲノム病のことは頭から追いやられ、ヒナはハルを可愛《かわい》いと思った。彼の「くしゃみ」みたいに。この二百年、全脳アーキテクチャ型AIが発達してから明らかに縮小傾向のあるヒトのちっぽけな脳味噌《のうみそ》の底に、最後まで残りそうなのは、最悪な現状すらどうでもよくなる底抜けに楽天的な原初の遺伝子かも。

永遠の命とひきかえにしてでも父祖が手に入れた、恋のスイッチ。

キリアンがいることも忘れた。ヒナは身をかがめた。ハルはクールなふりをやめた。

ヒナは唇を重ねた。長く。

ハルの指先が、ヒナの掌をなぞった。ヒナ……。

――助かるだろ。

ヒナはハルの頬にも愛情をこめてキスをした。「ええ」

†

ヒナは香港政府と、ハルについていくつか取引をした。

香港政府はハルの自由は認めなかったが、身の安全は保障した。

また、契約書においてはハル自身よりもヒナコ・神崎の署名《サイン》が上位にくることを――香港政府は認めたがらなかったが――香港のシステムＡＩ〈隠者《ハーミット》〉が妥当と判断し、承認した。

ヒナコ・神崎博士は香港政府から、ゲノム識別番号《コード》のない幽霊少年《ゴーストボーイ》に関して、確かに一年間の保護監督責任を負っている、と。

他方、九月のゲノム病報告書《レポート》以降、各研究機関は即刻治療法の研究に着手した。

特に香港島に時間はそう残されていなかった。

治療法が見つからねば、正常遺伝子への全面書き換えを世界で初めて義務づけた香港島がまっさきに壊滅するだろうことは、火を見るよりも明らかだった。

異変ははっきり顕れた。その年、ゲノム病は気まぐれなその照準を香港に合わせて引き金《トリガー》をひくことを決めたように、九龍と香港島を襲った。仮借なく、無慈悲に。死者がゼロの日が数日続くこともあれば、一日で千人を超えたことも一度あった。

香港では多くの根も葉もない噂《うわさ》が出回り、絶えてなかったうさんくさい民間療法や新興宗教、『正常《グリーン》でない』まじないがみるみる復活し、横行した。たいした暴動は起きなかった。「不穏な一線」を越える前に、装備《ウェアラブル》端末が生体《バイオ》リズムと感情コントロールに入った。危険水準と判断された場合は医療機関に端末が通報し、メンタルケア、あるいは脳の異常箇所を矯正された。端末を壊せば監視衛星《ゲートキーパー》が察知して、やはり香港警察か病院へ送られることになった。

同時に、観光名所や、過去の懐古でしかなかった多くの寺院に、再び供物が捧《ささ》げられ、香がたかれ、静かな祈りで満ちていきもした。公園には不思議に人が増えた。大観覧車はビルの谷間で毎日ゆっくり回った。ストリートの昔ながらの店は、いつもと同じ営業をつづけ、いつもと同じようにお客を迎えた。路上ダンスパフォーマーは気に入りの音楽をかけ、画家はいつもの椅子で昨日の続きを描き足し、ロイヤルオペラホールでとりやめになった公演は一つもなく、役者や音楽家たちは一人も舞台を降りなかった。死が彼らを迎えにいくまで。

研究者たちも、多くが今まで通り存分に遊び、ウィットに富んだジョークを飛ばし、カッカと怒り、打ちこんできた分野で自分の仕事をつづけた。香港島アカデミアに在籍する各分野の世界的第一人者たちは、そうであればあるほど不思議にくつろいで笑みを絶やさず、死ですら彼らの一流の矜持《きょうじ》をへし折ることはできなかった。

残り少ない時間をどう過ごすかを、一人一人好きに決めていった。それくらいしかやれることはなかったし、やる価値があるのもそれくらいだったので。

容易ならざる事態の中、治療法の早期究明をもっとも期待されたのは、病因を解明し、ゲノム病を公にしたヒナコ・神崎だった。その彼女もいずれ発症するだろうと、口に出さずとも誰もが考えた。それまでに神崎博士の研究がどこまで進み、治療法確立に近づくかが、あらゆるアカデミア・学会のもっとも重大な関心ごとだった。

香港に時間がないというのは世界連合とアカデミア・ユニオンも認め、特例が設けられた。

本来なら動物実験でのデータを何年も積み重ねなければ人での臨床試験の許可がおりない新型医療の原則を、動物実験なしで量子コンピュータによる予測実験結果で代替可とした。その上で、志願者に限ってであるが、すぐ人での臨床に移ることを、香港にのみ承認した。

……驚くべきことに、神崎博士は十二月の終わりには、人での臨床に入ったとの知らせが、サイエンス界を駆け巡った。

臨床試験の被験者——ダミアン・クーロイ博士は、神崎博士が指名したとも、香港政府が指名したとも、言われる……。

そうして年が明け、香港島は三月を迎えた。

†

ハルはふっとベッドで目を覚ました。無機質な部屋の、白いシーツの上で。

身を起こした。そうすることがどれだけ久しぶりかもわからない。頭の中が少し曖昧《あいまい》だった。

夢とうつつの波間をずっと漂っていたよう。〈洪水地帯〉で初めてヒナと会った日や、バケツの浜辺にいつも残っていた真珠、セントラル駅ですれ違った一瞬の情景、台風の夜の出来事、赤いドレスのヒナを林で見つけた時や……、いつもいっぱい自分に話しかけてくれたことを、繰り返し夢に見ていた気がする。

窓の外は昼で、木々はあわあわと紅い木瓜《ぼけ》の花を咲かせていた。春……。いやに静かだった。何の音もしない。微《かす》かに、空調の音がするだけ。

棚に、服がたたまれていた。服の上に〈H・神崎〉のネームプレート。靴もあった。青い石のアクセサリは手首についていた。

ハルは着替えて、ネームプレートをジーンズのポケットに入れた。白いドアに向かった。

〈生体コード認証しました……〉音声のあと、ドアが開く。

廊下ではなかった。検査室みたいな部屋だったが、誰もいなかった。薬品が並ぶワゴンや戸棚、デスクではファイルが開きっぱなしのまま放置され、あちこちで機械のランプだけが無言で点滅してる。ハルは次のドアをあけた。何個めかのドアの外で、白衣を着た死体が横たわっていた。眠っているのかと勘違いするほど綺麗《きれい》な遺体だったが、心臓は止まっていた。

廊下にも、部屋にも、骸《むくろ》が横たわっていた。空調や、自動機械の作動音のほかは何一つ聞こえず、生きている者の姿は誰も見なかった。建物はどこも完全な無菌設定がされているのか、死体は腐りもせずそこで静かに眠っていた。

迷宮のように入り組んだ広い建物の、無数のドアをあけてまわった。やがてハルはある病棟の案内板に、ネームプレートと同じ文字を見つけた。〈Ｈ・神崎〉

その部屋の窓の外もピンクの木瓜の花が満開で、風に揺れていた。

窓際の机に、ヒナはいた。

ヒナは机で少しうたた寝しているような恰好《かっこう》で、死んでいた。

白衣で、パンプスをちゃんと履かずに爪先だけいれている。机の筆立てには金魚の棒付き飴《あめ》が一本。軽く丸めた手のそばには、真珠入りの桜貝が一つ。

ハルはヒナの朝焼け色の髪にふれ、血の気のない手をとった。ハルには信じがたいほど綺麗なヒナの手も足も、顔も冷たく……伏せた睫毛《まつげ》が震えて目覚めることはなかった。

ヒナの手首の腕輪の赤いランプが、ピッピッと反応し、グリーンに変わった。

〈ＨＡＬ様の生体コードを認証しました。ＨＡＬ様、ヒナ様の執事ウィリアムにございます。ヒナ様よりＨＡＬ様へ、音声メッセージを預かっております……〉

19

〈おはよう、ハル。体の調子はどう？

あなたの薬が抜けて、すっきり目覚めたってことは、あなたの監視プログラムの続行承認を丸一日誰もしてないってことだから、きっと香港《ホンコン》政府内にも、研究棟にも、病棟にも、もう誰もいなくなったのだと思います。さみしくさせていたら、ごめんね。

服と靴は、見つけた？　キリアンに頼んでおいたの。必ず病室に一式は置いといてって。


もしかしたら……香港島は完全封鎖されてるかも。

プログラムの続行承認がでないってことは、最上位アクセス権限をもつ政務次官と香港議会議長、香港大学学長の三人ともゲノム病をいっせいに発症したのだと思うわ。

引き継ぎもなく、三人の生体反応も感知できない場合、香港システムＡＩ〈隠者《ハーミット》〉と〈監視衛星《ゲートキーパー》〉が異常事態と見なして緊急措置を強制発動させるはず。香港島の完全封鎖に踏み切って、一時的にせよ、外部からの干渉が一切できなくなってるかもしれない。

でもあなたは心配ないわ。あなたに臨時で付与された生体認証コード、今は香港島で最優先保護設定されているから、どこでも好きに行けるわ。

それと、あなたが十二月に許諾した諸々《もろもろ》の契約――あなたのオリジナルヒトゲノムや生殖遺伝子の保存・共有、使用許可など――は、すべて私の死をもって無効になるようにしてあります。凍結保存されたあなたの精子や、生体情報・ゲノム情報も、今頃ＡＩ〈森羅万象《ヴェルトール》〉が私の遺志と契約を履行して、一つ残らず自動破棄しているから、心配しないで。


ハル。

私はずっと考えていました。「正常《グリーン》じゃない」という考えや、時折黙想にふけっていた母のこと、とりわけあなたのこと……。

母は「異常をすべて排除する」ことについて、考えていたのだと思います。

ハル。ジーンとは別に、私にはもう一通シークレットメールがきていたの。

母ミヤコからのメール。死後半年で、ランプが点《つ》くようにしていたのね。

母は霧《ダーク・フォグ》の病の最初の発見者。なぜ母が発見者なのか？

四十数年前、最初のゲノム病死亡認定をされたのは、ミヤコ・神崎の娘だったから。

名は、ヒナコ・神崎……。

最初の死ということは、先祖がかなり早い段階で『全面書き換え』をしたということ。

昔から神崎家は遺伝子研究に携わる者が多くて、曾祖父《そうそふ》は自分の身体《からだ》で実験して『全異常遺伝子を正常に書き換えて』みたらしいわ。二百年前も昔、ゲノム編集医療の揺籃《ようらん》期にね。

母ミヤコも遺伝子工学の道に進み、娘を孕《はら》んだ。受精卵には多少遺伝子異常があったから、母は全部書き換えた。生まれてきた娘は、二十歳で死んだ。雨の日に……。

当時香港大学で遺伝子工学を学んでいた『ヒナコ』は、発症するその日の朝、キッチンで母と朝食をとりながら不思議なことを聞いたというわ。

『お母さん、どうして私のゲノムを、書き換えようと思ったの？』

だってあなたは正常じゃなかったからよ、と母は答えた。

その五時間後に、『ヒナコ』はゲノム病で死んだ。

母はその会話が頭について離れなくて、本当にこの病は、自分が書き換えたゲノムのせいなのではないかと疑った。

『本当に正常でなかったのは娘か、私がしたことか？』

……それで母は『正常《グリーン》』を放り捨てたのね。何をしたかといったら、『私』を――ハル、あなたと会った私を、つくったの。

呆《あき》れたことに、母は『書き換える前の受精卵』をもう一つ凍結保存していて、今度は『異常遺伝子をそのままにして』私――もう一人のヒナコ・神崎を育てたってわけ。

そうしたら、二十歳では死ななかった……。

『最初に死んだ私』の記録は母が架空の人物に改竄《かいざん》したのだけど、ジーンはアカデミアの研究シークレットコードを解いて、四十数年前の死者が『私』だったことをつきとめたみたい。

ハル、私は全部がオリジナルヒトゲノムのあなたとは違う。

異常遺伝子がいくらか残ってるってだけで、母から受け継いだ改変遺伝子を多くもってる。モトの私が二十年で死んだくらいにね。だから発症はする。でも最初の私より、二十年ほど長生きさせてもらって……それで、あなたと会えたのよ、ハル。

母は私が『全面書き換えをしてない』とばれないよう、色々手段を講じたみたい。健康診断《メディカル・チェック》に引っかからないように、いずれ体外に全部排出されるだけの、怪しい抗ウイルス遺伝子ドーピングを定期的に私に打って風邪を引かないようにする、とか。遺伝子工学の権威の母が念入りに手を打ったのだもの、そりゃ、ばれないわね……。

それで成長する私を見ていて、『どこが異常なの』と母は思ったのですって。

あなたの全部が好きだったと、メールに書いてくれた。


その母が二月に逝って、抗ウイルス剤も抜けて、私は夏に「風邪をひいた」ってわけ。

七月の体調不良が、ゲノム病の兆しだった――みたい。免疫機能低下の通知アラーム。

ハル、母は秋に「体に異変を感じ」、二月末に死んだ。そう、母は死ぬ半年前に、何か変だと感じたようなの。けど、どの検査でも異常なし。母も、首をひねってたわ。

私は熱をだしたけど、母はそうはならない。身体の奥で細胞が異変と戦い始めれば、『普通は』身体に症状がでて、私たちに異状を知らせる。ハルのくしゃみみたいなもの。

でも、母は全遺伝子を正常に書き換えてある。

その全正常遺伝子が、身体の異状を完全に抑えこんでしまう。

だから、死ぬ三十分前まで、私たちは自分の異変に気づかない。発症すれば手遅れ。

私たちは自分のどこが悪かったかもわからずに死ぬ。向き合って治す時間もない。

……香港シティそのものみたいにね。

母のメールに、こうあったわ。最後までゲノム病の治療法を発見できなかったことに、どこかでホッとしている私がいる、と。治療法を見つけたとしても、香港政府に開示すべきか、そうすることが正しいのかどうか、私はとても悩んだに違いない——と。

ジーンも母も私も——でも、本当はね、香港政府も同じことを感じてたのではないかしら。

「改変遺伝子」によって発症、死に至るのだから、誰だって考えることがあるわ。

選ばれなかったのは、私たちのほうだったのではないか？

異常遺伝子を書き換えつづけ、私たちは二百年前と違う遺伝子型のヒトになった。

でもこの先、何千年もの未来の中、ヒトの存続に必要な『何か』をもっていると判断されたのは、私たちではないのではないか——より大きな脳と体軀《たいく》のネアンデルタール人の方が滅んだみたいに、今度は私たちが選ばれなかったのではないかって。

ジーンがいっていたわね。ゲノム病は、自死《アポトーシス》システムではないかと。

『他を生かすため』に、異常を起こした細胞は『自ら活動を止める』。

ハル、「異常だらけ」を平気で抱えて生きるあなた――いえ、たぶん、あなたたちオリジナル――をこの先残すためには、あなたたちを排除する「私たち」は、死ななければならない。

そう判断したのかも。「誰かが」じゃない。

私たち自身が。私たちが体の奥深くに何万年も受け継いできたものが。

だってね、ハル、香港島の誰より、私にはあなたが魅力的に映るんだもの。


生まれた意味などありはしないと、ジーンはいってたものよ。何か残しても、残さなくてもいい。人生はフレーバー。悲しみも喜びも溜息《ためいき》も、一瞬の味。味見して地上を去る時『一部が次に受け継がれ、あるいは消え、別の染色体と交わって、あるいは交わらないことによって、前の世代とは違う生き物が次の地球を歩いてれば、それでいい』の。

私たちも、全部を間違えたわけじゃないはず。香港島にもいいところ、結構あるもの。あなたの虫歯は治せるし、コーヒーフラペチーノは美味《おい》しいし。風邪ひかないし。風邪っぴきって顔むくんで鼻水たらしてしんどくて全然ロマンス小説とは違うんだもの。絶対落ちないメイクだってなかったら、あなたも考えを変えたと思うの。九月に。

……香港であなたが好きになってくれたところ、ちょっとくらいはあるかしら？　あるといいわ。ここを旅立つ時、その記憶だけでも抱いていってくれたら、嬉《うれ》しいわ。口腔《こうこう》洗浄粉末は、嫌いでももってってほしいわ。良薬は口に苦しっていうのよ。

あなたが訪れて、去るこの街のこと、いつか懐かしく思いだしてくれたらいいんだけど。

……嘘《うそ》つきって、思ってる？　怒ってたら、腕輪の裏の小さな赤ランプ部分にさわっ――。

（しばしおかしなノイズと、ハルに乱暴に扱われたＡＩウィリアムの抗議の声がつづく）

…………えー、赤ランプを選んだということは、怒ってるのね……ごめんね。


じゃあ、研究について、話そうかしら……。

手を抜いたわけじゃないです。そりゃ美しい善意と良識と熱意に燃えてたかと言われたら、ふてくされ気味だけども……。あなたと違って、私は寛容じゃないところがあるみたい。香港政府があなたに「障害がある」っていったこと、まだ怒ってるし。

でも、私たちは滅ぶべき存在だわ、なんて二十世紀ムービーのマッドサイエンティストみたいなこと思ってたわけじゃないです。……ホントよ？

あなたに治療法を見つけてってお願いされたから、頑張りました。一応。

あなたと会わなかった八月。遺伝子書き換えが原因のゲノム病らしい――と判断がついてから、すぐ治療法について、いくつか思考実験に入ったわ。

神崎家初の遺伝子改変者は曾祖父。だから去年ゲノム病で死んだ母は、三世代目になる。

『私』は四世代目。たぶん三世代目を境に、生存可能年齢が急激に下がるのよ。どんどん滅んでくってことね。長命になったぶん妊娠数が減ったから、四世代目はまだそんなにいない。

今の香港では、四世代目での最高齢は私。次は、やっと今年八歳になった子がくる。

『最初の私』は二十年で死んで、『今の私』はプラス二十年ほど寿命が延びた。

母が書き換えずにおいた異常遺伝子のどれかが発症をディフェンスしたのかも……って思うわよね。母もその研究に着手した。

けど、すぐに行き詰まった。「改変DNAのどれでもゲノム病の発動因子になりうる」ということは、ある一つの塩基型をディフェンスすればいいわけじゃない、ということ。

しかも、私たちはそれぞれ好きにゲノムを書き換えてきた。

私のもつ異常遺伝子のどれかが、ゲノム病をディフェンスしてたにせよ、それは『私のみ』に『たまたま』二十年ほど効いたにすぎない、しかも『どの異常遺伝子が、どの書き換えDNA変異をディフェンスしたのか皆目見当がつかない』……ってお母さんちょっとそりゃ学者のくせにいい加減すぎるじゃないのとメールを読みながら思ったわ。

いくつかの塩基型をディフェンスするだけなら、対応できたかもしれない。でも私たちはあんまりにも——目や肌の色まで容姿デザインして——書き換えすぎたのね。

問題はまだあった。私は生来異常遺伝子をもっているから、私の体には「その異常遺伝子は、あるのが普通」。でも、その「傷のある遺伝子」を完全正常遺伝子の香港人がもてば、すぐに

「異常」アラームが鳴る。

たとえゲノム病ディフェンス細胞を作製できても、それを「正常な」体に移したら、『突如内部に出現した異常細胞にしか見えないディフェンス部隊』は、ゲノム病に対処する前に、『味方の迎撃部隊』に「敵」と勘違いされて、全部撲殺されちゃうわけ。


そもそもこの『改変遺伝子が自殺《アポトーシス》していく』ゲノム病……仮説を立てたわ。

『他を生かす』ためでなく、『自分たちは必要ない』と判断しての自殺《アポトーシス》ではないか。

昔も生涯健康だった人はいたと思うけど、そう見えるだけで、私たちの体は毎日多くの失敗、エラーミスをやらかしてる。それが普通なの――いえ、普通だったの。体の中で起きるバグを毎日片っ端から片付けながら、やっていく。

でもある日を境に、全部正常遺伝子に置き換わったので、バグ自体があんまり起こらなくなった。もちろん、正常遺伝子に全部変えたって、日々異常細胞は体の中でポコポコできる。けど、『できにくくするように』改変したのだから、数は格段に減ったはず。特に免疫細胞はバグ――異常細胞を貪食《とんしょく》して人体を毎日綺麗《きれい》にお掃除するのが仕事だけど、食べるものはなくなるし、やる仕事もなくなっちゃったわけ。

で、三世代目で、改変遺伝子は自らを『不要である』と判断した……としたら?

これも、『自家中毒』みたいなものなのかしらねぇ。俺、毎日やることないけど、なんのためにいるの？　いる意味なくない？　って細胞も思うのかしらねぇ……。ジーン博士の意見を聞きたいところ。それか、食料が減れば人口が減るように、改変遺伝子も個体数を減らそうとするのか──あるいはジーンの仮説のように三世代目遺伝子が短命なのか……。

じゃあ、異常細胞や、ウイルスをいっぱい与えてやればって？

ハル、あなたはサバイバルに慣れてるけど──〈洪水地帯〉で焼き魚食べてたみたいに──百年も仕事してなかったノンキな細胞に、突然山ほど仕事を与えたらどうなるか──アカデミア・ユニオン全脳アーキテクチャ型ＡＩ〈森羅万象《ヴェルトール》〉が予測をだしたわ。

『細胞の七八％は急激な環境悪化に対応できず、多くの病気を併発させながら、ゲノム病も発症し、やはり死ぬと思われます』ですって……。そりゃ、そうよね……。

ハル、あなたの体の中は、私たちと比べてすごく活発《アクティブ》なの。

毎日、私たちの百倍も発生する大量のトラブル、異常細胞をすべて迎撃して、退ける。百戦錬磨の将軍みたいにね。多少逃すけど、それも体に異常がでない範囲内で抑えこみ、防衛ラインを決して突破させない。私たちはエラーを出すことを『劣《おと》ってる』としたけど……問題《エラー》が起きれば、私たちにはあなたのように切り抜ける力がない。

『改変遺伝子が自殺《アポトーシス》スイッチをオンにする』なら、『スイッチを押させない』というのはどう？　昔の癌《がん》治療ケースがそうだったの。癌は異常細胞によっておこる病。癌細胞は、自分たちを捕食する防御細胞を欺いて、貪食スイッチをオフにして、逃げようとする。それに対して昔のお医者たちは『癌細胞に貪食スイッチを切らせない』方法を模索した。

ただ、改変遺伝子のすべての自死スイッチを切るのは、ほぼ不可能。百万軒の家の、それぞれ違う自死発生条件の鍵の型を、調べて、つくって、その鍵穴を塞ぐ溶液をつくる……みたいなもの。とてもむり。

他にも問題は山ほど。


それで……ちょっと考えたの。

全然完璧な対応策じゃない。不完全なんだけど、もしかしたらって方法を一つ。

臨床試験にダミアン・クーロイ博士を指名したのは、私と香港政府、どちらとも。

香港政府は、ダミアンが患者なら、私が臨床試験やプランをわざと失敗させることはないと思ったみたい。ダミアンは二つ返事で引き受けてくれた。チャンドラX線観測衛星3がとらえた三つの中性子星融合のファンタジーや、エキセントリック・プラネットでも初の「二重楕円《だえん》公転軌道をもつ系外惑星発見の瞬間」をほったらかしてまでね。……いえ、嘘《うそ》、エキセントリック・プラネットのニュースを知った時は『こんな臨床受けるんじゃなかった！』ってわあわあ泣かれて、三日口きいてくんなかったわ……。そのあとで『エキセントリックとはいえんが、君のワンダーな顔を見るのも今はまあまあ貴重かもなと思い直した』っていってくれたけど。

ワンダーな顔って……。

……一月末に、ダミアンは重篤の病を起こして、昏睡《こんすい》状態になった。

それから十日たって、ダミアンの病状はますます悪くなった。

それで香港政府は私に見切りをつけたみたい。なんの連絡もなくなったわ。キリアンも『あんたのSPを解かれたよ』って。『博士はここに監禁みたい』確かに部屋の鍵が開かないの。キリアンが毎日水とシリアルバーを運んでくれなかったら、食事もできなかったかも。

だから、あなたの病室に顔を見に行くこともできないわ、ハル。

あなたの写真、撮っておけばよかった。そうしたら毎日写真を眺められたのに。

でも、素敵な貝殻と、真珠があるから。


今日も――二月十三日――隣の部屋で、ダミアンは昏睡してる。

ああでも、起きたあなたが、私をどこで見つけるかわからないわね。建物の案内表示の〈H・神崎〉という部屋が、私の研究室です。入って左奥に、小さな扉があるの。

その奥にダミアンはいて、今も私が病理経過をつけながら、診ています。幸い、アカデミアが使うAI〈森羅万象《ヴェルトール》〉は香港政府とは別の独立AIだから、不自由はないわ。ダミアンの生命維持に必要な薬剤や機器はそろってるし、医療《メディカル》AIに頼めば、医療品や消耗品をすぐ支給してくれる。全脳アーキテクチャ型AI判断のいいところ。人道優先で、公平。

最後まで、医者として、ダミアンを診るつもりでいます。

その合間に、何本か論文をまとめています。端末に〈森羅万象《ヴェルトール》〉の学術アーカイブが入ってよかったわ。外部とのネットワークアクセスが切られてるの。

ブレスレット端末も使えないから、メールもこないわ。ウィリアムが〈わたくし、目覚ましアラームやカレンダーめくりや、保存済みファイルの開け閉めくらいのご用しかできずに大変忸怩《じくじ》たる思いでございます。そんなものは人間の執事もできます〉って憤慨してる。

まあ、外部と音信不通なおかげでこれも、見つからずに録音できるんだけど。

母は『体に異変を感じて半年後』に逝った。

……だから、私も三月まで生きてはいないはず。

ゲノム病発症の通知アラームは、七月にもう鳴ってる。

それに香港政府が精密検査もせず赤《レッド》判定をだした原因の『風邪を引く体』のあちこちが、ちゃんと悲鳴あげてるのよね……検査結果見ても、余命二週間ってところよ。

でも、二十年以上もモトの私から長生きできた。最後の一年であなたと会えるまで頑張ってくれた自分の細胞を、ほめてあげたいわね。

あなたに何をいおうかしらと、話してる間もずっと考えてたの。

ハル、助かると、あのとき、私はあなたに嘘をつきました。

誰かが完璧なゲノム病の治療法を見つけたとしても、私は自分にはやらなかったと思うわ。理由は色々あるんだけど……いいでしょ、別に。二十五も年下の男の子とは、どのみちやってけなかったわ。そう、あなたは今ふられたの。

香港の霧の海の向こうへは、私は行かない。ここで汽笛を聞いてることにする。

それと……。

あなたへのゲノム編集医療は、していません。あなたは今もオリジナルヒトゲノム。

「同じになりたい」って言われたとき、気持ちが揺れた。海馬で、少しだけ遺伝子の傷を治すくらいなら……二月になっても、ずっと迷ってた。あなたは今のままでもちっとも異常じゃない……そんな私自身を肯定したかったエゴなのかも。あなたが自在に話せるようになることと、そんなエゴをひきかえにすべきじゃないとも思った。

……どうしてかわからない、私は、最後まであなたにゲノム治療は、できなかった。

でも、もし遺伝子治療をあなたが望むなら。

〈H・神崎〉の部屋の、私の机の抽斗《ひきだし》に紹介状を何通か書いて残しておきます。〈最高学府機関《ヴェルトール》〉遺伝子学部門で、私が信頼を置く教授たちよ。それぞれ素晴らしい功績をあげてるわ。

さて、そろそろ音声を切ります。

MR《ミックス・リアリティ》ファイルにしなかったのは……そのう……ジーンみたいに美人じゃないし、思い出の中のひとは勝手に美しくなるって、いうらしいので。

それに私、ジーンのMRを再生するたび、ダダ泣きしちゃうの。生きてるみたいで……過去にできないの。毎回泣いて、今も見るたび悲しい。

どうせあなたが味わうなら、もう少し優しい味のフレーバーがいいわ。

ハル、あんまり時間はないかも。

世界でも指折りのトップエースハッカーたちが〈隠者《ハーミット》〉と〈監視衛星《ゲートキーパー》〉の緊急防衛ロックにアタックを開始すれば、さすがに最高度防衛態勢《デフコン1》も二、三日中に封鎖解除されると思うわ。すぐに連合から国際緊急医療団が派遣されてくるはず。〈最高学府機関《ヴェルトール》〉からも、たぶん。

録音再生が終了したら、ウィリアムが私のブレスレットのロックを外してくれる。

よかったら、腕輪をもっていって。あなたを認証させてある。ウィリアムが使えるわ。私の資産もすべてあなたに譲渡してあります。ウィリアムに聞いて、使ってね。

私の家――一軒家の方――にまず向かって、保存食料と水と、エアバイクをとってくるといいわ。九月に認証させたのに、逃げないんだもの。バイクキーのリップスティックは、出窓の羊のぬいぐるみの中。おなかにジッパーがあるから。

アラン・フェイに、あなたのことを頼んであります。九龍《クーロン》で彼が生きていたら、頼ってみて。

キリアンが何度か〈バーガーズ・シャック〉のコルビージャックバーガーを差し入れてくれたから、まだ……。お店が開いていたら、立ち寄って、食べていってね。午後五時までよ。

香港島からは海底トンネルが三本、大陸へのびてる。二百年前からあるものよ。

そこをバイクで飛ばしてもいいんじゃない？　二本は封鎖されてるけど、〈ルート4走廊〉のジャンクションから出る中央道は使える。水族館みたいになってて、すごく綺麗よ。

香港島の霧の海の向こう側。
私のかわりに、見てきてね。
遥《はる》か遥か、遠くまで——。

ハル、あなたはグリーン。大好きよ〉

20

二月二十八日。ヒナは机でダミアンの経過観察日誌を書いた後、最後に今日の日付を記した。万年筆で。二月に入ってからは手書きで記録をつけている。特に理由はないのだけども。

日誌をデスクの抽斗《ひきだし》にしまう。ウォーターマンの万年筆は筆立てへ。

筆立てには残り一本の金魚の棒付き飴《あめ》もある。論文を書きながら、あるいはダミアンの診察の合間にソファで仮眠すると、たまにエドワードの夢を見る。エドワードには夢でもいつも怒られる。それも今はいい夢ではある。エドワードは一月にゲノム病で死んでしまった。

ハルの夢は、どうしてか、一度も見ることができない。

窓の外では、色素の薄そうな冬の日差しがくすんだ木々を照らしていた。蕾《つぼみ》をつけた木があったけれど、なんの木か無粋なヒナにはわからない。毎年ピンクの綺麗《きれい》な花をつける。

ヒナは視線を筆立ての隣に向けた。置いた薄紅の桜貝の中には、真珠が一粒ある。

真珠を撫《な》でてから、コーヒーとイチゴバニラ味のシリアルバーで栄養補給する。ここ数日、一本食べきるのにひどく時間がかかる。半分で食べたくなくなったけど、胃に押しこんだ。患者より先に死なないよう努力はしないと。主治医だから。

(明日から、三月かあ……)

クスッとする。結構しぶとく頑張ってる。ダミアンも、私も。三月まで生きられそう。

足の浮腫《むくみ》がひどかったので、パンプスを半分脱いだ。少しだるくて、ちょっとだけ机でうたた寝することにした。腕を枕にして、真珠を眺める。何だか本当に疲れてるみたい。

眠ろうとして、ハッとする。ウィリアムに、目覚ましアラームを三十分後に設定してね、と伝えたかしら? 伝えたように思う。たぶん。ヒナは目をつむった。

三十分後、ウィリアムはちゃんと目覚ましアラームを鳴らした。

〈ヒナ様……〉聞く者があれば、とてもさみしげに響いたかもしれない。

一分間鳴りつづけ、それから、ウィリアムは目覚ましアラームを止めた。

†

ヒナは〈ルート4走廊〉を振り返った。

海沿いの道には、誰の影もない。聞こえたように思う目覚ましアラームの音もしない。あわだつ暗い海からは、霧がうすうすと灰色の道へさまよいでている。

ヒナは自分の手の中の、花束を見た。香港《ホンコン》大学を無断欠勤し、逆方向の地下鉄に乗り換えて終着駅で下り、廃線のレールの上を歩いて、この封鎖された〈ルート4走廊〉まできた。

三月の空は灰色で、もうすぐ冷たい雨が降りだしそう。

普通に出勤するつもりだったので、コートに、トートバッグに、パンプス。停車場のホームにフラワーショップがあるのを見て、花を買いたくなって、下車した。花を買ったら、海へきたくなった。

母を亡くして半月以上経《た》つのに、毎日ぽっかりあいた胸の痛みで目を覚ます。エドワードはメンタルケアをすすめてくれる。断る時、ヒナとエドワードの二人とも傷ついていると知ってる。でも、ヒナにはどうしていいかわからない。

雨が降りはじめる。ヒナは〈ルート4走廊〉のふちから、海へ花を投げた。

コートのポケットに両手を入れ、また歩きはじめた。なんとなく、霧の濃い方へ。

雨は、降ったりやんだり。霧がモヤモヤと、絶えず海から漂ってくる。道の前も、うしろも、白いクロスワードパズルみたいに、包んでゆく。

ヒナは長い灰色の道をたどりながら、微笑《ほほえ》んだ。いつだったか……。

遠い日、あるひとと二人で、ここをバイクで駆け抜けた。

つづいてる道の先で、私はまた誰かと出会って、一緒に歩くだろうか？

たぶん。

それまでの間、またべつべつの道を歩こう。

いつしかヒナは雨の〈ルート4走廊〉でなく、金魚街を歩いていた。隣を見れば母ミヤコがいて、目を細めて笑いかける。母はヒナと同じ赤っぽい金髪をバレッタで肩口にまとめるスタイル。容姿デザインをしているので、ヒナより格段にスタイリッシュな美女である。

金魚街には、今日は金魚だけ。屋台は並んでいても主人はおらず、客もヒナと母の二人。がらんとして静かな金魚街のどこかで、風鈴がチリン、チリンと鳴っている。

屋台に吊《つ》られた数千の透明な袋の中で、今日も金魚が泳いでる。

母は金魚を眺める風を装い、チラッとヒナを盗み見る。学会では常に泰然自若——金魚飴をなめながらの発表でも威厳はいささかも損なわれなかった——自慢の母である。が、家では何かやましいことがあると、こんな風に挙動不審になる。

「おかあさん」ヒナも金魚を見る風で、立ち止まった。「つまり私、四十三歳どころか、実はプラス二十年生きてて——実際は六十三歳だったたってこと?」

「あのね、若く見えるから。だいじょぶ。それに前世みたいなものよ。勘定に入らない」

「それ、なんにも慰めになってないからね!?」

「怒ってる?」

「研究者の倫理とか、人としてとか考えると、怒ってないとはいえないけども」

しょげた母の方へパンプスをずらして、寄り添った。全然嘘《うそ》をつかずにいえる言葉が、一つある。「大事にしてくれて、ありがとう」

霧の〈ルート4走廊〉。降ったりやんだりの雨つづきみたいな毎日の中、いつもヒナは不安定な気持ちを抱え、うまくやれない自分に沈みながら歩いた。

メンタルケアを受ければ、そんなことをせずにすんだろうか。そうかもしれない。でもヒナの宝物はその中にあった。ジーンの微笑み、エドワードが苛立ちながらいつも迎えにきてくれたこと、母を亡くして胸が張り裂けそうなほど泣いたこと……。それに、雨降りの日に〈洪水地帯〉の廃墟に逃げるような私でなければ、ハルと出会えなかったから。

金魚鉢の底の空は、七月の夏みたいな色。宅配ドローンが飛んでそうな、快晴。

ヒナにとって世界はずっとガラス越しだった。

夏に汗びっしょりですするコーヒーフラペチーノの美味《おい》しさも、すれ違いの毎日に胸を締めつけられることも、心臓の鼓動を聞きながら眠りにつく幸福も、誰かを愛して不確かになる感情も、ガラスの外の男の子が教えてくれた。ヒナの本物《リアル》。

「まったく、お母さんと私が香港島《ほんこんとう》を出られなかったのは、お母さんの百件近いサイエンス犯罪を〈最高学府機関《ヴェルトール》〉にうすうす勘づかれてたせいじゃないの？」

母がもじもじする。……ヒナは嫌な予感がした。

「……お母さん、もう隠してることないよね？」

「たいしたことじゃないから、だいじょぶ」

「ちょ、ちょ、ちょっと——」

風が吹き、風鈴が気の遠くなるほど優しい千の音色をいっせいにさざめかせた。

「金魚ね、ヒナに買ってあげたかったの」母は眉を八の字にして、袋の金魚とにらめっこした。「でも本当にあげたいのは金魚じゃない気もして、悩んでたの。もっと綺麗で、絶対消えない、とても大切なものを、あなたにあげたかった」

「うん」ヒナの声がかすれた。「うん。いっぱい、もらった」

「ほんと？」ものすごく自信なげ。「遺伝子操作された金魚を、ヒナが『ぜんぶ綺麗ね』っていってくれた時、嬉《うれ》しかった。あなたの目に、ゲノムを全部書き換えた私たちの存在も、少しは綺麗に映ってくれてるのかもしれないって」

どうしてか風はやまず、チリンチリンと風鈴が騒ぐ。ミヤコはヒナの肩越しを見た。

「あらあら。やっぱり今度も見つかっちゃったみたいよ、ヒナ」

「そりゃ、エドワードだもの。いい話でごまかさないで。さっきの『だいじょぶ』って——」

「本当にたいしたことじゃないから」

母はにっこりして、ヒナに手をふった。「うふふふ。またね、ヒナ」

うしろから、ヒナは誰かに、腕をひかれた。

熱帯低気圧が近づいてるみたいな、熱い手で。

呼び声のかわりに、ヒナ、とそのひとは彼女の掌《てのひら》に名を書いた。

星々の海

誰かがヒナの掌《てのひら》を、指でなぞる。繰り返し。――ヒナ……。
……ヒナは。
ふっと目を覚ました。
なぞっていた指先が、止まった。

†

夜なのか、薄暗かった。ちゃんと目を開けたのかしばらく不確かなくらいに、暗い。
すっかり本職の医者なみにかぎなれた医薬品のにおい。断続的な電子音も聞こえる。ずいぶん長く眠ってしまったのか、頭痛がして目の奥が疼《うず》いた。電子音と重なってアラームが鳴っていたので止めてとウィリアムに頼んだ。アラームが、鳴り止《や》む。

（……ええと、ダミアンの病理経過を日誌に書いて、イチゴバニラ味のシリアルバーをかじって、少し寝ようと思って机に……。……？　でも、ベッドシーツに寝てる、気がする）

頬にも枕のふんわりした感触。本物のハーブ・エッセンスをたらしてあるような、いい匂いがする。それだけですごくリラックスした。

寝返りをうってみたら、できた。誰かがベッドに運んでくれたらしい。立体スクリーンや、ランプ点滅の光が目に入った。それらが暗い部屋に光を投げかけていた。ヒナには見なれた光景だ。八月からずっと、ヒナはマンションでも研究室でも、暗闇と電子光と機械の音のなかにいた。宇宙船にいる気分になれるな、とドクターDは結構、気に入ってくれた。あれが崩壊惑星KELT《ケルト》－9b《ナインビー》だ。赤いランプを指さした。それが昏睡《こんすい》する前の、ダミアンの最後の言葉。

ヒナはハーブの香りをたっぷり吸いこんだ。ひどく眠い。ダミアンには悪いけども、もう一眠りすることにした。誰かの指先がヒナの髪に優しくさしこまれた。

「……おはよう、ヒナ」

知らない男性の声だった。

「寝過ぎだよ」

これには、腹が立った。誰がなんと言おうと、今のヒナほど睡眠不足の医者はいない。特にここ一週間は体中が死ぬほど痛くて、仮眠用ソファに横になっても寝られやしなかったんだから。うしろの誰かに文句を言い、頭にふれる手を追いやった。

「いや、今は寝過ぎだ。起きて」

ベッドスプリングが沈んだ。誰かがヒナのうしろに腰かける。ヒナをシーツごとくるんで、抱き起こす。乱暴な手つきではなかったけれど、断固としていた。

いくらなんでもぶしつけすぎる。ヒナは相手を押しやろうとして、唐突にシーツの下の自分が裸なことに気づいた。一気に頭が冷えた。

離れる暇もなく、その誰かの膝の上に簡単に抱きあげられていた。何をしでかしたか思い出せない。相手は電子光を背にしてるので、顔がよく見えない。

「な、な、何？　夢⁉　ここ、私の研究室――じゃないの？　もしかして、臨床結果が出なくてやけになって、つい羽目を外した⁉」

「……そういうこと、してたんだ？」

「身に覚えはないけどさびしかったから自信がない」

沈黙。

片手でシーツを胸元にかきよせ、もう片手を相手の胸に当て、これ以上接近しないよう努力はした。彼の方は服を着ていた。シャツ越しの鼓動を掌で聞いた刹那、ヒナはめまいを覚えた。

ごくっとつばをのみ、咳払《せきばら》いした。

「つまり、寝過ぎというのは、延長料金です、とかそういう恥ずかしい話でしょうか」

「違います」声がやけに冷たくなっている。

「よかった。じゃあ、すぐ服を着て、帰ります。いえ、そのう、あなたを呼んだの私の方？いったいここはどこ――」

部屋の照明は徐々に明るくなっていた。

相手の手首に覚えのあるブレスレット端末と、青い石のついたアクセサリが一緒に巻かれているのが見えた。肌は象牙色……。視線をずらす。カフスつきの濃いブルーのシャツと、ジーンズ。最後にそろりと顔を盗み見る。とはいっても向こうはヒナを見ているので、目が合った。アーモンド形の黒い瞳、顔立ちに漂う花や木々の閑雅さ。耳にはヒナがつけたエセピアス。でも「大人びてる」とはもういえない。年は……どう見ても、エドワードと同じくらいの二十五、六歳くらいの青年だったので。

掌に感じる、あたたかで少し早めの鼓動が、彼のものか、自分のものか、ヒナはわからなくなった。一度も夢にでてこないとがっかりしていた。

「……い、いい夢……かも……」

「俺も三分前までは、夢みたいだったけど」

ヒナは自分の耳にイヤーが入っているのに気がついた。青年が腕輪端末でライティングし、音声変換してヒナのイヤーに送信しているらしかった。落ち着いた素敵な声で、つくりものと思えないほど自然で――とびきり苦々しい。

「ハル……?」

「そうです」

「つむじを曲げないで。夢だろうがなんだろうが、せっかく会えたのに」

夢のハルはちらっとヒナを見下ろし、頷《うなず》いた。ヒナの表情に気づいたのか、ハルは真顔になった。音声でなく、ヒナの手をとって文字を書いた。――どうしたの。

ヒナの夢の中ではあっても、ハルはゲノム編集医療を受けておらず、元の彼のままなのだった。ヒナの胸に嬉《うれ》しい気持ちと、その嬉しさを恥じるうしろめたさが同居していた。夢なので、正直に打ち明けた。ハルは言葉でなく、抱きしめてくれた。

電子音がピッピッと続いてる。

部屋はすっかり明るくなった。地下室みたいに窓がなく、量子パソコンから呼びだされた何十枚という立体スクリーンが宙に浮いている。羅列されているのはそれぞれ何かの検査スキャンのデータのようだけど、ヒナでもこんな数のスクリーンを一度に相手にしたことはない。点滅する無数の色の電子の光。見なれた遺伝子工学の研究機材や本棚。ヒナが最初に自宅マンションか、大学の研究室だと思ったのもむりはない。まさにヒナがいつきそうな場所である。

「……というかここ、私の家によく似てるわ」

もともと家は母の研究所を兼ねており、地下にこういった研究室がある。ヒナもマンションに越すまでは使っていた。でも、こんな素敵なベッドはなかった。

医療《メディカル》AIが完備された最新式の医療ベッド。香港島アカデミア御用達《ごようたし》の最高品質。寝心地も最高でぐっすり眠れる。研究者には絶対支給してくれない。夢では、知らない機能メニューもついているようだ。ハルはヒナがベッドをいじくっても、好きにさせている。

「……もうソファで寝るのにうんざりして、私もこれ使いたいと思ってたからかしら？」

ハルがヒナの手に返事を書く。

――いや、ヒナの蘇生《そせい》と回復に必要だったからだよ。

「ファンタジーゲームみたいな台詞《せりふ》ね」

ハルはつづきを指でなぞろうとして、何度か眉をひそめた。うまく言葉を繋《つな》げないように。音声に切り替わった。どうやらライティングも、AIがハルの意思を補完しているらしい。ヒナの華奢《きゃしゃ》な腕輪型端末が、ハルの左手首でチカリと点滅した。

「この地下、隠し部屋や、手術室まであって、ヒナを胚《はい》から生成するのに必要な機器も、全部そろってた。ミヤコ博士、五十年前にここでヒナをこっそりつくりなおしたんだ。ここにヒナの胚が、残り一つだけ凍結保存されてるって、ウィリアムが教えてくれた」

「……。…………ハル……？」しばらく黙った後、ヒナはこう返した。「五十年前ってひどいわ。私はまだ……まだって歳《とし》じゃないけどそのう、四十三よ」

「いや、今のヒナの体年齢は二十六歳だよ。俺と同じにしたから」

ハルが親指で立体スクリーンを示した。

よく見れば何十ものスクリーンには全部〈HINA・K〉のイニシャルが入っている。ヒナの健康状態の画面もあり、そのデータではヒナは胚から生成されて八年目。そこから細胞促成をかけたのか、現在の細胞年齢は――つまりは体年齢――二十六歳とでている……。

画面の年月日は、研究室でうたた寝した二月二十八日から八年半後の七月二十六日。

「寝過ぎって、いったろ」

「……胚から生成っていった？」

ハルが頷く。

ヒナはハルから離れ、ベッドの上で対座した。シーツを胸にひっぱりなおして。

今度はハルもつかまえたりせず、ベッドに腰かけたままヒナを見返している。

ハルの対応はまさに教科書通り。患者が夢だと言いつづけても否定しない。でもヒナは混乱した患者じゃない。夢で矛盾をつくのも変な話で、夢の中でこれは夢だと証明せねばならないとはさらに奇妙だけども、そうせねばならないと思った。誰に証明するって、自分にだ。

「そう。じゃあ、私はどうなったの？」

ハルが目をそらした。しばらくして、これだけは音声でいいたくないという風に、ヒナの掌に指で書いた。――ゲノム病で、死んだ。

「……でも私にはあなたの記憶がある。母や、ジーンやエドワード……四十三年、全部もってるわ。切れ目もない。『二人目の私』だって『一人目の私』の記憶はもってなかったのよ」

完全に真実とはいえなかった。母ミヤコが雨の日に、死んだ私を見下ろしているあの不思議な光景の説明は今もつかない。その後に生まれたヒナが知るはずのない夢……。

「まったく同じ記憶と感情をもつヒト再生は不可能なのよ、ハル。脳移植でもむりなの」

「ヒナが普通の人間なら、不可能だった。見つけた時、脳細胞は死滅してた。でも、ミヤコ博士が『二人目のヒナ』の脳を、全脳アーキテクチャ型ＡＩに換えててくれたから」

「…………は？　最後、なんていったの、今」

この時だけは、ハルは困った顔をした。

「ミヤコ博士がヒナの脳を、全脳アーキテクチャ型AIにとっかえてたんだ。これも、ウィリアムが教えてくれたんだけど。正確には、脳全部を機械にしたんじゃなくて、AIチップで脳機能を代替させてた。地下に手術室もあったって、いったろ。脳外科処置ができるレベルだ」

全脳アーキテクチャ型AI——ヒトの脳を模し、自己学習で成長するAI。

正気を放り出したミヤコ博士は、『二人目のヒナ』をつくるときに、娘の脳を全脳アーキテクチャ型AIにしたのだった。それで少しでもゲノム病の発症が抑えられるかもしれない——改変細胞の自死《アポトーシス》が脳で起こらなければ、娘の死が先延ばしになるかもしれないと思って。

「ヒナが何度『検査』してもひっかからなかったのは、ヒナの脳のAIチップが毎度検査機器にアクセスして——つまりはハッキングして——偽装生体情報を送って、データを改竄《かいざん》して、騙《だま》くらかしてたせいもあったみたい」

ヒナは冗談でしょうと笑おうと思って、絶句した。

さっきまで見ていた夢の中身がいきなり蘇《よみがえ》ってきた。

——お母さん、もう隠してることないよね？

——たいしたことじゃないから、だいじょぶ。

最後の「うふふふ」という母の意味ありげな笑み……。

（うふふふって——たいしたことじゃないって——）

セミロングだった髪はロングにのびており、お肌も若返ってつやつや。

ヒナは一流の科学者として〈最高位《ヴェルトクラッセ》〉授与者として、矛盾を見つけようとした。治験データの結果確認や学術論文の査読では三千回だってそうしてる。でも頭が働かない。夢はご丁寧なことに、学生時代ヒナが愛用してたデスクに、パッチワーク羊のぬいぐるみまで置いている(今はハルが使ってるらしく、ハーブの蠟燭《ろうそく》ガラスと、文庫本が数冊ある)。

「……そ、それで、あなたは残ってたっていう胚を見つけて、私を促成栽培したわけ?」

「うん。ヒナの脳細胞は死滅して、体もゲノム病で死んだけど、AIチップは残ってた。だから、やれた。全記憶が保存されたチップをヒナに移植できた。昔のUSBメモリみたいなものだよ。今はできない仕様だけど、どの端末でも同じファイル展開できたってやつ」

ヒナは気が遠のきかけた。正常かどうかという問題を感傷的に見過ぎていた。

「──頭がおかしいわ、ハル! なんかこないだも言ったわこれ──」

「俺には九年も前だよ」

ヒナの夢でなしに本当に二十六歳になったらしいハルは、こうつづけた。

「それに、香港の人間じゃないから、頭がおかしくたっていいだろ」

†

ヒナはさんざんハルに悪態をつき、数百件の国際人道法違反とサイエンス犯罪でお尋ね者だといい、いい加減に服をちょうだいと要請した。それからシリアルバー五本と経口補水液も要求した。ハルもヒナを嘘《うそ》つきだとなじった(これにはヒナはまったく反論できなかった)。

ヒナはハルをベッドからも地下室からも追いだした。地下室の監視カメラも残らずオフにした（患者の異変を感知するためのカメラである、念のため）。音声も切った。

宙に投影されては消える無数の立体スクリーンや、数字の羅列、機械の作動音からなるべく離れようとして、ベッドの隅に座りこんだ。シーツと、デスクからもってきたパッチワーク羊のぬいぐるみを胸に抱えて。

優しいハーブの香《か》や、掌に残るハルの鼓動やあたたかさからも逃げたかった。できるなら。着替える前に、シリアルバーを二本かじって、水分補給した。人間、おなかが減ってるのと裸の問題とでは、食べる欲求を先に満たす生き物だから。オリジナルであろうと、そうでなかろうと。……頭が機械でヒトですらなかったとしても？　ヒナは食欲をなくした。

（……ホモサピエンスとネアンデルタール人どころの話じゃなかったのねぇ）

自分が人間だと信じて生きていて、「正常《グリーン》」かどうか悩んでいたなんて、お笑いぐさだ。

あふれてきた涙を、ヒナはぬぐった。声を殺してぬぐいつづけた。シーツに水たまりができそうなくらい泣くと、ピッピッという微《かす》かな機械音が耳に戻ってくる。

こんな風に機械が羊のぬいぐるみをよすがに泣くことすら、すごくとんちんかんだけど、ぬいぐるみは機械がヒトみたいに泣きたくなっても気にしないでくれる。猿がヒトまねをしてるのと同じに見えてるかもと思うだけで恥ずかしい。ＡＩが泣かない理由はきっとこれ。ハルを追い出した理由もこれ。もうハルの前で泣けそうにない。ヒナを抱いて慰めてくれた男の子の腕と、満ち足りた感覚を忘れることはできなくても、あきらめることならできる。今だって羊がなんとかしてくれた。文庫本のオマケでもらっただけの羊にしては上出来。

ヒナは羊を撫《な》で撫でした。

ほうっと最後の溜息《ためいき》をはきだす。

(ちゃんと、しないと)

医療《メディカル》ベッドではたいていのことができるよう、ある程度の日用品が常備されている。

そこにあると言われたベッドの収納に、白いシャツブラウスと、オレンジのフレアスカートがたたまれていた。一瞬、手を止めた。

夕暮れの廃公園でハルと再会した時に着ていた服だった。ヒナには十ヵ月前のことだが、彼には九年も前。……覚えているはずがない。たまたまだ。

袖を通した後、鏡をだした。記憶の中の自分とは違う顔が映っていた。若いというだけでなく、二卵性双生児の顔のようだった。目の色も茶色が濃い。顔の汚れを化粧水でふきとり、メイクする。コンシーラーが泣いていた痕を隠してくれた。思いついて羊のおなかをあけたらリップスティックがあったので、ひいた。長い髪をバレッタで肩口にまとめれば、鏡の中にいるのは、ハルを好きだった四十三歳の女性とは全然関係ないひとに見えた。

……そうでないとどうしていえるだろう。この手はアコヤ貝の真珠にふれたこともなく、ハルと過ごした一年足らずの日々は、身体《からだ》のどこにも刻まれてはいないのに。

鏡に、にこっとする。少しさびしげだった。

靴はなかったので、はだし。ヒナは気持ちを励ました。怒っているならいい。でも泣いていたのをハルに気取られたらダメ。大丈夫、今でも中身はハルよりずっと年上なんだもの。

最後に、しぶしぶPCに寄って、確認する。一流の研究者のさがで。……がっくりきた。

ハッキングされてないヒナの本物の脳内部は、確かにシナプスやニューロン反応が脳の全体でなく一部分によって——おそらく電子ナノチップ——統括されていた。ヒナの脳は本当に機械だった。


リビングの照明は点《つ》いてなかったけれど、ハルはそこにいた。

もっと明るかったら、ソファで本でも読んでいるのかと思ったろう。

時計は夜の十時すぎ。

羊のかわりに窓辺に置かれた読書灯だけがついている。窓はあいていて、額縁の中みたいに夜空が切りとられてる。たまに夜風でカーテンが揺れる。この木立の家は夏の晩でも涼しく、窓を開けるだけですむのはヒナがよく知ってる。

ヒナの位置からは、ソファに座るハルの後頭部だけが見えた。ハルと面と向かって話す勇気はなかったので、顔を見ずにすんで、ホッとした。ヒナはソファに近寄り、背もたれをはさんでラグに座った。スカートの膝の上で、手を重ねた。

「服と、シリアルバーを、どうもありがとう、ハル。怒ってばかりで、あなたが元気だったことを喜びもしなくて、ごめんなさい」

本心だったのに、そつのない香港島人になったみたいだった。

ヒナのイヤーから「べつに、いいよ」と聞こえた。落ち着いた機械音声だった。

「さすがに、頭の中身が全脳アーキテクチャ型AIだったとは思わなかったわ。

でも、今思えばね、〈洪水地帯〉のショッピングモールであなたに初めて会った時、不思議な……あなたから目が離せないような強い反応があったの。もしかしたら、母がゲノム病の手がかりをさがすよう、私にプログラミングしてたのかも。あなたが気になったのは、電子ナノチップに組みこまれたものだったのかもしれないわね」

しばらくして「そう」と返事があった。

「だとしても、ヒナが俺に優しくしてくれて、嬉しかったことに変わりないから」

ヒナはお礼を言った。

「それで、あなたに聞きたいことが色々あるのだけど……。ここのコンピュータ、今も外部ネットワークと切り離されてたから――」

「俺も、あなたに聞きたいことがあるよ」

ヒナはソファを振り向いた。ハルのほうは背を向けたままだった。「なあに？」

「どんな理由で、九年前、俺はあなたにふられたの？」

不意を打たれた。

「俺とあなたは、ネアンデルタール人とホモサピエンスくらいに違うから？」

「……………」

「ヒナは書き換えられていて、俺とあなたは同じじゃないから？　俺のオリジナル塩基配列がここで途切れるから？」

「…………」

「それともただ単に俺に障害があるから、やってけないといったの？」

「違う」

ヒナは急いでソファを回り込んだ。落ち着いた音声変換とは真逆の顔つきに、ヒナは言葉を見失った。ハルはヒナの手をとって、文字を書いた。

——俺と会ったのはプログラムかもしれないって、わざといったね。

「…………」

——今度は頭にＡＩが入ってるとわかって、ネアンデルタール人とホモサピエンスより違いすぎるから、どう距離を置こうかと考えてる。だから、嬉しい顔をしない。

「…………」

——俺がヒナを見つけたのは三月十日だったよ。部屋で死んでるのを見て、俺がどんな気持ちだったか、わかるはずがない。電子チップを移植しても、ヒナはずっと起きなかった。計器は全部「異常なし《オールグリーン》」なのに、眠りつづけた。あなたは起きたくないのかもしれない、永遠に起きないかもしれないと、九年間毎日思った。

「…………」

——でも、起きた今の方が、ずっと遠い。

頭が機械なのに、どうしてかヒナの胸は張り裂けそうだった。

──ヒナはいずれ、ゲノム病でまた死ぬ。ヒナはその時も外見は今とたいして変わらないかもしれないけど、俺はじいさんで、ぼけてて、病気にもなって、ヒナは嫌になっていなくなってるかもしれない。

「そんなことない。そんなことしない」

──『でも？』

ヒナはあえいだ。何度か息を吸って、つづけた。

「……でも……あなたの言う通りよ。別種どころじゃないんだもの。ヒトだかなんだかもよくわからないし」

──だから？　俺には全然たいしたことじゃない。

双眸《そうぼう》はヒナをひたと見たまま。いつか、熱をだしたヒナにキスをしていった夜と同じ眼差《まなざ》しだった。

──俺は今もヒナが泣いてたら慰めたくなるけど、俺をしめだして一人で二時間も泣いてるほうを選ばれたらどういう意味かくらいわかる。なんでもないような声でドアから入ってこられればもう絶望的な気分になる。

ハルの指先がヒナの心臓にふれた。

──心《ここ》に機械は入ってない。俺のことをもう好きでもなんでもないなら、そう言えばすむ。

長い長い間、カーテンのはためく音だけが落ちていた。

今のあなたを愛してるわ──母は死ぬ間際まで、何度も何度も言ってくれた。

その真意が――「たいしたことじゃない」という夢の中の言葉が、ヒナを救ってくれた。頭にAIチップが入っていてももう仕方がないとあきらめがつくほど。ハルは同じ言葉を言ってくれたけれど、それとこれとは違う。ハルの指摘は全部図星だった。

口をひらきかけたら――機械でない心臓が痛んだ。リビングに入る前から痛んでる。

「ハル、この先あなたと道がわかれるまでは、ウィリアムみたいな感じでそばにいるのも、嬉しいことだわって、さっき着替えながら一生懸命思い直したばかりなのよ。頭がAIなら、自己学習でヒトっぽいように成長しただけってことで……ヒトと、ヒトっぽいものって、全然違うわ。恋も」苦しくなった。「そうでしょ？」

――それ、大事なこと？

「私があなたをあきらめようと思い決めるくらいには」

目を逸《そ》らして言ったので、ハルの表情はわからなかった。

ややあって、ヒナ、となぞられた。

不意に、彼は九年間起きないヒナを、ずっとそうして呼んでいてくれたのだと、わかった。十八歳の男の子との一年は残っていなくても、別の時間を彼女に刻んでくれていたこと。

――どんな違った存在だっていいるのが普通だって、ヒナが言ったんだ。

「…………」

――地球の片隅に二人くらい、ヒナと俺みたいなのがいたって、たいしたことじゃない。もとからチップは入ってたんだし、俺にドラッグを打つような「普通」の女の子より、俺がドラッグを打たれて悲しんでる、ヒトだかなんだかよくわかんない女の子のほうがいいに決まってるだろ。頭にAIチップ入ってることに気づきもしないで、「普通じゃないかもしれない」と四十三年もくよくよしてるなんて、ヒナらしくて間がぬけてて好ましいと思います。

「……それ……けなしてるの……慰めてくれてるの……」

――香港で俺の好きなものをもっていったらいいって、言ったね。俺は、ヒナだけもっていければいい。はいって言って。簡単でなくていいから。

しばらくして、ヒナは、ハルの手に『○《はい》』と書いた。

ハルはヒナの大好きな、今まででとびきりのどきっとする笑顔を見せてくれた。やっと。

†

そのあとハルはキッチンに立った。ヒナは「食べてないの？」などと愚昧《ぐまい》な質問をしたりはしなかった。ヒナだってシリアルバー二本で食欲が失《う》せたから。

ベーグルとゴルゴンゾーラチーズとベーコンの塊《かたまり》を見て、ヒナも冷蔵庫を漁《あさ》る気になった。するとハルはサンドイッチでなく別の夜食に変更した。

外は、満天の星だった。

ヒナは庭をそぞろ歩いた。バーベキュー用の燃料へ火打ち石で点火しようとするハルに、ウィリアムがハル様山火事の危険性が、だのなんだのうるさくいっている。

〈ミヤコ様もヒナ様も問題の少ないご主人様でしたから、ハル様へ小言をいうたび、わたくし執事という感じで嬉しゅうございます〉

……ウィリアムの自己学習《ディープラーニング》プログラムは、絶対正常《グリーン》じゃない方向に育ってる。

〈お聞きくださいヒナ様。あのときわたくし、笑いにかえてお慰めするつもりで『ヒナ様にキャッチアンドリリースされましたな、ハル様』と申し上げたら、五日も電源オフにされたのですよ。この二十一世紀風小粋な古典ジョークをおわかりにならないとは！〉などと本当によけいなことをいい、ハルに音声遮断された。

夏の星座も、木々のざわめきや虫の声も、ナルニア国物語みたいな街灯も、九年前と同じ。香港島がどうなってるのかは、まだハルには聞いてない。

「ハル、音声メッセージ、聞いた……のよね？」

ハルは燃料に火をつけながら、じろりとヒナを睨《にら》んだ。……間違いなく怒りの赤ランプルートを選択したらしい。とんだ恋人をもったといわんばかり。ハルに言われたくない。

「ハル、じゃあ私も訊《き》きますけどね。なんで裸にシーツなの。変態だわ。服くらい着せて」

ハルが音声で応答しようとしたので、近寄った。掌をだすと、書いてくれた。ハルの指先が触れる感触や、その時のハルの仕草や素の表情も、面映《おもは》ゆいながら好きだったので。

――着せてたよ。たまに。赤いドレスとか。

ヒナは素のハルに黙り込んだ。ウィリアムが迅速に救援《リリーフ》に入った。

〈ヒナ様、ハル様は時折省略しすぎるきらいがございまして。八年四ヵ月でリスニングはほぼ問題なくなりましたが、ライティングに多少の問題が残っております。

本日は医療ベッドの掃除《クリーニング》・点検《チェック》の日だったのでございます。その間、ヒナ様をご入浴申し上げており、ちょうどベッドにお寝かせしたところだっただけですし、普段はもちろんお寝間《ねま》着《き》を着せておりました。赤いドレスはたまにしか選んでおりません〉

「たまに。……脳機能いじくられてまともになっとくべきだったわハル。露出の多いドレスだから気に入ってたんでしょ⁉　あれ、エドワードが選んだやつだから！」

掌をだすまでもなく、今度はハルの顔に書いてあった。言ったな。

——……ヒナ。本当に研究用に……朝、ヒナが採取してるのを見た衝撃に比べたら、なんだろうが絶対俺のがまともだ。

「…………。お、起きてたの？　だって、そりゃ、そんな目論見《もくろみ》で『〇』したわけじゃないけど……研究者としてほっとくなんて……。魅力的ってことよ」

——精子がな！

魚をぐさぐさ串刺しにして、網の上に転がしていく。燃えはじめた炭火も怒るようにカッカとする。庭に出したテーブルには、魚に肉、山盛りの野菜とキノコの皿、チーズ、調味料などなど。ヒナはぽつっと言い返した。

「ハルだってあの日、女性のキスマーク、服にいくつもつけてたわ」

ハルは痛いところをつかれたように、こっちを向かない。少しして、指だけよこして返事を書いた。————…………あれは、ごめん。

「…………」

――……いっておくけど、やましいことはしてない。筆立ての金魚飴《あめ》は食べたけど。

「食べちゃったの⁉　国宝ものに貴重なプレゼントだったのに！」

ヒナは鼻の頭をかいた。実は、ずっとさがしているものがある。

「ハル、あの……」

二人でキッチンで切ってきた野菜をトングで魚の隣に並べながら、ハルが目で促す。

「……真珠が、あったと思うんだけど。筆立てのそばに……」

ハルはジーンズのポケットから、小さな巾着をだした。ちょうど貝殻と真珠が入るくらいの大きさ。ハルが目で訊《たず》ねてくる。意地悪なものではなく、ヒナもちゃんと返事をしたかった。

十八歳のハルに渡された時、もらえないと返した真珠。

うやむやにもっていたけれど、まだヒナは別の答えをハルに言ってはいない。

「もらえたら、嬉しいです。いかがでしょう」

ハルの瞳がとろけた。巾着がヒナの掌におかれる。中の桜貝も、真珠も、もとのまま。一瞬で蘇る。バケツの砂浜、十八歳の男の子、階段の下で踊るサリカ、〈カジノ・ギャラクシーΩ《オメガ》〉……。全身の痛みもこれを見れば和らいだ。切なさと幸福の全部でできた宝石。

巾着の口をしぼって、フレアスカートのポケットに大事にしまった。

ハルが音声に切り替えた。

「――ヒナ、聞きたいのはこれだろ。俺が起きた時、閉鎖病棟区画は死体しかなかった」

星降る夜空の下が、急にひどく静かになった。炭火の爆《は》ぜる音だけがする。

ヒナはしばらくして、「そう」とうつむいた。

「でも、ダミアン・クーロイ博士は、左の病室にはいなかった」

火から離れようとしていたヒナは、足を止めた。

「部屋には誰もいなかったよ。クーロイ博士は自分で生命維持装置を外して、出て行ったって、医療《メディカル》AIが俺にいった」

ハルはヒナが振り返るのを待って、つづけた。

「ヒナ、クーロイ博士の生命維持装置の設定をしていたろ。自分が死んだ後はアカデミアAI〈森羅万象《ヴェルトール》〉が治療プログラムを引き継ぎ、引き続き博士の病状を観察し、有効なケアを行い、『容態が夏風邪程度にまで安定したらクーロイ博士を起こすように』って」

「……ええ、そう設定した」

「クーロイ博士だけが、たった一人の、香港島ゲノム病の生き残りだ」

「────」

「ヒナの治療プランは、決して完全な健康体に回復させる、が目的じゃなかった」

「ええ。自分の体の問題とつきあい、残りの時間に好きなことくらいはやれる身体にする。昔ながらの考え方よ。ハルみたいなオリジナルヒトゲノムには私たちは戻れない。死にたがりの改変遺伝子と一緒に、生きていかないと。

免疫細胞はちゃんと改変遺伝子の変異にも貪食《どんしょく》機能を発揮してた。改変遺伝子の自死《アポトーシス》を止められる免疫細胞が増えればいい——あるいは改変遺伝子細胞が自死に傾かなければいい。数も仕事も減った免疫細胞が対処できるくらいに、わざと体内機能を低下させる。異常細胞量の増えすぎに注意しつつ、今まで完璧に抑えこまれていた身体の不具合を少しずつ表面化させる。不具合の対処のため、細胞が次々出撃していく。自死《アポトーシス》より先に、改変遺伝子にするべき仕事を与える。

……正直、全部手探りだったから——しかも後半は一人ほっぽらかしで医学・生理学系の医者もこなくなっちゃったから自学自習でやるはめに——ダミアン、本当に死んじゃうかもって、百ぺんくらいおろおろしたわ……。『この人体実験のマッドサイエンティストめ！　これ風邪？　ほんと風邪!?　あの心電図ロックビートすぎない!?』ってゼーハー罵られても何も言えなかったわ……。図太いダミアン以外だったら死んでたかも」

「……そのわりに病理経過観察はめちゃくちゃ冷静かつ詳細につけてたから、罵られるんじゃないの……」

正常遺伝子に完全に抑えこまれていた不具合が次々表にでるのだから、それまでと同じ生活には戻れない。老いにくく、衰えにくく、病《やまい》やウイルスに悩まされない今までの生き方とは正反対になる。百三十歳まで生きることもないだろう。

ハルの寿命が七十歳ほどなのも、細胞たちが毎日迎撃に駆り出されているせいもある。

それも、ダミアンには説明した。

『俺は今、五十六か、七だったかなあ。うまくいったら、どれくらい生きられる？』

『働かせてるぶん細胞はみるみるくたびれてくから、ダミアンが思ってるより早く衰えると思うわ。病気にもかかる。でもダミアン鍛えてるから丈夫なのよね。老化を遅くする書き換え遺伝子の効力が消えるわけでもなし、トントンで……私のカルテプラン通り病気と細胞自殺予防キャンペーンをやりくりできて──そうねえ、あと二十、三十年くらい』

ダミアンは目を輝かせて、『充分！』と指を鳴らした。

毒の魚を食べて平然としていたハル。ハルでも十匹食べれば致死量だが、三匹だけなら立派な生存エネルギーになる。ヒナでも一匹は食べられる。死ななければいい、のだ。

「でも、香港政府が『色々な病気と死ぬまで付き合ってもまあまあ元気』、なんてプランより、もっと完璧な治療法があるんじゃないかって思うのは、仕方がないわ。それが香港シティ。誰だって、天国みたいな街がいいわ」

その気持ちもまた、ヒナにはよくわかる。

「ヒナがクーロイ博士の臨床データを元に仕上げたゲノム病の論文は、国際緊急医療団がヒナの端末で見つけて、すぐアカデミア・ユニオンに転送された。世界中の研究者たちが次々修正・改良して、短期間で治療法が確立した。今、ゲノム病の治療の基本方針に使われてる」

あと、香港島の人間が全滅したわけでもない、ともハルは教えてくれた。

村落の人々は「全面書き換え義務」がなかったのが奏効し、緊急医療団が飛んできたときにも発病を免れていた。彼らにはヒナの治療法が施され、現在は体がガタピシいうと文句をつけつつも香港島の村落で変わらぬ生活を送り、「天然塩や魚や野菜や米をときどき戸口においてってくれる」という。今網焼きしてる魚と野菜もそれだという。

「四世代目も二十年より生存年齢が延びた。治療効果が上がったからね。だから、今度は俺とヒナ、同じくらいに死ぬよ」

今度のヒナがいつゲノム病を発症するかはわからない。

……今度は同じくらいで死にたい、という意味だったのかもしれない。

ハルは網で焼けた人参《にんじん》を箸《はし》でとって食べるのに集中してる、そぶり。

寄り添うと、ヒナをチラッと見下ろした。不安げに。ハルの肩口に頬ずりして、そっと溜息をついた。幸福な気持ちで。ハルはちょっと不安を忘れたよう。こんな風にやっていくの。

どちらからともなく、ふれあうだけの控えめなキスをかわした。

それからヒナも網から魚の串をとって食べた。おなかから齧《かじ》る。味付けは塩。

「俺も、論文読んだよ。『オリジナルヒトゲノムが最良という安易な結論には与《くみ》しない。ゲノム編集医療でしか救えない重篤な病があるのを忘れてはならない』って、書いてたね」

どこまでゆき、どこで、どんな理由で、ひとは踏みとどまるべきか。

引き返すべきか。

「あと、俺がヒナを見つけた時、机にクーロイ博士からの手紙があった。万年筆で、手書き。ヒナ宛。俺しか知らない。封は切ってない。後で渡すよ。ただ……クーロイ博士はあの日から姿を消して、ずっと行方が知れない」

ヒナは笑いだした。「……衛星タイタンの探査再計画の船に飛び乗ったかしら？　半年後にダラスで募集があるんだって、ずーっと臨床の時に悔しげにいってたから」

音声遮断されていたウィリアムが横――ならぬ腕輪から口を挟んだ。自力で復活したもよう。

〈ダミアン様は遺伝子学界で『生き残った現代のシーラカンス男』と命名されまして、現在懸賞金つき捜索願をだされております。ヒナ様――ヒナコ・神崎がどのような治療プログラムを施したか、隅から隅まで身体を調べたいと〉

「〈最高位〉から蹴りだされるからそれだけは勘弁して!!」

〈香港島ゲノム病での行方不明者はハル様もですが、……もうお一方〉

ハルはウィリアムを立体映像《ホログラム》設定にしてるようで、ウィリアムが端末から掌サイズで姿を見せた。恭しく新聞を広げると、ニュースコラムが一つ飛びだした。こんな見出しだった。

『忽然《こつぜん》と死体が消えた悲運なる天才博士、ヒナコ・神崎』……。

「そうね……ダミアンの医療ＡＩに『私の生体反応が消えたら死亡確認し、以後ケアを一任する』ってプログラミングしたんだから……そりゃ死亡は確定よね……」

「ヒナの脳のチップを移植する必要があったし、死体が開頭されてて、脳の一部が消えて発見されたら色々ホラーだろ。死と病と博士の骸《むくろ》から消えた脳――香港ホラー開幕って感じ」

「いやー!!」

〈ヒナ様のご遺体は、ミヤコ様の隣で眠っておりますよ〉ウィリアムはしんみりしてる。〈わたくしがハル様に墓地をお教えしたのです。十八歳のハル様がお一人で、一生懸命埋めました。いじらしくすすり泣いて――ハル様端末《わたくしめ》を殴らないでいただきたい！〉

ハルは骨と頭だけになった四匹めの魚を、ぽいと燃料に加えた。ヒナが醬油バター味の野菜串を自分でこしらえて食べていると、片手をとられた。ヒナはハルの字を書く時の姿が好きだが、もしかしてそうされている時の自分も恥ずかしい顔をしているのかも、と思いつき頰を赤らめた。顔をこすった時、ハルがその文を記した。

――キリアンも、死体の中にいなかった。

ヒナは目を丸くした。

――あの日、ヒナの部屋を出たら、そこに立っててさ。人の気配、しなかったのに。

「キリアンは、生きてるの」

二月になってもくつろいで、いつもと変わりなかったキリアン。

「……全面書き換えをしてなかった？　いえ――でも――。……ううん、別に、いいか」

死体だらけの香港島を気楽そうに歩いて、煙草《シガレット》に愛用のライターで火をつけて、しょーがねえなあと苦笑いするキリアンが浮かぶようだった。

政府系SPで唯一のランクS〈黒《キリアン》〉――でも、香港政府の、ではなかったのかもしれない。

思えば外出制限令を無視してカジノへ連れだすSPはいない。〈最高学府機関《ヴェルトール》〉は研究者の自由意志と人権の保護のため、異変を感じたら調査官《トラブルシューター》を送りこむという噂《うわさ》があった。一級外交官以上の超法規的特権をもつ、とも。……でも、それもヒナの想像にすぎない。

「3のワンペアでも絶対勝負を下りない博士が最後に勝ったな、って笑ってた」

ハルはふてくされた顔つきである。

「ハル、あのときキリアンにキスマークをつけたのはですね、むりをいってカジノへつれてきてもらったお礼です」

やましくないのに、ハルに醤油バター味の野菜串をとられて、食べられた。

キリアンはヒナの遺体をこの一軒家に運ぶ手伝いをしてくれたという。それからもときどき、ふらっと現れては、ハルとヒナの様子を見にきていた——と。

「でも、ここ何年かはきてないな」

今にも木立の山道をキリアンがのぼってきそうだった。あるいは明後日《あさって》かもしれないし、数年後に海の果てで偶然会うかもしれない。

ダミアンやキリアンがどこにいようと、いつかまたどこかで出会えるように思えた。ずっとつづく道の途中で。

ヒナは星空を見上げた。ふと、おかしな想像をした。病室をでたダミアンは、そのまま香港の霧の海の、あの汽笛を鳴らす船に乗ったのではないかしら。汽笛の船は、そのまま夜空の星の海へ飛んで行ったかもしれない。崩壊惑星ＫＥＬＴ《ケルト》－９ｂ《ナインビー》、エキセントリック・プラネット、四つの太陽をもつ惑星ケプラー64ｂ、イータカリーナ星雲にある〈神秘の山《ミスティック・マウンテン》〉——星々を渡る船から、ダミアンがヒナへウインクを送ってよこした気がした。

九年間寝過ごして乗りはぐった汽笛の船で、ヒナはどこへ行こう？

白いシャツブラウスとオレンジ色のスカートと長い髪を、風がさらう。

風はハルの方から吹いてくる。

夕暮れの廃公園よりも遥《はる》か彼方《かなた》の世界まで。

（〈バーガーズ・シャック〉で、ハルとコルビージャックバーガーを食べたいわ）

ヒナはそっと、ハルのブルーのシャツの袖をひいた。

ヒナがショッピングモールで見つけた大好きなフレーバー。

「……私も、これを、香港島から一つ、もっていってもいいかしらね」

話さなくても、ハルの顔でわかった。中身付きなら、いいよ。


ウィリアムと、真珠と、文庫本をもって。

リップをひいて、ダミアンの手紙を封切って。

〈ルート４走廊〉をハルとエアバイクで駆けて、海底トンネルを抜けるのもいいかしら。


そういえばハルに「なぜ超高度再生医療や外科手術ができたのか」と聞いたけど、「頑張って覚えた」という返事しか返ってこなかった。ウィリアムまで同じ答えをした。〈ハル様は頑張って覚えました〉それしか言いようがないという風に。

……そんなばかな。

ジーン博士の追記

〈……おっと、ハルをダミアンのとこに連れてく前に、もう一つあった。
ヒナ、「ハルに障害があるとは限らない」二つ目のジーン博士の理由だ。

ヒナ。「障害がある」とはなんだろう。古来様々にそれは形、言い方を変えた。余人に理解されぬ言動の風狂者が、古代「賢人」「聖者」「巫女《みこ》」と大事にされた例は枚挙にいとまがない。インド・中国・アフリカ・中南米・ヨーロッパ大陸、島嶼《とうしょ》国……どの地の歴史にも見受けられる。だがそれ以上に彼らへの迫害の歴史は長く、惨《むご》いものだった。ゆえに彼らのほとんどが、静かに消えていった。
「理解しがたい」というのは、私たちは彼らについて真実理解してはいないということだ。脳の八〇パーセントはブラックボックスだ。その空間で、実際何が起きているのか、私たちには本当にはわかっていない。計れる物差しが我らにはない。宇宙の果てで何が起こっているのか、観測データで理解したつもりになっていても、真実はあやふやなのと似てるな。

脳の一部を損傷すると、それを補うため、別の脳の領域が発達するのは有名だな。

そうであるなら、私たちが「障害」と見なす不全は——単に他の領域が異様に発達しているというだけかもしれない。数学が得意な者、絵が得意な者と、個々の能力が違うのに似て、私たちと違う機能が優れているとは考えられないか。私たちには計測不能なだけで？　彼らが私たちには手の届かぬ別次元の思考・視界《ビジョン》・哲学をもっていないと、どうして言い切れる？

時代の中で、なにがしか進歩発展にたまたま役に立った奇天烈《きてれつ》な一部が「天才」といわれ、たまたま役に立たなかった者が別の言い方をされるにすぎないとしたら？

ハルがしゃべれないだけで、計りがたい天才という可能性は皆無じゃない。

君は自分が優秀なこともあって、彼を「しゃべれない」といじらしい気持ちでいるようだが、相手の方が遥《はる》かに天才で見下されてるかもしれないと、いっぺんくらい疑ってもいいかもねぇ。

こうして私がしゃべっていても、ハルの反応は実に興味深い。

……精神感応者《テレパス》かもしれないなあ。生物では、わりとあるんだよ。話す必要がないっていうのはな。あやしいのは、ヒナにさっぱり通じてなくて忸怩《じくじ》たる顔をしてるってのが……へぼテレパスかな？　あはは、なんか怒った。

ヒナ、ブラックボックス部分を全開でハルが使ったら——私たちの周波数にハルが合わせてきたら、思いがけないことまでしてしまうかもねぇ。

ヒナ、私から君へ、最後の話だ。

ネアンデルタール人とホモサピエンスは別種だが、三千年ほどは共存した。

誰もがなんとなく頭に浮かぶ問いがあるだろうね。答えを言おう。

確認されている例は多くはないが、その三千年の中で、二つの別種は交配があったことが確認されている。

別種であろうが頓着せず、「なんとなく」惹《ひ》かれ合って、君の言う自分好みのフレーバー——この言い方は気に入ってる——を選んで味わうものが、ネアンデルタール人とヒトの間にもいたということだ。その遺伝子もまた、我らのどこかで眠ってる。

……まあ、これは君ってより、ハルに聞かせているのだが。だがハルはそんなことなどとうに知ってたようだな。「障害じゃない」って顔だ。

そうだな、障害は己がつくるものだ。

だいたい永遠の命とひきかえに手に入れた恋の相手を、しぶとい人間がそう簡単にあきらめられるかという話だ。


ヒナ。

我らに生まれた理由などありはしない。ちゃんと死んで次と交代すれば、どんな風に生きたって遺伝子は気にしないのさ。子孫を残しても残さなくても、次に自分と違う存在が歩いてりゃ、それで世はこともなしだ。ハルや君が好きに生きたって、どうなりもしない。

であると同時に、生まれた理由のある人間などおらず、全員に同じ賭け金がかかってる以上、誰も、自分以外のどんな相手に対しても上に立つ理由をもちはしない。

己の一つ一つの言動や考えは、言い訳しようもなく、ただむきだしの自分でしかない。

地上で私たちは迷いながら精一杯生き、好きな自分をコツコツつくって死んでいく。できることはそれくらいだが、やる価値は充分ある。

欠陥だらけのハルは、君の欠陥がちっとも気にならないようだ。エドワートと違って。

……足りないものがあるからこそ、ひとは他者を愛せるのだろうか？


命をかけて恋をするのね、といつか君はいったね。

そうだね、と私は返事をした。

……あんまり君がしょげてたから、フェイに「電磁パルスで地下鉄の電磁網《ネット》を外して助けてやれ」といっておいたけど、やんなきゃよかったかな……。なんでって？

謹慎のせいで、君を、我が家自慢のカジノにエスコートし損《そこ》ねたからさ。それだけ。

――愛してるよ、ヒナ。

やってきて、去る。
それまでの短い時間――好きなフレーバーを、味わえ〉

幽霊博士の日記

七月二十六日。

今日もヒナは眠ってる。メディカル・チェックは、全部正常《オールグリーン》……。


ヒナの老化速度は俺よりかなり遅い。特に自然加齢に移行させてから、はっきりわかる。俺と体年齢は変わらないのに、今じゃヒナのが年下にしか見えない。

初めて会った時も、ヒナは美容デザインなしで、二十代にしか見えなかった。

たとえばヒナがまた四十三、四でゲノム病で死んだとしても、きっと外見はあの頃と同じ、やっぱり二十八、九歳くらいなんだろうな。俺と違って……。


ヒナをひと目見た時、俺の国の昔話の、羽衣の天女みたいだと思った。

病気にならないし、不思議な薬や機械を持ってるし、怪我《けが》はたちまち治る。魔法のコートは毛布よりあったかい。きらきら光る高いところに住んでて、綺麗《きれい》で……すごく優しい。

……たまにとぼけてるけど。くしゃみすると、なんでかハッと寄ってくる、とか、あとどうして火打ち石を魔法の石みたいに見るの？　俺がいないと思って、倉庫の隅でこっそりカチカチやってて、全然つかなかったのな……。火打ち石に個人認証があるのかときかれたけど、あるわけないだろ……。

泳ぎついた時から、不思議な街だった。何年いても、幽霊とか陽炎《かげろう》の街に見える。人間っぽいやつが歩いてるような変な感じや、始終見えない目にギョロギョロ見られてるような感じ……。香港島《ほんこんとう》はもっと薄気味悪いから、都心部《セントラル》には近寄らなかったな。香港島の湖や森は好きだけど。九龍《クーロン》の退廃的な街並みや、音と光、うつろで享楽的な空気、不思議な空飛ぶドローンのが面白い。人も異様につくりものめいてる。香港島もネオ九龍も。人に見えないけど……ヒナにはそれを感じない。魚食べる仕草も、可愛《かわい》い。

廃公園から香港島を見てた時、ちょうど……ヒナのことを思いだしてたところだったから、黄昏《たそがれ》の幻かと思った。九龍にいるはずがないと思ってたし。

飛び出した後で、手錠がないことや、手当されてるって気づいてさ……。つきとばして怪我をさせたのに、ヒナは許してくれた。靴を返したら、ほんとに天女の昔話みたいに贈り物を山ほどとりだして帰りかける。

ヒナは悲しそうな顔をしてた。〈洪水地帯〉でもそうだった。抱きしめて睫毛《まつげ》や吐息にある憂いをぬぐって、慰めたくなる。でも俺は誰にでもそう思うわけじゃない。

トートバッグからあれこれだして話す声や、やわらかな表情でわかる。

俺のさんざんの苦難の原因で、国元をおっぽりだされた理由の一つでもある、口がきけないっていうのは、ヒナにはちっとも気にならないようだった。………嬉《うれ》しかった。

……国元のほうがよっぽど腸《はらわた》が煮えくりかえってたよ。

騙《だま》されたり、ちょっとした喧嘩《けんか》や盗難くらい、全然たいしたことじゃない。古銭屋の親爺《おやじ》はぼったくったぶん飯を奢《おご》ってくれるし、午前三時の屋台街《ナイトマーケット》を二回通りすがっただけで三回目にばあさんが手招きして点心をくれる。警察もすぐ飛んでくるしな。……平和な街だからかな。警戒心が薄い。ヒナもそうだけど。なんだか、のんびりしてる。それは今も気に入ってる。

サリカも気分屋ってだけだ。一人で食べたくなけりゃくるし、失恋すれば泣きにくるし、踊りたい時もくるし、金がなけりゃ勝手に何かもってくし、恋人ができたらベッドから俺をおっぽりだす。俺が駅で待ちぼうけしてれば、ベンチで毎回付き合う。俺に障害があるからサリカは安心してくつろげるらしかった。で、障害があるから意地悪する。国元じゃほぼうしろの一択だ。……だからサリカは嫌いじゃなかったよ。この香港《ホンコン》の街も。

何よりここは誰も俺のことを知らない。言葉がわからないのが気楽だった。

……言葉がわかりたいと、俺は思ったことはなかったんだよ、ヒナ。香港では。

言葉がわからなくても、ヒナはいつも俺にいっぱいしゃべってくれた。それを聞いてるのが好きだった。声が、音楽みたいで。けど、ときどき俺の母語っぽい……聞き覚えのあるような言葉がでるのは、意外だったな。

ヒナといるとほっとした。他のやつは『喜怒哀楽』のスイッチがあるだけ、みたいでさ。淋しいけど笑う、とかサリカはしない。淋しさはペンダントのどっかにさわれば、かき消える。どれが本物の感情なのか、いつもわからない。だから悩み顔でぐるぐる倉庫を歩いてるヒナを見ると、安心した。しょげているとすぐわかるし。ハグしてるだけなのに、今まで誰からも慰められたことがないみたいにニコニコする。

ヒナは話せなくても気にならないようだったけど、俺はだんだん気になりだした。もう少しあなたの帰るのが遅ければいいと、思った時から。

ヒナは俺から何ももっていかない。ありふれた貝殻くらいしか。それもアコヤ貝だけはずっと無視される。聞きたいことや、言いたいことがいくつもできた。

ヒナ、同じになりたいか、俺に聞いたね。

なりたかった。香港島の人間みたいになりたい、ヒナと話したかった。普通に。

ゲノム病で死んでも構わない。キャンディコートナッツ入りコーヒーフラペチーノを店で買ってやれるだろうし、同じになったらヒナは俺を好きになってくれるかもしれない。

国元でも俺の言語機能障害は治らなくて嫌な思いしてたし、実際、天女の国なら治せるかもなんて、じーさんにうまく丸め込まれておっぽりだされたわけで。

ヒナは長い、本当に長い間、黙ってたね。

……あのときのヒナの難しい顔を見たとき、どうでもよくなった。

治したくないわけでもなかったはずだ。発声トレーニングはしようとしたからね。俺の性格が変わる可能性を考えたのかもしれない。俺のは発声部位だけじゃなくて言語理解の未発達と連動してたから。実際その分野が活発《アクティブ》になった今の俺は、前の俺とは違っていると思う。前の俺も、だいたい人のいってる意味あいは感覚でわかってたけど——としかいいようがない

——ヒナと同じ世界を共有してはいなくて、世界の見え方、感じ方も違ってた。

でもそんなことより。

今の俺が好きだから答えられないのか——と思ったら、答えてほしくなくなった。

まあ、このままでも、いいかって。

だから今も、ゲノム編集は何もしてない。

……俺が、いちばん、不思議だよ。

それもエロMRで精子くれっていわれた瞬間、帳消しになったけどな……。

そういえば、ヒナ。

俺がこの島にきたのは、じーさんにおっぽりだされたからっていったけどね、もう一つ、じーさんからの頼まれごとがあったからなんだ。正確にはその人は俺の曾《ひい》じいさんになる。

ヒナから隠したサック。国を離れる時、あれに火打ち石や、地図や、食料やらを入れてきた

んだけど、写真も一枚入ってる。

曾じいさんからの頼みっていうのは、その写真に関することでさ。

六十年前、「国にきた不思議な若い女」に、いつか会いに行くって約束したんだけど、もう八十で行けそうにないから、俺にかわりに行ってこいって。……じーさん、その女に惚《ほ》れて隠し子をつくってたんだ……『隠してない！　帰るなっていったのに、天女の国に帰ってしまったんだ』って言い張ってるけど。……ふられたってことだな。

色々腑《ふ》に落ちなかったよ。なんで孕《はら》んですぐわかるのか、どうして生む前に娘と断言できるのか、とか……。だいたい六十年前に女が生んだ娘って……もう六十歳だろ……母親の写真見たってわかるわけあるか、って言ったんだけど――じーさんだけが、どうしてか俺の言いたいことがわかるんだ。でもじーさん譲らない。『天女との娘だ。何十年かたってもわりと若いといっておった』って、もう親戚一同完全ボケたとしか思ってなかったんだよな……俺も。

けど、ショッピングモールでヒナを見て、一目でわかった。

最初はサリカか、不法居留人街の連中がきたかなってつかまえたけど……。

写真のミヤコと面差しがよく似てた。いや、嘘《うそ》。……俺が今まで見たこともないくらい綺麗で可愛かった。本当にいると思ってなかったから……。魚焼いてる時も寝ぼけて見てる夢だとばかり思ってた。

笑ってたけど、今にも泣きだしそうで。……夢だと思って抱きしめたらしくしく泣く。

香港の人間は誰もしない泣き方。でも俺はよく知ってる泣き方だった。

コートと靴が残っててよかったよ。じゃないと本当に幻だったと思ったかもしれない。

あれから何度、俺はあなたを幻みたいだと思ったろう。……まあ、今も、そうか……。

じーさんの頼まれごとだから、消えたヒナをさがしたわけじゃない、って今ならわかる。

まったく、香港島のセントラルなんか、近寄る気もなかったのに。


ヒナ、確かにミヤコ博士はちょっと（？）マッドサイエンティストかもしれない……。

俺のじーさんに、『不思議な若い女』は『娘は絶対大事に育てる』って約束したんだって。

だから、ミヤコ博士はヒナをあきらめきれなかったのかもしれない。

曾じいさんのこと、ミヤコ博士もちゃんと好きだったのかもしれない。何か理由があって、じーさんふって香港島に帰ったのかもしれない。精子採取のためでなしに……。

ヒナ、あなたが書き換えてない『異常遺伝子』は、

……いつ言おう。『HAL《ハル》』は、そのじーさんのことだって。

これでわかるはずだってじーさんに言われてたんだけどね……。まさか、ヒナが自分の父親のこと『Y染色体』としか思ってなくて、何も教えてもらってないなんて、じーさんが知ったら衝撃のあまりポックリ逝くんじゃゃないの……。

まあ、いいか。勘違いしてても……俺も完全に違うってわけでもないし。

あれ、地位なんだよな。その時の曾じいさんは、まだ東宮《はるのみや》だったから。

生命維持装置のクリーニンググランプがついてる。一時間後にアラームをセット、と。

……どうしてヒナは、俺を選んでくれたんだろう。……うるさいなウィリアム、ふられたことなんてわかってるよ。

俺はヒナに、まだ好きだとも、言えてないのに、ふられるってどういうこと？

……ウィリアム、好きだと言ってないならふられてもいないから大丈夫とか、当たって砕《くだ》けろなんてより、もっとマシな助言しろ。砕けないやつ！

今度真珠をつっかえされたら、しばらく立ち直れそうにない。


ヒナ、いつ起きる？

起きたら、俺と一緒にいてほしいって。

うまくあなたに伝えられるかな。

装画／鈴木康士
装丁／西村弘美

主な参考文献

「毎日新聞」
Dr.中川のがんから死生をみつめる４　コピーミスの功罪（２００９年４月28日）
Dr.中川のがんから死生をみつめる５　限界ある細胞分裂（２００９年５月５日）
Dr.中川のがんから死生をみつめる７　「性」持つものの運命（２００９年５月19日）
Dr.中川のがんから死生をみつめる８　必然的な細胞の「自殺」（２００９年５月26日）

「Ｎｅｗｔｏｎ」
２０１７年11月号
想像を絶する惑星たち！　太陽系の〝常識〟が通用しない系外惑星
２０１８年１月号
ゼロからわかる人工知能　人工知能はどこまで〝進化〟するのか？
２０１８年２月号
〝デザイナーベビー〟は産まれるのか　遺伝子を書きかえる「CRISPR《クリスパー》-Cas《キャス》」の革新
侵入者との終わりなき戦い　免疫力を科学する
２０１８年４月号
難病の根治へ！　ゲノム編集治療　体の中で遺伝子を〝修復〟せよ
がん免疫療法とは何か　体内パトロールでがんを撲滅
２０１８年６月号
人工知能は人より賢くなれるか　「汎用ＡＩ」の実現をめざす人工知能研究の最前線

東洋経済ＯＮＬＩＮＥ
ヒトが「ネアンデルタール人」を絶滅させた
https://toyokeizai.net/articles/-/208287

この物語はフィクションです。登場する人物、団体、場所等は実在するいかなる個人、団体、場所等とも一切関係ありません。

雪乃紗衣（ゆきの・さい）
茨城県生まれ。二〇〇三年、『彩雲国物語　はじまりの風は紅く』でデビュー。同シリーズは累計六五〇万部を超え、二〇一一年に完結。二〇一二年にはその外伝である『彩雲国秘抄　骸骨を乞う』、二〇一四年には、新シリーズの第一作となる『レアリアⅠ』を発表。

エンド オブ スカイ

二〇一九年四月二十二日　第一刷発行

著者　雪《ゆき》乃《の》紗《さ》衣《い》
発行者　渡瀬昌彦
発行所　株式会社講談社
〒一一二−八〇〇一　東京都文京区音羽二−一二−二一
電話　出版　〇三−五三九五−三五〇六
販売　〇三−五三九五−五八一七
業務　〇三−五三九五−三六一五

本文データ制作　講談社デジタル製作
本文印刷所　豊国印刷株式会社
カバー印刷所　千代田オフセット株式会社
製本所　大口製本印刷株式会社

ISBN978-4-06-513993-6　N.D.C.913 319p 20cm